5
Author 刻一
Illustration はらけんし
極振り拒否して手探りスタート!
特化しないヒーラー、仲間と別れて旅に出る

ルーク
シオン

「凄い景色だね」
「キュ！」
ダンジョン五階の村から
湖を時計回りに歩く。
青い空。緑の森。湖からは朝もやが立ち、
幻想的で素晴らしい景色が広がっていた。
もしここがダンジョンでなければ
ピクニックでもしたい気分だ。
いや、この世界では町の外に出て
ピクニックなんてダンジョンでなくても
ありえないのだけどね。

「キュー！」
「は？」
いつもとは違ってシオンが
大きく口を開けると、
顔の前に魔法陣が展開した。
そしてその魔法陣から
青い閃光がほとばしる。
その可愛らしい咆哮と共に
直径一〇センチぐらいの
青い閃光がスケルトンの頭を
撃ち抜いた。

5
author 刻一
Illustration はらけんし
極振り拒否して手探りスタート！
特化しないヒーラー、仲間と別れて旅に出る

イラスト／はらけんし

CONTENTS

ARMUST KINGDOM

MAP

アルッポ
N
W
E

プロローグ

閑章　その男は闇に沈む

PROLOGUE

「……へへっ」

暗い闇《やみ》の中。か細く皮肉げな男の笑い声がする。

男は壁《かべ》にもたれ掛《か》かるように地面に体を投げ出し、ヤキが回ったか、と思った。

しっかりした依頼主《いらいぬし》からの美味《おい》しい話に乗っただけ。

そのはずだった。

しかし、その結果がこれだ。

一緒《いっしょ》に依頼を受けた仲間達《たち》がどうなっているのかも分からない。上手《うま》く逃《に》げられたなら良いが、恐《おそ》らく自分と同じように苦しい状況《じょうきょう》だろうな、と男は思った。

痛む脇腹《わきばら》を押《お》さえると、指の隙間《すきま》から温かいモノが流れ落ちていくのが分かる。

「ここいらが限界、か」

そう呟《つぶや》き、真っ暗な天を仰《あお》いだ。

その天の闇が自身の行き先を表しているようで、全《すべ》てが闇に落ちそうになるのを堪《こら》えながら目を見開く。

「だが、奴《やつ》らの思い通りにはさせねぇ！」

奴らの狙《ねら》いは分かっている。

奴らが狙う『アレ』は幸か不幸か、この依頼に出る前にあいつに預けてきた。

あいつなら、奴らの狙いに気付いてアレを上手く処理するだろう。

「くくっ……ザマァみやがれ」

自分達をハメた奴らの悔《くや》しがる顔を想像し、そして残してきた人々の顔を思い出す。

「あぁ――」

男は、愛《いと》しい人の名をかすかに呟きながら、闇の中に沈《しず》んでいった。

第一章　アルッポ

CHAPTER 1

ゴトゴトという大地からのアッパーを尻《しり》から受けながら薄暗《うすぐら》い乗合馬車の中で耐《た》える。

なんだか前にもこんなことがあった気がするけど、気のせいだろうか？

アルノルンの町から出発して数日、いくつかの村で泊《と》まりながらひたすら西へ向かう日々。次の目的地であるアルッポの町にはまだ着かない。

しかし馬車の乗り心地《ごこち》はどうにかならないものだろうか。可能なら板バネでも作って馬車をもっと快適にしたいところだけど、残念ながら僕《ぼく》は板バネの作り方なんて知らないし、知ってても作りようがない。僕にはそんなスキルはないからだ。

「あっ――と」

そういえば、忘れていた。と考えながら胸に手をやり、黄金竜《りゅう》の爪《つめ》のバッチを外す。

アルノルンを離《はな》れる前、ボロックさんに言われたのだ。シューメル公爵《こうしゃく》の領地を抜《ぬ》けたら黄金竜の爪のバッチを外した方がいいかもしれないと。

黄金竜の爪がシューメル公爵とズブズブの関係なのは国内貴族なら誰《だれ》でも知っている。そしてこの国の三公爵はどうしようもないぐらい仲が悪い。それこそチャンスがあればすぐに内戦を始めるぐらいに。

先日の黄金竜騒動《そうどう》が良い例だろう。

まぁとにかく、黄金竜の爪のメンバーであることを表に出すメリットはあるけど、他の地域ではデメリットもある、という話。

「……」

乗合馬車の中、向かい側に座《すわ》っている黒いローブの陰気臭《いんきくさ》い男がなにかをつぶやいた。

男はフードを深くかぶっていて、その顔は見えない。

一つ前の町で乗ってきたこの男、思いっきり怪《あや》しい……。まぁ、怪しいからといって、どうすることも出来ないのだけど。

「アルッポが見えたぞ。門の外で降ろすから準備してくれ。町に入るには手続きが必要だからよ、間違《まちが》っても勝手に門を抜けようなんて考えるなよ。その場でたたっ斬《き》られたいなら別だがな」

そうこうしていると、乗合馬車の御者《ぎょしゃ》が振《ふ》り返りながらそう言った。

何人かの冒険者《ぼうけんしゃ》が小さく「くくっ」と笑う。

どうやらアルッポの町にはそこそこ厳しい入場制限があるらしい。これまで訪《おとず》れた町にはそんな制度はなかったので少し驚《おどろ》いていると、進行方向から喧騒《けんそう》が近づいてきて、そして乗合馬車が止まった。

「着いたぞ」

乗合馬車を降りると、そこには大きな石の壁《かべ》が見え、その入り口の門の前に人の行列。周囲にはいくつもの馬車がバラバラに停車していた。どうやら乗合馬車は町の内に入れないらしい。見るからに長い行列に軽くため息を吐《つ》きながら並び、暇潰《ひまつぶ》しがてら、これからのことについて改めて考えていく。

この町はアルッポ。カナディーラ共和国の三公爵の一人、アルメイル公爵が治める町。裂《さ》け目のダンジョンと呼ばれているタイプのダンジョンが町の中に存在し、大きな錬金術師《れんきんじゅつし》ギルドがあることでも有名だ。

僕がこの町に来た主な目的は三つ。まず錬金術師ギルドで魔道具《まどうぐ》の『コンロ』の製作者を調べること。次に『裂け目のダンジョン』というまったく新しいタイプのダンジョンの調査。最後は単純にレベル上げだ。

裂け目のダンジョンについては、その話を聞く限りでは凄《すご》く興味深い場所だと感じるし、ここを調べることはこれからの人生においても重要だと思う。そしてレベル上げについてだけど、ランクフルトのスタンピードの頃《ころ》からずっと強烈《きょうれつ》に必要だと思っていたし、エレムでは良い感じにレベル上げが出来ていたけど例の騒動でエレムを出るしかなくなり、そこからについては流れに身を任せるままになっていた。

結果的に流れのまま戦争にも参加した。

あの時はそれで仕方がなかったのだけど、ただただ一つの駒《こま》として盤上《ばんじょう》に立ち続けていては命がいくつあっても足りない。もう少し自分で状況《じょうきょう》を変えられる力を得たい。そう思う。

「道を空けろ！」

後ろからのそんな声に列の左手を振り返ると、高そうな装備に身を包んだ騎士《きし》二人が馬に乗って現れ、その後ろから、これまた高そうな装飾《そうしょく》に包まれた馬車がゆっくりと近づいてきた。

彼《かれ》らはさも当たり前のようにノーチェックで堂々と門を抜け、町の中に入っていく。

どうやら貴族とか官僚《かんりょう》のお偉方《えらがた》らしい。門の衛兵は彼らのチェックをするどころか、ただ頭を下げて見送っていた。これが身分の差というやつだ。そういった身分に自分もなりたい！　とは面倒《めんどう》くさそうなので思わないけど、そういったモノを撥《は》ね除《の》けられるだけの力は確保しておくべきなのかもね。

「次！　早くしろ！」

先ほどまではうやうやしく頭を下げていた衛兵が叫《さけ》ぶ。

あまりの変化っぷりに人格が入れ替《か》わったのかと疑いそうになるけど、ああいった職業にはそういったモノも必要なのだろう。上の偉い人にはペコペコ頭を下げ、下々《しもじも》の者に対しては威厳《いげん》を演出しないといけない。中間管理職的なやつだ。

前に並んでいた男――よく見ると馬車の中で怪しさを振りまいていた例の男が進み出て、門の横に設置された水晶玉《すいしょうだま》みたいなモノに手をのばす。

「あれは……」

あれは『真実の眼《め》』だ。

以前、僕が黄金竜の巣の近くの廃墟《はいきょ》で見付けたアーティファクト。恐《おそ》らくそれと同じモノ。

真実の眼とは犯罪者を見分けるアーティファクトで、一般人《いっぱんじん》が触《さわ》ると青く光るけど犯罪者が触ると赤く光る。つまり――

「あっ！」

「これは！」

周囲の衛兵がざわめき、緊張《きんちょう》が走る。

「……」

「……」

衛兵の一人がゆっくりと真実の眼に近づき、顔を近づけ、念入りに観察する。

「……どうなんだ？　これは」

真実の眼は弱々しく、青っぽいような、灰色っぽいような、不思議な色を放っている。

すると一人の衛兵が真実の眼の近くにいた衛兵に走り寄り、小声で囁《ささや》いた。

「恐らくギリギリ青かと。犯罪者スレスレですが。それに……こいつはギルドの錬金術師です」

「……チッ！　通れ！」

黒いローブの怪しい男は軽く頭を下げると町の中へゆっくりと歩いていった。

真実の眼は人を単純に二つに分けるのではなく、光の強さでその度合も表示する。つまりあの男はそれなりに良いことも悪いこともやっているのだろう。

ギリギリ犯罪者とは呼ばれない程度にね。

「これだから錬金術師は――」

列の後ろの方からそんな声が聞こえてくる。

なんとなく、この町の錬金術師ギルドというモノが怖《こわ》くなってきたかもしれない。

「次！」

僕の番が来たので緊張しながら真実の眼に手をのせる。

次の瞬間《しゅんかん》、真っ青な光が放たれ、周囲を青く染めた。

「んん？」

なんか、前に触った時より色が濃《こ》くなってない？

自分としては、戦争で色々あったり聖獣《せいじゅう》とバトルもしたし、ワンチャン赤くなっていたらどうしよう……ぐらいの気持ちがあったのだけど、むしろ青色が強くなっている。これは一体、僕のどういう部分が『真実の眼』大先生に評価されたのか、僕自身にも皆目《かいもく》見当がつかない。

「……あのぅ、もしかして教国から来られた司祭様でしょうか？」

先ほどまで偉そうに振《ふ》る舞《ま》っていた衛兵がおずおずと話しかけてきた。

「いっ、いいえ！　ただの旅のヒーラーです」

そう返すと衛兵達《たち》が「えっ？」と言いながら顔を見合わせた。

そして広がる沈黙《ちんもく》。

なにこの僕が悪いみたいな空気……。

「んん……おほんっ……。通ってよし！」

「……はい」

さっきはおずおずと話しかけてきた衛兵が偉そうに叫ぶ。

なんなんだよ、もう……。人間不信になるぞ。

町の中に入ると最初に目に飛び込《こ》んできたのは円形の広場。直径は二〇メートルぐらいだろうか。

周囲には露店《ろてん》が並び、冒険者や町人がそこで物の売り買いをしている。

が、なんだか少し違和感《いわ》のようなモノを覚えた。

パッと見た感じはよくある町並みだし、おかしな部分は見当たらないけど、どこかおかしい。

「……そうか」

おかしいのは冒険者の姿だ。

これまで見てきた大体の冒険者は鎧《よろい》を着て剣《けん》か槍《やり》か弓あたりを持っている。ところがここの冒険者は、棍棒《こんぼう》やメイスを持っているのだ。そして何故《なぜ》かマスクをつけている人もいる。

目の前を横切った大男は巨大《きょだい》なハンマーを背負っていたし、左側を通り過ぎていった猫耳《ねこみみ》のお姉さんはバットっぽいなにかを腰《こし》から吊《つ》るしている。屋台のおばちゃんは棍棒っぽいモノを握《にぎ》りしめているし――ってこれは調理器具か……。

おばちゃんはウシガエルの五倍はありそうな巨大なカエルの脚《あし》の肉に棍棒をバスバス叩《たた》きつけながら叫ぶ。

「寄っとくれ～！　マッドトードの叩き焼きだよ！」

……とにかく、剣や槍を持つ人もいるけど、ここでは少数派みたいだ。

まぁ、地域によって色々と事情が変わるのかもしれない。他の地域では勇者の伝説の聖剣に憧《あこが》れて子供達が剣を握るけど、この地域の子供達は屋台のおばちゃんに憧れて棍棒を握る、みたいな状況だってあり得るよね。

……いや、ないか。

気を取り直して周囲を散策しながら冒険者ギルドを探す。

大体の傾向《けいこう》だけど、冒険者ギルドは比較的《ひかくてき》分かりやすい位置に置かれる。町の中央部とか、門やダンジョンの前とか。そして貴族がよく住んでいる高級エリアには置かれない。

なのでこの場所にあってもおかしくはないのだけど……。

「ない、かな……。すみません、冒険者ギルドはどの辺ですか？」

「ギルドなら町の北側だ。この道を真《ま》っ直《す》ぐ行けばダンジョンが見えてくる。そこまで行けば道は分かるはずだ」

「ありがとう」

「あぁ、また寄ってくれよ」

屋台のおじさんに礼を言い、指示された大通りを進んでいく。

この町は他の町と同じように石の壁に包まれているけど、内部は同じ規模の町より整備されていないというか発展していない感じがする。道はほとんど石畳《いしだたみ》が敷《し》かれておらず、土がむき出し。馬車の車輪による轍《わだち》が残っている。建物も木製がほとんどで、急造したような簡易的な建物もちらほら見える。ここの領主があまりお金をかける気がないのか。或《あ》いはこの町がまだ出来て間もないか。

少し気になるけど、今の僕にはあまり関係ない話かな。

そんなことを考えつつ、少しうねった大通りを歩いていると、ついに目的の場所に辿《たど》り着いた。

「……これが、裂け目のダンジョン？」

大通りの先は五〇メートル以上はありそうな大きな広場になっていて、その周囲を取り囲むように建物が建っている。広場の中には屋台や露店がいくつもあって、沢山《たくさん》の冒険者達もいる。

そして、広場の中央にある裂け目。裂け目だ。

まるで空間を左右に引き裂いたように縦に裂けた空間。高さは五メートルぐらい。幅《はば》は広い部分

で二メートルぐらいはあるかもしれない。裂け目の中は赤紫《あかむらさき》のような黒のような不気味な色に染まっていて、中央部ではそれらの色がグルグルと渦《うず》を巻いていた。

「いや、でも……」

どうしてむき出しなんだろう？

ダンジョンは稀《まれ》に大量のモンスターを外に吐《は》き出すことがあるらしい。それが起きる条件はよく知らないけど、そういうことがあるからダンジョンの周囲に町を作る場合はダンジョンそのものを壁で囲むことが多いらしい。

エレムのダンジョンなんかはその典型だろう。あそこは何重もの高い壁を作り、もしモンスターが溢《あふ》れても町に被害《ひがい》が出ないようにしていた。しかしここには柵《さく》すらない。モンスターが溢れない確信があるのか、止める自信があるのか、それとも……。

まぁ、今は考えても分からないか。ダンジョンは後回しだ。

周囲を見渡《みわた》すと左側に冒険者ギルドを見付けたので中に入る。

中の構造はよくある冒険者ギルドと同じで、右側に酒場と冒険者の休憩《きゅうけい》スペース。左側に依頼《いらい》などが貼《は》り出される掲示板《けいじばん》があり、正面にはギルドのカウンターがある。中途半端《ちゅうとはんぱ》な時間だからか冒険者の数は少ない。

ギギッと扉《とびら》を開けた瞬間からの視線と探《さぐ》るような空気を無視しつつギルドカードを取り出し、カウンターに差し出した。

「すみません。今日からこちらでお世話になるつもりなのですが、ランクアップの基準とか教えていただけますか？」

受付嬢《じょう》は「はい」と答えると僕のギルドカードを手に取り確認《かくにん》し、机の中から資料を取り出した。

「Cランクへはランク魔石一〇〇個納品が基準です。依頼を成功させた場合に関しましては、その難易度から当方で独自に査定して評価に組み込むよう努力しております」

なるほど『努力しております』か。つまり基準はあるけど振れ幅はある感じね。F、E、Dランクまではそれぞれのギルドの裁量で昇格《しょうかく》させられるらしいし、Cランクは一部の限られた町のギルドではギルドマスターの裁量で昇格させられる。

Cランクまでは誰をどう昇格させるかは個々のギルドに委《ゆだ》ねられているので基準に文句は言えない。

そして魔石一〇〇個という基準は比較的妥当《だとう》なラインだと思われる。

エレムのダンジョンに潜《もぐ》っていた頃は一日に一〇体や二〇体のモンスターを狩《か》っていて、そのペースで考えると一〇日もかからずEランクからDランクに上がるはずだけど、それはあの時の僕がソロで、しかも人が少ないアンデッドエリアで狩りが出来たからで、通常はもっとモンスターの取り合いになって狩れる数は少ないし、パーティを組んでいるので取り分は等分されるからもっと実入りは少なくなる。それにエレムのような迷宮《めいきゅう》型《がた》ダンジョンではモンスターの剥《は》ぎ取りをする必要がなく、ドロップアイテムも少ないので運搬《うんぱん》の手間も少なくて済んだ。

実際、ランクフルトにいた頃、ダン達のパーティでエルシープを狩っていた時は一日に一～三体ぐらいが限界だった。エルシープは全身が素材で丸々全《すべ》て持ち帰る必要があったので時間がかかったのもあるけど、あのペースで考えると魔石一〇〇個までにはどう計算しても一〇〇日以上はかかったはずだ。

「なるほど。この辺りの冒険者って、やっぱりダンジョンに潜る人が多いんですか？」

「そうですね……。基本的にはダンジョンを目的にされている冒険者の方が多いと思います」

などと話を聞いていると後ろの扉がカランと開く音がして、何人かの足音がコッコッと響《ひび》いた。

その足音は真っ直ぐにカウンターの方へ向かってきて、僕の隣《となり》のブースで止まる。

少し気になってチラリとそちらに目線を動かす。

歳《とし》は今の僕より少し上ぐらいの男性。背は僕より少し高く、顔立ちは比較的整っていて、金髪《きんぱつ》とギラギラとした瞳《ひとみ》が内なる闘争心《とうそうしん》を表しているような雰囲気《ふんいき》を持っている。そして、その金髪と合わせたような黄金色の鎧がキラキラピカピカと輝《かがや》いていて……。

うん、これはどう見ても廃《はい》課金プレイヤーです。本当にありがとうございました。

「冒険者登録をしたいのだが」

と思ったら今から冒険者登録だと？　リセマラ組か？

「はっ、はい！」

隣の受付嬢が慌《あわ》てたように返事をした。

「これをギルドマスターに渡してほしい」

「これは……公しゃ――失礼いたします」

隣の受付嬢は大きく頭を下げると、その勢いでBボタンを押《お》したかのような全力ダッシュでギルドの奥《おく》にすっ飛んでいき、すぐに戻《もど》ってきてまた頭を下げた。

「ギルドマスターがお会いになるそうです。奥の応接室へご案内いたします！」

「分かった」

キラキラした男はそれだけ言うと、さも当たり前のように受付嬢の後に続いてギルドの奥へ消えていった。

「一体なんなの……」

「さあ……？」

僕のつぶやきに、前にいる受付嬢が気の抜けた言葉を返した。

◆　◆　◆

冒険者ギルドを出て息を吐く。

本当は冒険者ギルドでもっと色々と情報収集するつもりだったけど、僕も受付嬢も酔《よ》っ払《ぱら》っている冒険者達もそんな雰囲気ではなくなってしまった。また後日、出直そう。

相変わらず不思議に裂けている裂け目のダンジョンを横目に見ながら広場をぐるりと歩き、次の目的地に向かう。

「ここか」

錬金術師ギルド。なんだか少し怖い気もするけど、ここに行かないわけにもいかない。

幸いなことに外からの見た目は普通《ふつう》の建物だ。

少し緊張しながら扉を開けると、意外なことに中も普通だった。造り的には冒険者ギルドとほとんど同じ。ただ、少し違うのは黒いローブを着た錬金術師っぽい人が数人歩いていることぐらい。

若干《じやつかん》、拍子《ひようし》抜けしながら正面のカウンターに向かう。

「すみません、魔道具の『コンロ』の製作者についてお尋《たず》ねしたいのですが」

「申し訳ございません。そういった情報は部外者の方にはお教えできない決まりになっております」

「それでは錬金術師ギルドに入ることは可能ですか？」

「然《しか》るべき方の推薦《すいせん》があれば可能です」

「然るべき方、とは？」

「それは勿論《もちろん》、然るべき方です」

「……」

これはダメなパターン。

日本語で『コンロ』と呼ばれたあの魔道具について調べれば、同じくこの世界に転生してきたはずの人々の手掛《てが》かりが掴《つか》めるかと思ったのだけど、そう上手《うま》くはいかないようだ。

「お客様は錬金術を学ばれたことはありますか？」

「……いえ、まったく」

「でしたらまず錬金術師の第一歩として、これはどうでしょう！　錬金術師になれば、錬金術師ギルドに入れるかもしれませんよ！」

受付嬢が机の下をゴソゴソと漁《あさ》り一冊の本を取り出した。

「初級錬金術師入門！　これを読めば誰でも錬金術師！　伝説の大錬金術師の秘術がここに！　今ならそれがなんと金貨三〇枚で！」

「高すぎるよ！」

そもそも伝説の大錬金術師の秘術が記されているのになんで『初級』で『入門』なんだよ！

「今ならなんと、この錬金術師専用乳鉢《にゅうばち》がオマケで付いてくる！」

「あっ、はい」

受付嬢の押し売りを受け流して錬金術師ギルドを出る。

思ったよりヤバそうな場所ではなかったけど、別の意味でヤバい場所かもしれない。

「さて、と……」

空にある太陽は傾《かたむ》きかけているけど、まだ夕方と呼ぶような時間ではない。そろそろ宿を探してもいい時間だけど、少し早い気もする。

どうしようかな？　う〜ん……。

「そうだ、武器を買いに行こう！」

かなり前に槍が壊《こわ》れてから、武器といえばこの杖《つえ》と闇《やみ》水晶の短剣のみ。新しい武器を探してはいたのだけど、お金がなかったり良い武器がなかったりで買わずにここまで来てしまった。でも今なら良い武器が買えるはず。なんせ今の僕には報酬《ほうしゅう》の金貨六〇〇枚があるのだから！

このお金があれば魔法武器でも属性武器でも憧れのミスリル製でも、なんでも買えるはずなのだ。

それに今はダンジョンがある町に来ている。ダンジョンに入るなら、それ相応の装備は買っておきたい。

「どうせだし、この際、買える中で最高の武器を買ってしまおうか！」

やっぱり冒険者は武具にお金をかけるべきだよね。

「すみません、この町で良い武器を売っている店ってどこです？」

「良い武器？　まぁ、高い店なら町の西側にあるがね」

「そうですか、ありがとう」

屋台の老婆《ろうば》は「はいよ」と言いながら、こちらを見ずに軽く手を振った。

老婆の話を基《もと》にダンジョンがある広場から西側を目指す。

この世界の大きな町にはある程度の傾向があって、エリアごとに住民のタイプが違う町が多いのだ。簡単に言うと、所得ごとにエリアが分かれている感じ。例外もあるけど、良いアイテムを手に入れるには高級エリアに行った方がいいっぽい。

今までの僕にはそんな縁《えん》はなかったけど。

少し西へ歩いていくと、建物の雰囲気が華《はな》やかに変わっていき、往来する人のタイプも変わってきた。多くの人はドレスやら貴族のような服を着ており、従者を従えている人も見える。冒険者のような人もいることにはいるけど、彼らも一般の冒険者と比べると装備が豪華《ごうか》そうだ。アルノルンやエレムほどではないけど、やっぱり高級エリアは他とは少し違う。

いくつかの店の場所をチェックしながら歩き、やがて西側の門の前まで来た。

その検問の様子は僕らが入ってきた南側の門とは少し違っていた。

南門では真実の眼によってチェックされていたけど、こちらではそれがなく、中に入る人は衛兵になにかを軽く見せるだけで簡単に通れていた。

衛兵に見せているモノは人によってマチマチで、手のひらサイズのプレートを見せる人やメダルのようなモノを見せる人、巻物を提出する人もいる。そして当然のように、豪華な装飾を施《ほどこ》された馬車はここでもノーチェックで素通《すどお》りだ。恐らくこちらの門は偉い人専用なのかなと思う。下手に近づかない方がいい気がする。

この世界には……いや、どの世界にもあるのかもしれないけど、文化的知識がなければ回避《かいひ》が難しい、僕達にとっての地雷《じらい》みたいなルールがあると思う。例えば貴族に対する一礼の作法とか、貴族の通行を妨《さまた》げるのはマズいとか。恐らくこの門もそう。一般人が通ろうとすると問題になる感じのモノ。

まぁそういう話は昔の日本にもあって。大名行列の通行を妨げると大問題になることは当時の日本人なら誰もが分かっていたはずだけど、江戸《えど》時代末期に日本を観光していたヨーロッパ人にはそれが分からず、大名行列に突《つ》っ込んで斬り殺され、外交問題に発展して戦争になった有名な事件もあったと思う。

仮に『偉い人の通行を妨げたらマズい』ことぐらいは常識として分かったとしても、それが注意されて終わる程度のマズさなのか、斬り殺されても文句が言えないぐらいのマズさなのかは分からないし。もしそうなった時、軽く脇《わき》に避《よ》けるだけで許されるのか、馬から下りて地面に平伏《へいふく》しないと許されないのかは、それを知っていなければ分からない。

まぁ要するに、この世界でも地域ごとに独自のルールがあったりするわけで、新しい地域では注意した方がいいよね、という話だ。

そんなことを考えつつ道を戻り、目を付けていた武具屋を目指す。

そこは大通り沿いの店の中で一番大きく、一番豪華そうな外観だったので、恐らくこの町で一番高い装備を置いているはず。とりあえずその店でモノを見たい。

店の前まで来て、入り口の前にある石造りの階段を上り、入り口のドアに手を伸《の》ばそうとすると——

「お待ち下さい」

入り口の左右に立っていた金属鎧の兵士。その右側の男が左手で僕を制しながらそう言った。

「ギルドカードの提示をお願いします。当店はCランク以下のお客様の入店をお断りしておりますので」

「Cランク以下……」

ってことはBランクにならないと入れないってこと？　いや、そんなこと……。って、これも一種の独自ルール……さっき考えていた話か。そういや僕はこの世界に来てこんな高そうな店にはほとんど入ったことがないけど、これまでの町でも高い店にはこういう入場制限があったのかも……。よく考えると、アルノルンでは黄金竜の爪の権力があったから、こういう目には遭《あ》わなかった気がするし。ランクフルトで大きな店に入った時もメルがいた。もしかすると彼女《かのじょ》のコネというか実家の力があったから問題が起こらなかっただけなのかも……。

「どきたまえ」

後ろからの声に振り返ると、さっき冒険者ギルドで見た金ピカの男とその取り巻きがいた。

一瞬それに驚くも、どうしようもないので素直に横に避ける。

すると彼らはこちらのことなど眼中にもないように僕の横をすり抜けていった。

そして、さっきまで僕の相手をしていた門番達はさも当たり前のように扉に手をかけ、観音開きの扉を左右から押し開けて頭を下げた。

なるほど、そういうことね……。

Cランク以下の客は入店拒否《きょひ》？　そういう話ではないんだ。

さっき冒険者登録した彼がBランクのわけがない。なのに彼はギルドカードの提示を求められることもなく、当たり前のように店に入っていった。

つまり、そういうことだ。

「はぁ……。帰ろう」

クルリと踵《きびす》を返し、来た道を戻る。

虚《むな》しさと切なさと心強さ……ではなく悔《くや》しさと、そんな感情が心に渦巻いていく。

でも前から分かっていた話だったんだ。冒険者ギルドでの依頼だってコネがあるか名が売れてなければ来ない。それはランクフルトの頃に実感していた。誰も名もなき新人に重要な採取は任せたくないし、誰だか分からない人間に護衛なんて頼《たの》みたくないからだ。

「でも、入店すら断られるとはね……シオンもおかしいと思うだろ？」

「キュ？」

フードの中から顔を出したシオンを撫《な》でながら聞いてみる。

だって冒険者ギルドの依頼みたいに、こちらがお金を貰《もら》う立場じゃなくて、こちらがお金を払うと言っているのに断るんだもん。それっておかしくない？

まぁ、高級店とはそういうモノなのかもね。

そうしてこの日はダンジョン近くに宿屋を取り、シオンに愚痴《ぐち》りつつも、さっくりと寝《ね》てしまうことにした。

◆　◆　◆

翌日、朝から冒険者ギルドに向かう。

早朝の冒険者ギルドはどこでも忙《いそが》しく、人でごった返している。

このゴチャゴチャした状況で冒険者や受付嬢から話を聞くのは難しそうなので、少し落ち着くまで二階の資料室に向かうことにした。

冒険者をかき分けて中央階段を上がり、廊下《ろうか》の突き当たりにある資料室に入る。そして資料室の管理人に軽く会釈《えしゃく》して、端《はし》から書物を確認していく。しかし冒険者ギルドの資料室にある本はどこも似たモノが多く、読んだものばかり。今は参考になるような本はほとんどないが――

「ん？『カナディーラ王国の終焉《しゅうえん》』か」

冒険者ギルドの資料室には珍《めずら》しく歴史の本なんかがあって少し驚く。

なので少し気になって中をパラパラと読んでみた。


カナディーラ王国、第一四代国王ヨルンティウスが毒によって暗殺される。

犯人と目されていた侍女《じじょ》が翌日、死体で発見され、首謀者《しゅぼうしゃ》の特定が困難になった。

まだヨルンティウス国王の葬儀《そうぎ》も終わらぬ中、一三代国王の弟であるヨルティクスの子、王位継《けい》承権暫定《しょうけんざんてい》一位であったヨルケイレス・グレスポ公爵が王位継承を宣言。

しかし王妃《おうひ》は懐妊《かいにん》しており、ヨルケイレス・グレスポ公爵にはまだ王位継承の資格はなく、王家とアルメイル公爵家はそれを認めることはなかった。

そんな中、将軍でもあるシューメル公爵が国の承認も得ずにいきなり国軍を動かしたことで事態が悪化する。


「……なるほどね」

これでカナディーラ王国の最後について、この国の三公爵全ての立場から見た歴史を知れた。

その感想としては、ぶっちゃけ真実はよく分からない、という感じだ。

三つの話に共通する部分。王の死亡。グレスポ公爵の王位継承宣言。アルメイル公爵がそれに反対。シューメル公爵の参戦。これは正しいと考えて間違いないのだろうけど、細かい部分に違いがあって、その違いでストーリーが大きく違って見えている。

しかし――

「もしかすると、全て正しいのかもね」

三つの言い分は、実はほとんど大筋では矛盾《むじゅん》していなかったような気もする。ただ、自《みずか》らに都合の悪い話を書かず、相手の行動に悪意があると考えているだけだ。

「まぁ、歴史なんてそんなモノなのかもね……」

本を閉じ、本棚《ほんだな》に戻して資料探しを再開する。

「っと、これだ」

アルッポのダンジョンに関する資料。

ダンジョンがある地域の冒険者ギルドの資料室には、必ずそこのダンジョンに関する資料が用意されている。しかしそれでもこの場所に人がいないということは、多くの人はこれを利用していないのかもしれない。もしくはこんな資料を読まなくても冒険者同士の口コミで情報を得られるのかも。

ページをペラペラとめくって読み進めていく。

「えっと、アルッポのダンジョンは主にアンデッドが出現する裂け目のダンジョンである。か」

総階層数不明。未クリア。ダンジョン五階に村が建設されている……ってマジか。ダンジョンの中に村？　そんなことが可能なのだろうか？

「ダンジョン内には森林があり、川があり、太陽があり、自然環境《かんきょう》がある……。んん？」

ちょっと僕が今まで見てきたダンジョンとは別物すぎて混乱してしまう。

これではまるで、ダンジョンというより一つの世界では？

ダンジョン内の地図があったので、一階の分を書き写しておく。

「一階に出るモンスターは、ゴブリン、スライム、マッドトード。ゴブリンは放置しすぎると群れて繁殖《はんしょく》して強い個体が生まれるので注意が必要、と」

……ダンジョンのモンスターって、繁殖するのだろうか？

僕が知っているダンジョンのモンスターはもっと画一的というか……。例えば初心者ダンジョンのゴブリンは決して群れることはなく、特定の範囲《はんい》内でしか行動しない感じがした。あのダンジョンで出会うモンスターは必ず一度に一体だけだったし。

やっぱり迷宮型ダンジョンと裂け目のダンジョンでは根本的に色々と違う気がする。なんだかよく分からないけど、このあたりは実際にダンジョンの中に入って確認、検証していこうと思う。

一通りの調べ物を終え、一階に戻る。

冒険者ギルドはピーク時間を過ぎ、落ち着きを取り戻しつつあった。

カウンターを横切って掲示板に向かう。

ここには基本的に誰でも受けられる一般的な依頼が貼り出されているので、地域の問題点や需要《じゅよう》が見えやすかったりするのだ。

「えーっと……マッドトードの脚肉《あしにく》、二本で銅貨五枚、町の南にある宿屋『新風亭《てい》』に直接持ち込み。毎日三〇本まで買い取り可能」

マッドトードはここのダンジョンの一階で出るモンスターだとさっき書いてあった。確か昨日、南門の屋台でこれの叩き焼きとかいう料理を売っていたはず。

その周囲にある依頼を確認すると、似たような依頼が複数あった。報酬は脚肉二本で銅貨二枚から銀貨一枚と幅がある感じ。でもそれぞれの店で買い取れる数に上限はあるのだろうし、安くても売るしかないことも多いのだろうね。生モノだから保存が難しいし、腐《くさ》らせるよりはマシだから。

続いて他の依頼も見ていく。

「アシッドフロッグの脚肉。アシッドフロッグの胃液。スケルトンの頭蓋骨《ずがいこつ》。オーガの血液。ゾンビの……目玉！」

目玉って……それ、使い道あるの？　マグロの目玉が珍味《ちんみ》として食べられているのぐらいは聞いたことあるけど、ゾンビって人が腐ったアンデッドのアレだよね？　まさか食べるとかないよね？　ゾンビの目玉の煮物《にもの》とか……。いやそれ以前にゾンビから目玉くり貫《ぬ》いて持ち帰るって仕事にしても嫌《いや》すぎるよ……。

依頼主を確認するとアシッドフロッグの脚肉以外はほとんど錬金術師ギルドになっていた。

なんとなく、この町で錬金術師ギルドが嫌《きら》われている理由が見えてきた気がする。

なんだか嫌なモノを見てしまった気分でカウンターの前に戻ると、酒場の方から冒険者達の噂話《うわさばなし》が聞こえてきた。

「おいっ！　聞いたか？　昨日アルメイル公爵の五男が冒険者登録に来て、いきなりCランクになったんだってよ！」

「マジか！　お前それどこで聞いたんだよ！」

「ケッ！　いきなりCかよ！」

「貴族のボンボン様はお偉いことで！」

何人かの男達が立ち飲み用の高いテーブルを囲んでそんな話をしている。

昨日？　アルメイル公爵の五男？　まさか昨日の金ピカの男か？

「その話、僕にも聞かせてもらえますか？」

それからそのテーブルにいた冒険者達全員にエールを奢《おご》って話を聞いた。

やっぱり僕が昨日見た金ピカの男がアルメイル公爵の五男で間違いないらしい。情報の出処《でどころ》についてはゴニョゴニョした感じになったけど、話の内容的に間違いはないのだろうと感じた。

しかし登録していきなりCランクとは……。僕がテンプレチンピラAなら『俺様《おれさま》がDランクなのに登録したばかりのこいつがCランクだと！　ふざけてんのか？』とか言いながら殴《なぐ》りかからなければならないが、どうも嫌なフラグが立つ予感がするので止《や》めておこうと思う。

こういう時は〈直感Ⅱ〉のアビリティが役に立つのでありがたい。

それにしても貴族になればこれぐらい強引《ごういん》な方法が当たり前なのだろうか？　思い出してみると、ランクフルトの冒険者ギルドマスターも立ち振る舞いが貴族っぽい感じだったし、ギルドマスター自体も地域に縁のある有力者が就任したりして、地域の有力者に便宜《べんぎ》を図《はか》っているのかもしれない。

「でもどうして、公爵の五男がいきなり冒険者ギルドに登録しに来たのですか？」

「さぁな。噂では公爵は既《すで》に高齢《こうれい》らしいからよ。まだ若い五男が焦《あせ》って功績を上げに来たのかもな」

そう答えたのはダムドさん。ガッシリとした体格の中年冒険者で、最初に情報を持ってきた人だ。

「というと？」

「公爵家の代替《だいが》わりが近いって話よ。親の代の間に実績を残せればいいが、遅《おそ》くに出来た子はそれが難しい。いくら公爵の息子《むすこ》とはいっても代が替われば厄介者《やっかいもの》だろうからな」

「なるほど」

要するに、親が生きている間は親の支援《しえん》が得られて独り立ちの準備が出来るけど、兄の代になってしまうとそれが難しくなる場合があるから、遅く出来た子には時間的余裕《よゆう》がない、という話なんだろう。

「でもよ、冒険者の成果で公爵家のボンボンの実績になるのかい？　実力があるなら騎士にでもなった方がよっぽどいいだろ」

隣に座っていた別の冒険者がそう聞いた。

確かに、一般的な高ランク冒険者の目指す先が騎士や貴族で、公爵の息子なら冒険者を経なくてもそこを目指せる。一般的な冒険者からすれば遠回りに感じるのだろう。

「さてね……。公爵に騎士や独立貴族にしてもらえない理由があるのか。それとも……」

そう言ってダムドさんはエールを言葉と共に流し込んだ。

「ところで、ダンジョンについてなんですけど――」

一段落したようなので話題をぶった切って質問しようとすると、隣の冒険者がそれを遮《さえぎ》るように
「おめぇさっきから質問ばっかりだな。俺は喉《のど》が渇《かわ》いちまったよ」と言った。

なるほどなるほど、オーケーオーケー、分かってますよ！

冒険者から話を聞きたいなら酒を奢る。これがマナーというか暗黙《あんもく》のルールみたいなモノだ。

「マスター！　エール人数分追加で！　ついでに肉！」

「はいよ！」

「へへっ、分かってるじゃねぇか！」

そしてエールが登場した後、また乾杯《かんぱい》をして話を続けた。

「ここのダンジョンについてなんですけど、どういうダンジョンなんです？」

「ザックリした質問だな、おい」

「いやぁ、昨日こっちに来たばかりで、なにも分からないんですよ」

そう言うと、一人の冒険者がエールで肉を流し込んだ後に口を開く。

「そうだなぁ。ここはアンデッドが多く出るダンジョンで、アンデッドが出ないのは一階と五階だけだな」

「五階には村があってよ、なにもねぇ村だが安全に休むことが出来るぜ」

なるほどなるほど。やっぱり冒険者達は資料室で資料を読むより、こうやって冒険者から直接、話を聞いているんだろうな。彼らにはそっちの方が性《しょう》に合っているのだろう。

「んで、お前のランクはいくつなんだ？」

「Dですね」

「Dか。ソロなら二階までにしておけよ。見学しに行くにしても三階までだ」

「三階と四階にはなにがあるんです？」

「三階はDランクのスケルトンが出る。四階からはCランクのグールが出るが、こいつが厄介でな。動きが素早いしアンデッドだから耐久力《たいきゅうりょく》がヤベェ。頭をはねるか潰すしか倒《たお》せねぇぞ」

聞いた情報を紙にメモしていく。

こういった生の情報は本当に大事だ。

「だからよう。武器は鈍器《どんき》に替えておきな」

「鈍器ですか？」

「あぁ、スケルトンもグールも、二階のゾンビも、切ったり突いたりしたところで大して効きやしねぇ。鈍器で叩き潰すのが一番だぜ」

なるほど！　だからこの町の冒険者は鈍器を装備していたのか！

確かに、僕もエレムのダンジョンでスケルトンと戦った時は槍のダメージが酷《ひど》くて財布《さいふ》に直撃《ちょくげき》してた気がする。

「あとは……マスクだな。教会に行って聖水も買っておけ」

「あぁ、それが一番大事だな」

「違いねぇ……」

「うむ」

何故か四人の意見が一致《いっち》した。

全員がしみじみと、なにかを噛《か》み締《し》めながら頷《うなず》いている。

「……マスク、ってどうして必須《ひっす》なんですか？」

そう聞くと彼らは全員で顔を見合わせた後、こちらを向いた。

「クセェんだよ！」

四人の声が美しいハーモニーを奏《かな》でた。

◆　◆　◆

それから暫《しばら》く冒険者達から情報収集した後、冒険者ギルドを出た。

餅《もち》は餅屋ではないけど、現地の話は現地の人に聞くのが一番良い。この地に住む冒険者にしか聞けない情報を沢山教えてもらえた。

冒険者ギルドから大通りを南へ向かい、最初の角を左に曲がる。すると目的の店が見えてきた。

そう、鍛冶屋《かじや》だ。

店の外からでも聞こえてくる金属を打つ音。屋根から上がる白い煙《けむり》。

この店は冒険者達に紹介《しょうかい》してもらった。

腕《うで》も良く、金属の質も比較的良く、過度な装飾を好まず実用的な装備品を作る店で、ミドルクラスの冒険者が通う店らしい。

店の扉を開けると、扉の上の鈴《すず》がカラカラと音を立てる。店の中は、扉の向かい側にカウンターがあり中年の男が店番をしていて、左手側に武具が陳列《ちんれつ》されていた。

「少し見せてもらっても？」

「好きにしな」

男はそう言って親指で陳列エリアを指した。

それに軽く頷き、端から武具を見ていく。

とりあえず目の前にあった剣を手に取り、鞘《さや》から引き抜いて観察する。

剣身はキレイで歪《ゆが》みもなく、装飾《かざ》も飾り彫《ぼ》りもないシンプルなショートソード。これだけ見ても、この店が目指す方向性が分かるというものだ。

剣を鞘に戻し、他の武器を見ながら考える。

さて、どんな武器を買うべきだろうか。

例の白い世界で見た僕の武器の適性は刺突《しとつ》か打撃で柄《え》が長い武器だったと思う。その中で考えると槍が一番適しているように感じ、これまでは槍を使ってきたけど、冒険者ギルドでは鈍器を勧《すす》められたし長柄の打撃武器もいいと思う。

それと出来れば魔法武器か属性武器が欲《ほ》しい。一応、闇水晶の短剣も属性武器だけど、闇属性だからアンデッドとの相性は最悪。出来れば光属性が欲しいのだけど——と、考えたところで止まる。

確かに光属性はアンデッドに有効らしいけど、そもそも僕に適した属性は光なのだろうか？

いや、間違いなく光属性に適性はあるのだけど、それよりも聖属性、神聖属性という属性の方が合っている気がする。でも、聖属性の武具って存在しているの？　と、考えて思い出したけど、勇者が持つ武器は聖剣と噂されているので存在はしているのだろう。しかし逆に言えば伝説上の武具とかでしか聖属性武具は存在していない気もする。

それにだ。属性武具は魔結晶を錬金術で武具と融合《ゆうごう》させることで作られる。だとすると、聖属性の武具を作るには聖属性の魔結晶が必要になるはずだけど、モンスターの体内から聖属性の魔結晶が見付かるイメージが湧《わ》かない。……いや、そう考えると光属性もそうだし。そもそも聖属性の魔結晶という物質がこの世に存在しているのかすら分からない話なんだけども。

う～ん……やっぱり聖石では属性武具は作れない、よね？　六属性魔法の魔石に相当するモノが神聖魔法の聖石だと思うしさ。

それらは検証しなければ答えは出ないけど、検証するために錬金術師に協力してもらうのも難しい。言えない話が多すぎるからだ。つまり検証するにしても聖属性の武具を手に入れるにも、現状は自分で錬金術を覚えるしか思いつかない。でも覚えるとはいってもそんな一朝一夕《いっちょういっせき》で出来る話ではないし、まず錬金術を教えてくれる場所がない。

「……いや、錬金術師ギルドで教本を売ってたか」

それを読めば、もしかすると錬金術を覚えられるかもしれないけど、あの受付嬢の宣伝文句が怪しすぎてちょっと信用出来ないし、金貨三〇枚では少し躊躇《ちゅうちょ》してしまう。今はとりあえず保留かな。

「すみません。ここでは魔法武器とか属性武器は取り扱《あつか》ってます？」

「置いてねぇな」

う～ん、それは残念。でも、錬金術師を探して、前回、闇水晶の短剣を属性武器化してもらった時のように魔結晶を渡して作ってもらえば安く作ってもらえるはず。以前、手に入れたDランクとBランクの光魔結晶がまだ残っているし。

「じゃあ打撃武器でオススメってあります？　ダンジョンで使いたいので」

「おお！　それならとっておきがあるぞ！」

そう言って男は横の棚をゴソゴソと探り、一本の武器をゴトンとカウンターに置いた。

長さは七〇センチぐらい。形状はバットに近いけど、バットよりも太くて円錐状《えんすいじょう》の棘《とげ》がいくつもついており、全体が黒く着色されていた。

これは……。

「こいつはオーガメイスだ！　全体を鉄で作り、耐久性と破壊力《はかいりょく》を上げた自信作だぜ！　以前オーガが持ってた棍棒を参考に作ったんだ」

手に取り確かめてみる。

うん……ちょっと重すぎるね。確かに破壊力はありそうだけど、持ち運びが大変すぎる。

それに、これを持って鬼ヶ島《おにがしま》にいたら桃太郎《ももたろう》に虐殺《ぎゃくさつ》されそうな見た目も良くない。

「もっと魔法との相性が良くて長い武器が欲しいです。ミスリル製とか」

「ちょっと待ってろ」

男はカウンターを出てきて陳列エリアから一本の青白い六角形の棒を持ってきた。

「これはミスリル合金カジェルだ。鉄にミスリルを混ぜてるから軽くて魔力の通りは良い方だし耐久力も高い。簡単に歪んだりはしねぇし錆《さ》びねぇぞ」

男からその棒を受け取り、チェックしていく。

長さは二メートルぐらいで前に使っていた槍と同程度。重さは当然ながら槍より重いが許容範囲。

ミスリルは軽いという噂は聞いていたけど本当らしい。

ミスリル合金カジェルに魔力を流してみると、予想以上にスッと浸透《しんとう》して軽く驚いてしまう。樫《かし》の杖よりは若干劣《おと》るけど十分だ。

「これ、いくらです？」

「金貨一〇〇」

「……合金でしょ？　ちょっと高すぎません？」

「おいおい、バカ言っちゃいけねえ。確かに合金だが使う金属の量を考えてみろよ、大安売りだぞ」

あぁ……確かにそうかも。槍は穂先《ほさき》の部分だけが金属だし、剣でもこれよりはかなり少ない金属量で作れる。これは全体が金属だから必然的に使う金属の量が多くなってしまい、値段が跳《は》ね上がるのだろう。

そう考えれば妥当な価格かもしれない。

そうこう考えていると、男は「だから売れねぇんだけどな」と小さく呟《つぶや》いた。

おいおい、本音が漏《も》れてるじゃないの。

まぁ、確かにこの武器は期待出来る能力に対して価格が高すぎるんだよね。

普通の人にとっては。

「買った」

「おぉ！　マジかよ！　ありがてぇ！」

僕にとっては十分、実用的だし、まさに今の僕が求めていたモノだと思う。金貨一〇〇枚は大きいけど、それだけのリターンはある！

それから冒険者ギルドの裏手を借りてミスリル合金カジェルの感触《かんしょく》を確かめていった。

槍のように突いてみて、薙《な》ぎ払い、叩きつける。

やっぱり槍術《そうじゅつ》は棒術とは根本的に違うので槍と同じように扱ってはいけない気がする。けど棒術についてはそこまで詳《くわ》しくないから槍術にプラスして鈍器を扱うような感覚でやっていくしかないかな。

ミスリル合金カジェルの中央部を両手で持ち、剣を振るようなイメージでコンパクトに振り下ろす。そして手をスルスルっと滑《すべ》らせて端に持ち替え、長い棍棒を振り回すようなイメージで大ぶりな一撃。そこから勢いを殺さずに回転し、槍のようなイメージで突いてみる。

「対人ならともかく、モンスター相手に棒での突きはイマイチかも」

まぁ実際にやってみないと分からないけどね。

次はミスリル合金カジェルを握ったまま、それを杖のようにして魔法を使ってみる。

「光よ、我《わ》が道を照らせ《光源》」

魔力がスムーズにミスリル合金カジェルに流れこみ、違和感なくその先端《せんたん》で光の玉を形成する。

「これは中々いいんじゃない」

鉄の槍では魔力の流れが悪く、こうはいかなかった。これなら武器を使いながら魔法を使うことも出来る。だとすれば、鉄の槍の時とは違う新しい戦い方が出来るかもしれない。

そうしてその日は夕方になるまで訓練し、近くの宿屋で一泊《ぱく》した。

翌日、朝からダンジョンに入るために早めに宿を出た。

今日はダンジョンの一階部分をくまなく調べてみるつもりだ。冒険者達からは教会で聖水を買っておくようにと勧められたけど、それはゾンビが出る二階から必要になるのだろうし、明日でいいだろう。

宿からダンジョンがある広場に行くと、多くの冒険者達がゾロゾロと裂け目のダンジョンに進入していくのが見えた。その光景は非常に不思議で、少し恐ろしさも感じた。なんせ得体の知れない謎《なぞ》の場所に人が消えていくのだから。

更《さら》に裂け目に近づいていくと異様さがより鮮明《せんめい》になり、余計に気持ち悪さを感じる。裂け目の中は奥行きがあるように見え、奥には黒い球体のようなモノがあって、そこに黒紫色のなにかが渦巻きながらそちらに流れていくように見える。しかし裂け目に入った冒険者達はそこに行くわけではなく、入り口のところにズブリと入るとそこで消えるのだ。まるで奥にある黒い球体がただの背景であるように。

「おい、入らないならどいてくれや」

「すみません！」

入り口で躊躇していると後ろから声をかけられたので慌てて裂け目に入る。

まず左手から裂け目に入れると指先からズプリと消えて見えなくなる。裂け目を超《こ》える時にはヌルい油を纏《まと》ったようなヌルっとした感覚があり、気持ちが悪い。

後ろがつかえているので覚悟《かくご》を決め、グッと全身を裂け目に押し入れると――

「おおお！」

青い空、光る太陽。そして流れる小川。

そこには緑の大地があった。

事前に調べていたけど、これには驚くしかない。

ここには完全に別の世界が存在していた。ダンジョンとかそういったモノではなく、これはむしろワープ装置とかそちらの方がまだ納得《なっとく》出来る。

後ろからどんどん入ってくる冒険者達を避けながら小さくマギロケーションを発動した。

「ん？」

その反応に違和感を覚えて振り返る。

目の前にはさっき入ってきた裂け目があり、その後ろ側には遠くまで続く草原が広がっていた。

僕の目には間違いなくそう映っている。

しかし……。

「なにもない……だと？」

そこには、なにもなかった。

正確に言うと、裂け目の後ろに見える草原が存在していない。

裂け目の後ろ一〇メートルぐらい先に真っ直ぐな壁があり、その先にはなんの反応もないのだ。

しかしこの目には遠くまで広がる草原が見える。

「これは、どういう……」

恐る恐る壁際《かべぎわ》に近づき、そこに手を伸ばす。

なにもないその空間に手が触《ふ》れると、ガラスのようなツルツルとして硬質《こうしつ》な触感が伝わってきた。

それにペタペタと触り、手の甲《こう》でコンコンと叩く。傍目《はため》にはパントマイムをやっているように見えるかも。

この壁は見た目は透明度《とうめいど》が異常に高い板ガラスのようだけど、マギロケーションの感覚ではそんな薄いモノではなく……。いや、そんな次元の話ではないな……。

ミスリル合金カジェルを構え、ゴンゴンと軽く叩いてみる。

しかしこれぐらいで壊れるような気配はまったくない。一度、全力でやってみようかと思い、ミスリル合金カジェルを振りかぶると。

「おい、やめとけって。それぐらいで壊れるもんじゃねぇから。武器が傷《いた》むだけだぞ」

通りすがりの冒険者がそう言って通り過ぎていった。

軽く息を吐き、ミスリル合金カジェルを地面に立てる。

これは恐らく、ホログラムとかVRとか、そういった感じのモノなんだろうな。

一見するとまったく別の場所に来たかのように感じるけど、この場所は確かに壁に囲まれた箱の中。ダンジョンという名の箱庭なんだろう。

つまり、これを作ったのは……。

「人ではない、のかもね」

迷宮型のダンジョンも人の技術を超えた場所ではあったけど、ここに関してはもっと超常《ちょうじょう》的なモノを感じる。今の僕には想像も出来ない存在の思惑《おもわく》の一端がこの場所にはある。そんな気がするのだ。

◆　　◆　　◆

「さて、と」

冒険者ギルドで写してきた地図を広げる。

それによると、僕達が入ってきた裂け目から見て左手側に小川があり、それがマップの反対側まで続いていて、右手側には岩場がある。裂け目から真っ直ぐに進むと森があり、それを抜けると二階に進むための裂け目がある。これがザックリした一階の地形だ。

この階で狩りをする冒険者達はゴブリンが生息している中央部かマッドトードが出る川の側《そば》で狩りをするらしいので、それを邪魔《じゃま》しないように外周沿いにグルっと一周することにした。

話を聞いている限り一階は比較的狭《せま》いらしいので問題ないだろう。

展開してあるマギロケーションを頼《たよ》りに索敵《さくてき》しながら時計回りに草原を進む。

爽《さわ》やかな風が頬《ほお》を撫で、草原がザザザっと音を奏でる。

ってよく考えると風があるのか……。それっておかしくない？　……いや、ここは草原なんだし風ぐらい吹《ふ》いたって普通じゃないか。おかしいのは僕の方かも。……いや、本当にそうなのか？

なんだか感覚がバグりながら歩いていると、小川が見えてきた。

ってよく考えると小川が……。まぁいいや。もうここはそういう場所だと割り切ろう。

するとマギロケーションに生物の反応が映る。場所は前方、小川の近く。形からしてマッドトードだろう。

ミスリル合金カジェルを握り直し、ゆっくりと近づいていくと、その距離《きょり》が五メートルぐらいになった時、マッドトードがこちらに気付いたようで、体を向けてきた。

どうやら索敵能力は高くないようだ。これなら低ランク冒険者の良い飯の種だろうね。

マッドトードがピョンピョン跳ねながらこちらに寄ってきたのでミスリル合金カジェルをクルリ

と回転させ、上から叩きつける。するとそれが上手く頭に直撃したようで、マッドトードはその一撃でピクリとも動かなくなった。

「まぁ、こんなものでしょ」

流石《さすが》にこのランク帯の相手は余裕だ。

体もちゃんと動いたし、ミスリル合金カジェルも違和感なく動かせた。武器を替えての初戦としては上々ではないだろうか。

それから暫くマッドトードを観察する。観察する。観察する。

「へぇ、本当に消えないんだ」

どれだけ経《た》ってもマッドトードは相変わらずその場に残ったまま。

実は裂け目のダンジョンで倒したモンスターは消えないのだ。最初それを聞いた時、僕も驚いた。

これがエレムのダンジョンのような迷宮型ダンジョンならすぐにモンスターの体が迷宮に吞《の》み込まれて消え、ドロップアイテムが残る。しかしここのモンスターは外に生息しているモンスターと同じように倒しても消えることはない。そのままその体は残り続ける。となると……。

「ちょっと面倒かな」

倒したモンスターは全て解体し、最低でも魔石だけは取り除かなければならない。魔石を残すとアンデッド化する可能性があるからだ。

マッドトードの脚を売っても大したお金にならないし、そもそもカエルの解体方法も知らない。

と、考えていると横から近づいて来た一団に声をかけられた。

「お兄さん、そのマッドトード、いらないのかい？」

「あ～……まぁそうだね」

いらないということはないけど、今の僕には特に必要はない。

「いらないなら貰っていってもいいかい？」

「かまわないけど……」

目の前にいる男の子を観察する。

歳は僕より少し下。小学生ぐらい。お世辞にもキレイとはいえない服。胴体《どうたい》には木の板が巻きつけられている。そして彼と同じ年頃の子供達が男女合わせて他に四人。全員、木製の棍棒を握りしめている。

あぁ、これは……。

なんとなく察する。これまでも大きな町ではたまにこういう子供達を見ることがあった。

エレムのダンジョンでは入場が厳しく制限されていて、入場料もあったからダンジョン内で見ることはなかったけど、ここには制限も入場料もない。だから入ってきているのだろう。

「ここで解体を見せてくれるならいいよ」

「よしっ！　交渉《こうしょう》成立だ！」

子供達はテキパキと解体組と見張り組に分かれ、素早く解体に取り掛かる。

まずマッドトードを仰向《あおむ》けにし、古びたナイフで腹を縦に切り裂いた。

「お兄さん、まだ魔石も取ってないね。魔石も貰っていいの？」

「あぁ、いいよ」

「よっしゃ！」

男の子はマッドトードの体内に腕を突っ込み、中でグチャグチャと探るように手を動かし、そして引き抜くと、その手には血にまみれた魔石が握られていた。

それからマッドトードの首の近くとお尻の近くにナイフを滑り込ませ、内臓を両手で外にかき出す。

周囲になんとも言えない臭《にお》いが広がる。

……やっぱり動物の解体は何度見ても気持ちの良いモノではない。出来れば解体作業はしたくない。でも、誰かがこれをやらなきゃ肉は手に入らない。必要な仕事なのだ。

男の子はマッドトードの脚の付け根の部分を手で触りながら確認し、ある一点にナイフをガツンと差し込み、それから脚に一周、ナイフを通すとマッドトードの脚がキレイに切断された。男の子はもう片方の脚も同じように切り落とし、次にマッドトードの腕部分にナイフを入れていく。

「そこも取るんだね」

「ここはあんまり肉がないいし、美味《おい》しくないから売れないけど、食べられるからね」

そうしているとこちらに近づいてきているマッドトードがマギロケーションで確認出来たので素早くそちらに向かい処理し、その体を引きずって来た。

「お兄さん、強いね！」

「これも持っていっていいよ」

「本当に？　今日はツイてる！」

喜びながらまた解体を始めた彼らを見ながら、少し考えてしまうことはある。

袖《そで》触れ合うも他生の縁とは言うけど、こうやって多少でも関《かか》わってしまうとやっぱりね。

「ここにはよく来てるの？」

「うん。ここは二階三階で稼《かせ》いでる冒険者達が集まって来るからね！」

「冒険者達が集まって来るんだ？」

「そこに小川があるでしょ？　そこで水浴びするから、その時に倒したマッドトードを譲《ゆず》ってくれるんだ」

「水浴び？　ここで？」

「そうそう、二階にはゾンビが出るでしょ？」

「あぁ、そういう……」

ゾンビを鈍器で叩き潰してたら、その……。グチャッとドロっとビチャッとしたゾンビ香水《こうすい》を振りまいた感じになってしまうのだろう。その状態では宿屋にも入れない。ここでキレイにする必要があるのだろうね。

二階三階に行く冒険者にとってはここのマッドトードなんて狩っても解体が面倒で店まで売りに行くのも面倒。大したお金にもならないから都合が良いのだろう。

それに共助的な考えもあるのかも。

「それじゃ僕は行くから。解体頑張《がんば》って」

「俺の名前はアドル。またよろしくね」

「あぁ、機会があればね」

軽く手を振り、踵を返す。

色々と思うところはあるもののグッとそれを呑み込み、先に進む。

今の僕に出来ることなんて、多くはないのだから。

それから小川を飛び越え草原《こ》を進み、マギロケーションの端に例の見えない壁をとらえながら森に入って一階の外周をグルリと回っていく。

「おっと」

正面から飛びかかってきたスライムを右手でキャッチし、素早くそれを横にぶん投げた。

これは裂け目のダンジョンのルール、とまではいかないものの、マナーらしい。

最弱のスライムは死体などを溶《と》かし吸収して生きている。つまり我々の倒したモンスターを片付けてくれる森の掃除屋《そうじ》。なので出来る限り殺さずに放置する。それが小さな箱庭である、この裂け目のダンジョンでは地味に重要らしい。

スライムを狩りつくしたらどうなるかはお察しだ。

それから更に森の奥に進むと周囲に冒険者やゴブリンの反応が増えてきて、ゴブリンと冒険者の戦いもよく見るようになってきた。彼らをすり抜けるように避けながら森を歩き、やがて二階へと続く裂け目に到着《とうちゃく》した。

一階と外を結ぶ裂け目と似たような形をしているけど、微妙《びみょう》に違う。紙を引き裂いた時に出来る裂け目が同じ形にならないように、空間に出来る裂け目も裂け方は微妙に違ってくるのだろうか。ちょっとしたトリビアだ。どこかの番組に投稿《とうこう》したい。

裂け目に出入りしている冒険者を横目に通り抜け、外周沿いに今度は入り口を目指す。

ここまでこのダンジョンを歩いて来た感じ、ここは本当に普通の森と草原だ。マギロケーションにもおかしな反応はない。外側の透明な壁がなければ完全に外の世界とは変わらない。

暫く進むと地面のアップダウンが激しくなり、岩が多い地形になってくる。

大岩と大岩の間を抜け、小高い丘《おか》を登っていると、マギロケーションにゴブリンっぽい反応があった。

体を低くし、足音を殺しながらそちらに近づくと、崖《がけ》の下にゴブリンの集団がいた。まだ集落というレベルではないけど、コロニーが作られているのだろう。よく見ると、その中に他のゴブリンより一回り大きいゴブリンがいた。

「あれはゴブリンソルジャーかな？」

そのゴブリンソルジャーは冒険者から奪《うば》ったのか、兜《かぶと》をかぶり、立派な棍棒を持っていた。

「なるほど……」

やっぱりこのダンジョンのモンスターは外のモンスターと同じだと感じる。

ここのモンスターに比べると迷宮型ダンジョンのモンスターは均一的すぎる。

「見付けちゃったし、間引くか」

ここは低ランクゾーンだし今日はあまり戦闘をするつもりはなかったけど、ゴブリンの上位種が出てきて集団化しようとしているなら倒すしかないだろう。

「神聖なる光よ、解き放て、白刃《はくじん》《ホーリーレイ》」

一瞬で魔法を完成させ、ゴブリンソルジャーに放ち、崖を飛び降りた。

「グエッ！」

「グギャッ！　グギャッ！」

ゴブリン達がこちらに気付いて慌てるが、既にゴブリンソルジャーは絶命している。

地面に着地すると一気にゴブリンに走り寄り、短く持ったミスリル合金カジェルをコンパクトに振り下ろし、的確にゴブリンの頭を砕《くだ》いていった。

棒は槍と違い、その両端を同じように武器として使えるのが面白《おもしろ》いかもしれない。短く持って剣のように使い、長く持って槍のように使う。様々な使い方が自由に出来る。

「ゴフッ……」

最後の一匹《ぴき》の頭をかち割り、そこで大きく息を吐く。

かなりミスリル合金カジェルを違和感なく使えるようになってきたかも。やっぱり槍術を学んでいたのが良かったね。

そう考えつつナイフを取り出し、ゴブリンの胸から魔石をえぐり取る。全ての魔石を集め終えたところで魔石と自分に浄化《じょうか》をかけてキレイにした。

その全てを手のひらにのせ確認する。

ゴブリンソルジャーの大きな魔石が一つと残りが小さな魔石。

「やっぱり揃《そろ》ってないね」

ゴブリンソルジャーの魔石が他より一回り大きいのは当然だけど、普通のゴブリンの魔石も微妙に不揃いで大きさが違う。

迷宮型ダンジョンで出るモンスターの魔石はどれもランクごとに大きさが統一されている。しかしダンジョンの外の世界に生息しているモンスターが持つ魔石は同じランクの同じ種族でも不揃いだ。そしてこの裂け目のダンジョンのモンスターが持つ魔石も不揃い。

「ふむ……」

やっぱり裂け目のダンジョンと迷宮型ダンジョンでは全てが違いすぎるね。

傾きかけて色を濃くしつつあるダンジョンの太陽を見ながらそう思った。

◆　◆　◆

翌日、朝早くに起きて宿を出る。今日はダンジョンの二階に行こうと思う。

ちなみに『二階』という言い方をしているけど、その場所が本当に『二階』なのかは分からない。

ただ、最初のエリアから裂け目を抜けた先にある二つ目のエリアだから二階と呼んでいるだけで、冒険者によっては『第二層』とか『地下二階』とか呼び方はマチマチらしい。

大通りに出て北側へ向かう。教会がこちらにあると冒険者から聞いたのだ。

教会に向かう前にダンジョン近くの露店でマスクを何枚か買っておく。布の角に紐《ひも》を縫《ぬ》い付けただけのシンプルな作りのマスクだ。

この町に来た時は、どうしてこの町にはマスクを売っている店が多いの？　パンデミックでも起きてるのか？　と不思議に思ったけど、単純な話、これが対アンデッド用の最終兵器だったからなのだ。

暫く進むと大通り沿いに大きく長い壁が見えてきた。それは大きな敷地《しきち》を囲む壁で、壁の上からいくつかの建物の屋根が見える。そしてその壁にある門は開いており、冒険者達が出入りしていた。

僕も彼らに続いて敷地の中に入ると、正面にある木製の大きな教会に冒険者達が入っていくのが見えた。

教会の周囲には白い鎧を着た騎士がいて、周囲を警護している。

今までいくつか教会は見たことがあるけど、ここまで多くの兵に守られた教会は初めてかもしれない。

少し緊張しながら他の冒険者達に続いて教会に入る。

教会の中には既に多数の冒険者達がいて、教会の奥を見ていた。僕もそちらを向くと、奥にある石造りの祭壇《さいだん》の上に大きな金色に光る水瓶《みずがめ》のようなモノが置いてあり、司祭っぽい男性が一人と修道女らしき女性が複数。その周辺には白い鎧を着た騎士がそれらを守るように複数立っていた。

「それでは始めましょう」

司祭がそう言うと、修道女が陶器《とうき》の水瓶を持ってきて、金色の水瓶の中に水を注ぎだした。

「テスレイティア様に祈《いの》りを捧《ささ》げなさい」

司祭がこちらを向いてそう言うと、冒険者達が片膝《かたひざ》をついて頭《こうべ》を垂れていく。

一瞬『えっ！』と思うけど、何食わぬ顔で大人しく周囲に合わせて僕も片膝をつく。

「神よ！　祝福を与《あた》え給《たま》え！」

司祭がそう言うと、金色の水瓶の中が少し輝いた気がした。

司祭がそれを確認すると修道女の方を見て頷く。修道女は柄杓《ひしゃく》を使い、金色の水瓶の中から水を小瓶《こびん》に移し替えていった。

「それではお並びください」

修道女がそう言うと冒険者達が素直に並び、修道女に銀貨を手渡して陶器の小瓶を受け取っていく。

なるほどな～、聖水ってこうやって作るんだね。

僕の番が来たので銀貨を渡し、聖水を受け取る。混んでいるので素早く教会から出て小瓶の栓《せん》を抜き、中を見てみると。


『聖水（不完全な聖水）』


「……う～ん、なるほど」

予想通り半分。予想外半分。

これが本物の聖水なら聖なるモノなのだから僕なら鑑定《かんてい》出来るはずだと思っていたし。しかしその説明欄《らん》には『不完全な聖水』とあるのは予想外。

でもまぁ、不完全といっても現状はどうしようもない。これを使うしかないね。

◆　◆　◆

それからダンジョンに向かい、裂け目に入って一階に到着。一階を難なく直進し三〇分もかからず二階へ向かう裂け目に到着した。

「さて、と」

マスクと聖水を取り出し、マスクに聖水を少し垂らす。周囲を見ると、同じようなことをしている冒険者が複数いた。こうするとゾンビの臭みを少し中和してくれるらしい。

「シオン、マスク着けるよ」

「キュ？」

「この先、ちょっと臭いらしくてさ、これ着けてたらちょっとマシになるんだって」

「キュ……」

シオンが少し嫌そうな顔で『ヤレヤレ……』という感じに返事した。

シオンにマスクを結び、僕もマスクを装着する。

シオンには少しかわいそうだけど、どこかに預けることも出来ないし、今は連れて行くしかない。

準備が整ったので心を決め、二階への裂け目を抜けた。

「……」

「キュ……」

二階に入ると空気が変わったのが分かった。

雰囲気的な意味ではなく、そのままの意味での空気だ。微妙になにか臭う気がする。シオンも少し嫌そうな顔をしながら僕の肩《かた》からフードの中に戻った。

「とりあえずゾンビと戦ってみるかな」

地図を見ながら冒険者の間を抜け、草原から冒険者の少ない方へ向かっていく。

暫く歩いていると、ゾンビと戦っている若い冒険者パーティを見付けた。

「ウヴァァァァ」

ゾンビはボロボロの服を着た腐りかけの人間そのもの。移動速度は人の歩く速度とほぼ同じぐらいで、そこまでのスピードはない。ゾンビは謎の奇声《きせい》を発しながらノソノソと冒険者へ向かっていく。

「やるぞ！」

「そっちに回れ！」

ターゲットにされている冒険者が棍棒を振り回しながら襲《おそ》いかかってくるゾンビの両腕を叩き落とし、他の冒険者が横や後ろから棍棒でボコボコと殴りつける。しかしゾンビは耐久力が高いのか、あまり効いている感じがしない。

「オラッ！」

側面の冒険者が思いっきり棍棒をはね上げるとゾンビの片腕が宙を舞った。U15規制が入りそうな液体がビチャビチャと飛び散る。

「ここだ！」

それを好機と見たのか、正面の冒険者が棍棒を横にフルスイング。ゾンビの頭が向いてはいけない方向にグルリと回転して千切れかけ、ゾンビはフラフラっと地面に突っ伏《ぷ》した。

「ヴォエエエエ！」

新手のゾンビか！　と思ったら冒険者の一人が吐く音だった。

「だからゾンビの腕は飛ばすなっていつも言ってんだろ！　モロに顔にかかったわ！」

「しゃーないだろ！　そうなっちまったんだからさ」

ボロ布で顔を拭《ぬぐ》いながら口論を続ける冒険者を見つつ「あれは大変だわ……」と呟く。

単純に戦闘力で比較するなら、ゾンビはモンスターの中では比較的戦いやすい部類だろう。スピードは遅いし。しかしそういう問題ではないのだ。

そして暫く歩くと僕にもゾンビと戦う機会がやってきた。

「ウヴァァァァ」

森の中にいたゾンビはこちらを確認するとノソノソと歩いてくる。

あまり接近したくないのでミスリル合金カジェルでゾンビの頭目掛けて突きを放ってみる。

「ヴァ……」

パンッと弾《はじ》けるような音と共にゾンビの首がもげ、後ろにコロコロと飛んでいった。そして体の部分が液体を撒《ま》き散らしながら地面に倒れた。

「キュ……」

「おぇ……」

嫌な臭いが辺りに広がる。

しかしこれで終わりではない。もうここで帰りたいけど、魔石は抜いておかなければならない。つまりゾンビの腹を開く必要がある。

「あぁ……嫌だ嫌だ嫌だ」

とは言っても終わらないのでナイフを持ち、ゾンビの胸をえぐって魔石を取り出した。

「ダメだ……これは耐えられない！　不浄《ふじょう》なるものに、魂《たましい》の安寧《あんねい》を《浄化》」

浄化を使い、全身一気にキレイにする。

「ふ～！　リフレーッシュ！」

とりあえず最初は物理で倒してみようと思ったけど、これはちょっと色々と耐えられない。別の倒し方を模索《もさく》しよう。

しかしここに来て浄化という便利魔法が使える弊害《へいがい》が出てきたかもしれない。僕は汚《よご》れたらすぐに浄化でキレイにする習慣がついてしまっていて、汚《きたな》いままでいることに慣れてない。そして最近は女神《めがみ》の祝福で魔力も増えてきて浄化を使っても一五%ぐらいしか魔力を消費しなくなってきているし、魔力は時間経過で回復するけど、敵を一体倒すごとに浄化を使っていてはすぐに魔力が枯渇《こかつ》するはず。

「これは思ったより苦戦するかも……」

それからまたゾンビを探し、別の倒し方を模索してみることにした。

まずはターンアンデッドから。

この魔法は対アンデッド用の魔法だと分かっているけど、黄金竜の巣で見付けて以来、一度も使えてない魔法だ。

早速《さっそく》見付けたゾンビに対し、茂《しげ》みに隠《かく》れながらターンアンデッドを放つ。

「神聖なる光よ、彷徨《さまよ》える魂を神の元へ《ターンアンデッド》」

ゾンビの体の周辺に光の輪が生まれ、異変に気付いたゾンビがもがくようにガクガクと震《ふる》えたかと思うと光の輪が風に消えるように消滅《しょうめつ》し、そしてゾンビが崩《くず》れ落ちた。

そのゾンビに近づいて確認する。

ゾンビに外傷はなく、衣服の乱れもない。これは……完全犯罪だ！

……まぁ、これから外傷はつけるんだけどね。

ナイフを取り出し、ゾンビの胸に突き刺《さ》して魔石を取り出した。

このターンアンデッド、サックリとアンデッドを倒せるところは評価出来る。しかし……。

「う〜ん、ちょっとないかな……」

魔力が一五％ぐらい減っている。これは浄化と同じぐらいの消費量。一体にこれは実にコスパが悪い。これならライトボールあたりで倒しておいた方がいい。

そう考えつつ森の中を彷徨い次のゾンビを見付け、素早く近づいて魔法を放つ。

「不浄なるものに、魂の安寧を《浄化》」

ゾンビはこちらに気付いて襲いかかろうとしたところで虹《にじ》色のオーラに包まれ全身から白い煙を上げながら地面に倒れていった。

ゾンビが動かなくなってから近づいて観察する。

倒れたゾンビは全身の腐った肉や皮が浄化で中途半端に消え去り、一部の骨が見えてしまっている。

「……さて」

先ほどのように凶器《きょうき》がターンアンデッドの場合、外傷がなく犯行の証拠《しょうこ》がなくなるけど、浄化の場合は全身に酷い外傷が出来て逆に殺人現場感が強まる感じだ。

ゾンビの服を調べ、ズボンのポケットを探る。

アンデッドを浄化で倒した時、またアイテムなどが変化するのか念の為《ため》にチェックしたいのだけど……。

「あっ、そうだ」

ゾンビのズボンのポケットの中に入っていたモノに手が触れた瞬間、思い出した。

それをポケットの中から引っ張り出す。

「銅貨か」

そう、ここのダンジョンでは一部のモンスターがお金を持っていることがあるのだ。

確か冒険者ギルドの資料室で読んだはずだけど、ついつい忘れていた。

親指で銅貨をピンッと弾き、キャッチする。

しかし、恐らく浄化でここのダンジョンのアンデッドを倒しても闇魔結晶が光魔結晶に変わるぐらいしか変化がないと予想している。

闇魔結晶を持つモンスターを浄化の魔法で倒すと魔結晶の属性が反転して光に変わる。それは迷宮型ダンジョンの外でも確認した現象だ。しかし、カオスファイアの魔法書を持っていたはずのモンスターを浄化の魔法で倒すとドロップアイテムがホーリーファイアの魔法書に変化するのに、手元にある闇魔結晶やカオスファイアの魔法書に浄化をかけても変化しなかった。

なので闇魔結晶から光魔結晶への変化は例外として、浄化の魔法で敵を倒すと落とすアイテムが変化する現象は、所謂《いわゆる》『迷宮型ダンジョン』だけの特殊《とくしゅ》ルールなのだと思う。

エレムのダンジョンで魔法書をドロップしたスケルトンやゴーストが魔法書を所持しているようには見えなかったし、例の『しゃもじ』を落としたオークだってしゃもじを所持していなかった。

つまり、あのダンジョンでのドロップアイテムとは『倒したモンスターが持つアイテムの一部がその場に残ったモノ』ではなく『倒したモンスターに関連するアイテムがその場に出現したモノ』的な仕様で、そこに『倒し方によって出現するアイテムが変わる』的なルールがあるのではないだろうか。

要するに、迷宮型ダンジョンは特殊すぎて色々と意味不明！　という話。

そして、この裂け目のダンジョンは外の世界に近いルールなのだろう。

さて、気を取り直して検証を続けるとしよう。

次は聖水攻撃《こうげき》を確かめようと思う。ゲームとかでよく見るアレだ。

聖水を少し手に取り、ゾンビに向けてピシャっとブッかける。

「ヴァアア！」

ゾンビは聖水が付着した部分から白い煙を上げながら少し悶《もだ》えるけど、致命傷《ちめいしょう》にはほど遠いらしく、まだこちらに向かってくる。

なるほどなるほど、聖水はこれぐらいの威力《いりょく》ね……。まぁこれは不完全な聖水らしいし、こんなものでも上出来でしょ。

若干の失望と共に、次はどの検証をしようか……と思っていると、フードの中から出てきたシオンが僕の肩の上に乗り遠吠《とおぼ》えのように鳴いた。

「キュゥーン！」

するとシオンの鼻先にソフトボールぐらいの大きさがある虹色に輝く水の塊《かたまり》が現れる。


『聖水（浄化効果がある聖なる水）』


「おぉん！」

いきなり謎鑑定さんが反応して変な声を出してしまう。

シオンが出した聖水はゾンビの方にフヨフヨと飛んでいき、ゾンビの頭上で弾けた。

「ウバァァァァ！」

聖水を頭からかぶったゾンビは全身から白い煙を上げながら悶え苦しみ、やがて地面にガクリと倒れ伏した。

「えぇぇぇぇ！」

するとシオンに光の渦が巻き付き、その体内に吸収されていく。女神の祝福だ。

「おぉぉぉぉ！」

ゾンビをミスリル合金カジェルの先端でツンツンと突いてみる。

「し、死んでる！」

冷静に考えるとゾンビは最初から死んでいる。

いや、そうではなくて……。もう！　情報量が多すぎる！

「シオン！　いつの間にそんな謎魔法を！　よく分からないけど偉いぞ！　そして女神の祝福おめでとう！」

「キュキューン！」

シオンが得意そうに鼻を高くした。

これ、感覚的に魔法だと思ったけど本当に魔法なのだろうか？　今までシオンに魔法書なんて読ませたことなんてないし……。いや、モンスターでも魔法を使う種族もいるらしいけどモンスターが魔法書を読むとはあまり考えられない。特に動物系のモンスターだと……。

おっと、今はそれよりも大事な問題がある。

背負袋《せおいぶくろ》から鍋《なべ》を取り出す。

「シオン、さっきの水……聖水をここに、出せる？」

「キュ」

するとまたシオンの顔の前に虹色に輝く水の玉が生まれ、鍋に落ちた。


『聖水（浄化効果がある聖なる水）』


「やっぱり聖水か……」

聖獣だから聖水を生み出せたのか？　この聖水と買った聖水の違いは？

「シオン、もしかして他にも魔法、使えるの？」

「キュ？」

シオンは首を傾《かし》げながら聖水の塊をまた生み出した。

なるほど。どうやら使える魔法はこれだけのようだ。

聖水を鍋に入れてもらい、手持ちの水筒《すいとう》から安い葡萄酒《ぶどうしゅ》を捨て、水筒を浄化でキレイにしてから聖水に詰《つ》め替える。そして恐る恐るそれを口に含《ふく》む。

「んん！　美味《うま》い！」

味は普通に美味しい水。問題なく飲める。これからは葡萄酒の替わりに聖水を飲んでもいいかもしれないね。流石に聖水だし体に悪いとかはないだろう。いや、もしかすると聖水ばかり飲んでたらおしっこも虹色オーラを放ちだし、これが本当の聖……おっと、これ以上は放送コードに引っかかる。

まぁそれに他人に見られたら面倒そうだしね。基本的にはいつも通り薄い葡萄酒にしておこう。

そしてシオンが女神の祝福を得た。今までシオンは生まれたばかりだったから考えてこなかったけど、こうなったらシオンのレベリングをした方がいいかもしれない。

聖水でここまでのダメージを与えられるのは恐らくアンデッドだけ。とすると聖水で一撃で倒せるゾンビが湧くこのエリアはシオンにとってまたとないチャンスだと思う。ゾンビなら反撃も受けないから安全だし。ここを逃《のが》すと次はないかもしれない。

僕としては、以前エレムのダンジョンでDランクのスケルトンやオークをソロで狩れてたし、Eランクのゾンビしか出ないこのエリアに魅力《みりょく》は感じなかった。なので一通り調べ終わったらすぐに抜ける予定だったけど、こうなったら事情が変わってくるね。

「よしっ！　この階はシオンのレベル上げをするよ！」

「キュ？」

「シオンを強くするってことさ」

そしてゾンビから魔石を抜き、次のゾンビを探し始めた。

それから数体のゾンビをシオンに狩らせていると、またシオンが光に包まれた。女神の祝福だ。

僕の時は一〇レベルぐらいまでは比較的すぐに上がったけど、シオンも同じっぽい。どういう理《り》屈《くつ》でそうなっているのかはまだサッパリ分からないけど。

「おめでとう。まだやれそう？」

「キュ……」

なんとなく否定的な感情を受けた。そろそろ疲《つか》れてきたらしい。

「じゃあ帰ってご飯にでもしようか」

「キュ！」

外の太陽と大体連動してるっぽい太陽もかなり傾いてきている。別に急ぐ理由もないし今日はもう終わりにしよう。

敵を避けつつ一階に向かい、そこから真っ直ぐに出口に進む。

出口付近には多数の冒険者パーティがいて、ほぼ全員が川の方に向かっていた。

それらの冒険者達はドロドロっとした感じに腐臭《ふしゅう》を放っており、まるでアンデッドの軍勢のよう。

僕はもう浄化でキレイになっているのだけど、アリバイ作りというか見学がてら冒険者達の後に着いていくことにした。

後ろから観察していると、彼らはその場で荷物を下ろし鎧を脱《ぬ》ぎ、人によっては服まで脱いで川にザブザブと入っていった。

「てめぇ、俺より上流でキタねぇモノ流すんじゃねぇ！」

「あぁ？　仕方ねぇだろ！」

冒険者同士の小競《こぜ》り合いが始まる。

川の広さは二メートルぐらい。水量も多くないので上流で洗い物をされると下流の人はたまったものじゃない。

冒険者達は体を洗い、服も洗い、鎧や剣も布で拭《ふ》き取り、最後に聖水を染《し》み込ませた布で手足を拭いたり武具を拭いていく。恐らく、聖水には除菌《じょきん》的あるいは毒を消す的な効果があるのだろう。

それを確認した後、適当に川で手を洗うフリをして出口に向かう。

出口の裂け目を出た頃には既に太陽が沈《しず》みかけ、空が赤くなっていた。

「やっぱり二階からだと帰るまでにかなり時間使っちゃうな」

今日は二階の奥まで行ったこともあり、そこから敵を避けながら慎重《しんちょう》に歩いてダンジョンを出るまでに二時間ぐらいはかかったかもしれない。早く進めば半分以下に短縮出来そうだけど。

「まぁでも、それだとモンスターのトレインになりそうだよね……」

トレインとはMMORPG用語で、モンスターを何匹も引き連れて移動することを指す。

基本的には早く目的地に到着するためにアイテムやMPを温存しながら道中のモンスターを全て無視した結果、多数のモンスターに追いかけられることで出来上がる状況だ。しかし、そうやって集められたモンスターを放置したまま逃《に》げてしまうと、その場所にいる他のプレイヤーに迷惑《めいわく》がかかるので基本的には迷惑行為《こうい》とされている。

そういえば昔とあるMMORPGで、最強クラスのボスモンスターにターゲッティングされたプレイヤーが山の奥から町まで逃げてきた結果、追いかけてきたボスの範囲攻撃で町にいた数百人のプレイヤーが全滅《ぜんめつ》して阿鼻《あび》叫喚《きようかん》状態に……という伝説があった。それからモンスターには行動可能範囲が設定されるようになったらしいのだけど。この世界のモンスターには当然、行動可能範囲なんてものはないだろうし、そういった行動は出来るだけ控《ひか》えるべきだと思う。

しかしそうなると、三階で狩りをするなら移動だけでかなり時間を消費する気がする。この感じだと片道三時間か四時間ぐらいはかかるかも。さて、どうするべきか……。

冒険者ギルドに入り、ギルドカードと魔石をカウンターに置くと、受付嬢が魔石を無数の穴の空いた板の上に出し、魔石の大きさをチェックしていく。

「はい。Eランク魔石九個で銀貨二枚、銅貨七枚ですね」

「ありがとう」

若干、単価が安い気がするけど、それがここのルールだから仕方がない。でも、ゾンビが持っていた銅貨が一五枚あったので、それを合わせると収入は銀貨四枚銅貨二枚になる。これならギリギリ許容範囲か。

カウンターから離れて酒場の方に向かい、人を探す。

えっと……あぁ、いたいた。

「どうも。ここ、いいですか?」

「なんだ、この前のか。いいぜ、座れよ」

彼は前にここのダンジョンについて話を聞いたダムドさんだ。

今日は一人で飲んでいたダムドさんの向かいの席に座る。

「お姉さん、エール二つに肉！　これも二つね！」

「はーい」

給仕の獣人のお姉さんに注文を入れ、運ばれてきたエールと肉を一つダムドさんの方に差し出す。

「おいおい気前がいいじゃねぇか」

「いや、ちょっと聞きたいことがありまして」

と、ダムドさんにダンジョンの三階についての話を聞いてみた。

「実はもう少ししたら三階に行こうかと思ってるんですけど、三階では普通どう狩るものなのか知りたくてですね」

「お前、確かDランクでソロって言ったよな？　まだ三階は早いと思うがな」

「三階で出るモンスターってスケルトンですよね？　それはエレ――別の場所で倒したことがあるんですよね」

「ソロでか？」

「はい」

ダムドさんは腕を組み「う～ん」と少し考え、そして口を開く。

「ということはだ。お前、見た目より強いってことだな」

なんとも返しにくい言葉に「そうかもしれないですね」と曖昧《あいまい》に返す。

「まぁいい。三階で狩りをする方法は二つだ。三階の入り口付近で狩りをしてその日の内に戻ってくるか、奥まで行って野営地に寝泊まりして狩りを繰《く》り返すかだな」

「三階に野営地なんてあるんですか？」

「あぁ、三階の一番奥。四階に向かう裂け目の横にある。あそこは場所が良い。三階で狩りをするにも四階で狩りをするにも都合が良いからな。五階に行く時もあそこで一泊しなきゃ無理だしよ。……ただ、ソロでは使いにくい」

「あぁ……確かに」

ソロで野営は確かに難しい。一人だとモンスターを警戒《けいかい》してずっと起きてなきゃいけないしね。野営地なら他の冒険者もいるだろうからモンスターが来ても誰かが気付くはずだけど、それはそれで他の冒険者を信用していいのか、という問題がある。冒険者は基本的には良い人が多いけど、自分の利益で動くものだからね。

「四階で狩りをするなら五階村を拠点《きょてん》にする方法もあるが、五階村には入村料がある」

「いくらなんです？」

「金貨一枚」

「金貨？　高すぎじゃないですか？」

「バカ言うな、安全はタダじゃねぇんだよ」

そう言われると言い返せない。確かに安全はタダじゃない。

その言葉をしっかりと胸に刻み、よく分からない謎の肉の塊をエールで流し込む。

「それともう一つ聞きたいんですけど。教会に行ったら凄く厳重に守られてて驚いたんですが、あそこってなにがあるんです？」

「お前も聖水を買ったのなら見ただろ？　アーティファクトだよアーティファクト」

「アーティファクト？」

「聖水作った水瓶があるだろ？　それがアーティファクトだ」

あれってアーティファクトだったのか！　てっきり司祭が儀式か祈りとかで聖水を作ったのかと思ったら、あの金色の水瓶自体がアーティファクトだったのね……。

「ああいった聖なるアーティファクトを教会は常に集めてるからな。ダンジョンや遺跡《いせき》で聖なるアーティファクトなんて出てみろ、確実に教会に持っていかれちまう」

「……それって断れないのですか？」

「断ろうと思えば断れるんじゃないか？　その後どうなるかは知らねぇけどな」

「……」

宗教がかなり強い力を持ってそうなこの世界で宗教を敵に回すのは難しいのだろう。建前では『強制しない』ということにはなっているのだろうけど、実質的には選択肢《せんたくし》がない感じ。下手をすれば国まで敵に回すことにもなるから、見付かったら教会に渡すしかないんだろうね。

なんとなく、アーティファクトと僕自身を重ねて考えてしまう。

果たして僕の存在が教会に見付かった時、僕は無事でいられるのだろうか？

◆　◆　◆

それから毎日のようにダンジョン二階でゾンビを倒し、一階に子供達がいた時はマッドトードをあげたり、たまにリゼを召喚《しょうかん》したりして過ごし、シオンが四回目の女神の祝福を受けたので三階でのレベル上げに移行することにした。三階にもゾンビは出るらしいので、僕がスケルトンを倒し、シオンがゾンビを倒せば今までとそんなに変わらないだろう。

翌日、いつもの宿屋を出てダンジョンに向かった。

シオンが聖水を出せるようになってから聖水は買わなくなったので、ダンジョンには直行だ。

裂け目に入り、一階を抜け、二階を抜け、三階に到着。その景色は一階や二階とさほど変わらない。

「さて、やりますか！」

「キュ！」

マギロケーションで冒険者が少ないエリアを探してモンスターを探し、最初に見付けたスケルトトンに狙《ねら》いを定め、一気に走り寄ってその頭蓋骨をミスリル合金カジェルで叩き割った。

スケルトンがその場に崩れ落ち白骨死体が残る。

「やっぱりここのスケルトンも問題ないね」

エレムのダンジョンで戦ったスケルトンと強さはあまり変わらないと思う。でも、持っている剣が少し違う。

剣身がボロボロで刃《は》こぼれや錆《さび》まみれなのは同じだけど、剣の柄《つか》とかのデザイン、剣の太さや長さがまるで違う。同じスケルトンだからどこでも同じ装備、というわけではないらしい。

彼らにも地域ごとに文化や風習の違いがあるのだろう。

「で、その剣をどうするか……」

エレムのダンジョンでもそうだったけど、スケルトンが落とす剣の買い取り価格は非常に安い。武器としての価値はなく、鉄としても質が悪くて価値が低いとか。冒険者としては他に持って帰れそうなアイテムがなければ渋々《しぶしぶ》持ち帰るけど、基本的には捨てていく人が多いらしい。

僕は魔法袋があるから重量オーバーでも持ち帰れるけど、それで魔法袋を持っていると疑われるリスクを取ってまで持ち帰りたくはない感じ。このあたりのアイテムの取捨選択はかなり重要で、時には価値のあるアイテムでも残して帰らなければいけないこともある。魔法袋があってもそれは基本的に変わらない。

思い出してみると、硬派《こうは》なリアル系ＲＰＧなんて呼ばれてたゲームでもアイテムの所持量は多かった気がする。武具なら二〜三セットぐらい持ち運べて当たり前みたいな感じ。やっぱり『アイテムが持てないから町に帰るしかなくなる』という状況はプレイヤーにとっては単純にストレスでしかないのだろう。しかし現実ではそうはいかない。鎧なんて普通は邪魔すぎて複数持てないし、僕にしても鎧は魔法袋に入らないから持ち帰れない。もしこのダンジョンで大きなモンスターやドロップアイテムが多いモンスターを倒しても大部分のアイテムは諦《あきら》めて捨てて帰ることになるだろう。

ボロボロの剣をポイッと投げ捨て、魔石を拾って次を探す。

暫く森を歩いているとゾンビを見付けたのでスタスタと近づいていく。

「シオン！」

「キュ！」

シオンの目の前に現れた虹色の水がゾンビにかかり、ゾンビが絶命した。

ゾンビは動きも遅いので、もはやただの作業と化している。

ゾンビから魔石を取り、盗《ぬす》っ人《と》のようにゾンビのズボンのポケットをまさぐっていく。

「おっ！　ラッキー！」

このゾンビは財布的な布袋を持っていて、中には銀貨が二枚、銅貨が五枚も入っていた。中々にブルジョワなゾンビだ。

商店街のくじ引きのガラガラしたヤツで青玉を引いたぐらいの嬉《うれ》しさが込み上げてくる。

中には銅貨の一枚すら持っていないシケたゾンビもいるので、たまにこういうゾンビがいると殺《や》りがいがある。

……って、カツアゲしてる不良みたいな感覚になってくるな……。良くない良くない。

しかし、このお金はどこから来ているのだろうか？　ゾンビが出るような階層で死ぬような冒険者は少ないし、冒険者から奪ったお金とは思えない。つまりこれはゾンビが生前所持していたお金か、もしくはダンジョンが生み出しているモノなのだろう。もし後者なら、この世界のお金はダンジョンが生み出している？

「あっ！」

よく考えてみると僕はこの硬貨《こうか》を例の白い場所で選んだ特典で貰ってカリム王国で使い、そのままこのカナディーラ共和国に来ても同じ硬貨を使っている。

「もしかして、ダンジョンから出る硬貨がどこも同じモノで、それが統一通貨化している？」

この世界では国が通貨を発行していない。もしくは発行しているけど統一通貨が便利すぎて使われていない感じか。もしそうなら、お金が出てくるダンジョンってこの世界の国々からするとまさに打ち出の小槌《こづち》的な存在で、国力にも関係する重要な存在なのかも。

なんてことを考えつつゾンビとスケルトンを狩り続け、幾日《いくにち》か過ぎた。

シオンは五回目の女神の祝福を受け、僕は——まだ特に変わっていなかった。

「どうすればいいと思います？」

「知らねぇよ！」

冒険者ギルドの酒場で飲みながらこぼれた僕の悩《なや》みをダムドさんが適当に流す。

最近はダンジョン帰りの冒険者ギルドにダムドさんや顔見知りの冒険者がいた時は積極的にコミュニケーションを取っていくことにしているのだ。

「いやね、最近は女神の祝福も貰えないし、停滞《ていたい》してるなって……。ちょっとこれでいいのかな？って思うんですよね」

少し酔ってきた僕がそう言うと、ダムドさんはエールをガッと飲み干して口を開いた。

「毎晩こうやって飲んで騒《さわ》げるだけの金を安定して稼げる。これのどこが不満なんだよ。俺達冒険者は、この一杯のためにダンジョンに潜ってるんだぜ！」

そう言って彼はジョッキを掲《かか》げ、次の一杯を注文した。

まさに『宵越《よいご》しの金は持たねぇ』的な江戸っ子スタイル。そういう生き方も悪くはないと思うけどね。

「もう少しリスクを取って四階に行くべきかって、考えちゃって……」

「四階ってお前、女神の祝福は何回ぐらいなんだ？」

「あ～……確か一六回ぐらいだったような……」

「一六回……それよ、目安としてはDランクに成り立てぐらいだぞ。Cランク帯なんざどう考えても早すぎだぜ」

ダムドさんはそう言った後、少し考えてから話を続ける。

「お前、見た感じ、冒険者になってから一年とかそこらだろ？　そもそもの考え方がおかしいんだよ。女神の祝福なんざEランクぐらいからは年に数回程度が普通だぞ。それで何年かやってようやく一つ上のモンスターと戦えるようになるんじゃねぇか。なにをそんなに焦ることがある。お前はまだまだ若いだろ」

そう言われて『確かに、そうかも』と思う。

確かに僕が最初に冒険者登録してから現在で半年と少しぐらい。それはもう冒険者としては駆《か》け出し中の駆け出しだ。普通の冒険者にとっては、Cランク帯とか目指すような段階じゃない。

僕は、先に進もうとしすぎているのだろうか？

強くなる必要性はランクフルトのスタンピードの頃から感じていたし、このダンジョンにはレベル上げに来たのだけど、命を懸《か》けるリスクを取ってまで無理にレベル上げをする必要があるのだろうか。

Cランクのモンスターは強さがグンと上がるという話だし、このまま三階のスケルトンを相手に他の冒険者と同じように時間をかけて安全にレベル上げをしていっても十分なのでは？

現時点では特に急がなければならない理由もない。

「そもそもだ。その女神の祝福の回数でスケルトンをソロで倒せてるのがおかしいんだよなぁ。ランクはパーティ基準で考えられてるんだからよ。DランクのスケルトンはDランク成り立てのソロでは倒せねぇ。普通はな」

ダムドさんはそう言って肉を口に放《ほう》り込む。

「でもよ、本当に上に行く冒険者は女神の祝福の回数が少なくても格上に勝つ……なんて噂も聞くからよ。まぁ、お前がそうなるかどうかは知らんがな」

……う～ん、上に行く冒険者は女神の祝福が少なくても強い。これは例の白い場所で見た種族とかアビリティの違いが関係しているのだろうか？

種族によってパラメータの数値に大きな違いがあったし、アビリティが本当に才能を表しているのだとすると、それによっても大きく変わってくるはず。もし種族やアビリティによって差が出るのだとしたら、僕にはそれなりに才能はあるという判定になるはず。

「まぁ、俺は忠告したぜ。後は自分で決めるんだな」

そう言ってダムドさんは残りの酒を流し込み、酒場から消えていった。

それを見送りながら考える。

あの白い場所でのこと。南の村でのこと。送り出してくれた風の団の皆《みんな》のこと。

そして、この町での無名冒険者の扱いのこと。

僕はこれから、どういった人生を歩みたいのだろうか。

「……よしっ！」

立ち上がり、店の外へ向かう。

気持ちは固まった。

◇　◇　◇

とある男の冒険者人生

「まぁ、俺は忠告したぜ。後は自分で決めるんだな」

男はそう言って冒険者ギルドを出た。

町は夜の帳《とばり》が下り、出歩く人も少ない。

周囲の酒場から漏れる灯《あか》りと冒険者達の声だけが辺りを照らしている。

「若ぇなぁ……」

男はボソリと呟くと東に向かって歩きだした。

冒険者なら誰でも一度は強い冒険者に憧れて上を目指す。しかしその多くが、いつかどこかで妥協《だきよう》していく。

その理由は簡単だ。自らの命の危機を肌《はだ》で感じるからだ。

何度もモンスターと戦っていれば嫌でも気付かされる。たった一回の失敗でも命を落とすことがある、と。

だから自分の強さに合ったモンスターを狩るようになる。しかしそれでは女神の祝福が得られにくくなる。そして女神の祝福が得られないと強くならなくなる。

なので妥協してしまうのだ。

そうして多くの冒険者はCランクやDランクで落ち着いていく。Cランク、Dランクの冒険者が一番多い理由はここにあるのだろう。

男は一軒《けん》の家の扉を開け、その中に入っていく。

「帰ったぞ！　今日はお土産《みやげ》もあるからな」

「よっしゃ！　パパおかえり！」

「おかえりなさい」

男は子供に包み紙を渡し、椅子《いす》に腰掛けた。

男は思う。俺はこの『場所』でいい、と。

冒険者が死ねばその家族は路頭に迷う。子供が小さければ特に悲惨《ひさん》。そんなリスクを冒《おか》してまで格上の敵を相手にする必要があるのか？

男は考える。かつて名を馳《は》せた高ランク冒険者が行方《ゆくえ》不明になった後、その家族がどうなったのかを。

「ロクなもんじゃねぇ」

男は吐き捨てるように言った。

「あなた、どうかしたの？」

「どうしたの？」

妻と子供に心配され「なんでもない」と軽く手で制しながら「もう休む」と、男は寝室《しんしつ》に向かう。

ただ、若い頃に感じたあの高揚《こうよう》感と似た感情をぶつけられ、羨《うらや》ましくもあり――そして少し苛立《いらだ》ちがあっただけだ。

まぁ、それも――

「悪くはないがな」

男はそう呟き、ベッドに体を預けた。

◇　◇　◇

そして翌日。今日も今日とて朝からダンジョンに向かう。

しかし今日は思いきって四階に行ってみることにした。

「よしっ！」

昨晩、悩みながら色々と考えた結果、出た結論だ。

ゆっくりと強くなることも人生の一つの選択だと思うけど、僕はもう少し先を見てみたい。

こう思ったのは僕が地球の日本での豊かな生活を知っているからかもしれない。

ダムドさんは一杯のエールのためにダンジョンに潜っていると言っていたし、僕でもそれは分かる気がする。でもそれは、この世界には娯楽《ごらく》や楽しみの種類が少なく、一般大衆は広い世界を知らないからだ、とも思うのだ。

僕はこの世界をまだ詳しく知らないけど、情報溢れる地球での経験から『世界は広くて多様』だと想像は出来る。でも戦国時代の地方の町の人間が西洋の国々を想像すら出来なかったように、この世界の多くの人々はこの世界にある未知のものについて想像していない気がする。精々、自分が住んでいる町を中心とした自国とその周辺国ぐらいだろう。

この世界の無限の可能性について想像してしまった僕には、一杯のエールのために仕事をするような生き方は難しいのかもしれない。

そう考えつつダンジョンに入り、急ぎながら奥に向かう。

しかし一階、二階を抜け、ようやく三階の奥に到着した頃にはもう太陽が頂点を通り過ぎていた。つまり今から帰っても外に出るまでに日が落ちる可能性が高い。四階は三階以上に広いという話なので、やっぱり四階で狩りをしたり五階村に行くにはここで野営をするしかないみたいだ。

「ここが三階の野営地か」

四階に向かう裂け目の横に土や丸太が積まれた簡単な壁が出来ていて、その中にいくつかのテントっぽい建物や布が敷かれた場所があり、何人かの冒険者っぽい人々が鎧姿のまま寝ていたり、鍋でスープを煮ていた。

野営地の中には小川が流れていて、隅《すみ》の方にはトイレらしき穴もあった。

入り口付近で鍋をかき混ぜている若い冒険者に話しかける。

「すみません。この野営地って自由に使っていいんですか？」

「あ？　あぁ……空いてる場所なら自由に使えばいいんじゃねーか」

冒険者に礼を言い、野営地の中を見て回る。

場所取りされてある場所は全体の五分の一ぐらい。まだまだ空いているスペースはある。

テントっぽい建物を設営しているということは長期滞在《たいざい》を視野に入れているのだろうか？　まぁ確かに、ここまでの距離を考えると出来る限り長く滞在した方が効率は良さそうだ。

「よし、じゃあ四階に行こうか」

野営地のチェックが一通り終わったので本来の目的である四階に行くことにした。

今回の目的は、四階に出現するCランクモンスター『グール』の調査だ。

聞いた話によると、グールは素早くて耐久力も高く、ここのダンジョンでは一つの壁になっているらしい。ここで勝てなくて万年Dランク。なんてことも珍しくないとか。

そしてここからは死者の数も跳ね上がる。

気を引き締めながら裂け目を通り、四階の地を踏《ふ》む。

「景色は似てるね」

四階に変わっても相変わらず森と草原系の場所。代わり映《ば》えはしないけど、安心感はある。

いつものようにマギロケーションを頼りに移動を開始する。

草原を抜け、森に入り、いつもより慎重に、慎重に……いたっ！

二〇～三〇メートルぐらい先、森の中に佇《たたず》む一体のグール。

見た目は普通のゾンビに近い。しかしゾンビはフラフラヨタヨタしていたのに対し、グールは腕をだらんと下げ、前かがみの体勢で、今にも飛びかかってきそうな雰囲気があった。

「……とりあえず先制攻撃は魔法でいこう」

物理でやれるかもチェックしたいけど、気付かれてないことだし最初は安全にいきたい。

周囲に人がいないことを確認し、魔法を構築する。

「神聖なる光よ、解き放て、白刃《ホーリーレイ》」

虹色に輝く円錐形のツララをグールに向けて放つ。

「ガッ！」

しかし遠すぎたからか、グールは身を捻《ひね》ってそれを避ける。

が、避けきれずに左腕を飛ばされる。

「上出来！」

こちらに走ってくるグールを迎《むか》え撃《う》つためにミスリル合金カジェルを構え、大きく振りかぶった。

「はっ！」

「ガアッ！」

ミスリル合金カジェルとグールの右腕が激突《げきとつ》し、こちらが弾かれる。

「強い！」

弾かれた勢いのまま横に一回転し、そのままミスリル合金カジェルを横に薙ぐ。

それがグールの横っ腹にめり込むけど、グールはたたらを踏むぐらいで止まる。

ゾンビが相手なら吹き飛ばせてたのに！　これは正面から攻撃を受けるのはヤバすぎる！

それからミスリル合金の中ほどを持ち、二度、三度とグールの攻撃を受け流し、四度目の攻撃を横に弾いた。その瞬間、グールに前蹴《まえげ》りを入れてバランスを崩し、瞬時に魔法を詠唱《えいしよう》した。

「神聖なる光よ、彷徨える魂を神の元へ《ターンアンデッド》」

次の瞬間、グールの体を包むように光の輪が現れ、グールがガクガクと震えた後、地面に崩れ落ちた。

そして光の輪が消えた後、僕も地面に膝をついた。

そして体に溢れる光――女神の祝福。

「……はぁ」

いやぁ疲れた。想像していたより強い。やっぱり僕にはまだ早い相手なのは間違いないと思う。

とにかく初撃で腕を一本取れたのが良かった。それと切り札のターンアンデッドがあって良かった。

どちらかが欠けていたらもっと厳しい戦いになったと思う。両方欠けていれば終わっていた。

しかしこのタイミングで女神の祝福を得られるとはね。まるで『厳しくてもこの四階で戦え』と誰かに言われているかのようだ。

それにしても――

「ターンアンデッドさん、強すぎない？」

◆　◆　◆

それからもう一度、グールを探して戦ってみることにした。

周囲に他の冒険者がいないことを確認しつつ、グールが単体でいる場所を探し、グールに気付かれないように慎重に近づく。こんなことが出来るのも全てマギロケーションさんのおかげです、はい。

そして見付けた一体のグールに狙いを定め、遠くから魔法を放つ。

肉弾戦《にくだんせん》はまだ少し不利っぽいことは分かったので、今回は最初からターンアンデッドを使って上手くいくかを探っていく。

「神聖なる光よ、彷徨える魂を神の元へ《ターンアンデッド》」

両手で掴んだミスリル合金カジェルの先端をグールの方に向け、魔法を発動。しかし——

「ん？」

体内にあった魔力が正常にゴッソリ抜けていく感覚はある。しかしなにも起こらない。

まるで怪しい通販《つうはん》ショップで注文してお金も払ったのに商品が届かないような感覚。消費者庁に通報したい。

それはさておき、これはどういうことなのだろう？

念の為、もう一度ターンアンデッドを使ってみる。

「神聖なる光よ、彷徨える魂を神の元へ《ターンアンデッド》」

魔法の発動と共に魔力がゴッソリと抜け、今度はグールの周囲に光の輪が出来上がり、グールは昇天した。

「どういうことだってばよ？」

思わず口調が変になってしまうぐらい不思議だ。

グールの死体に近づき金目の物を漁りながら考える。

一回目と二回目のターンアンデッドに違いはなかったはず。しかし一回目には効果が出なかった。

つまり――

「発動率が一〇〇％ではない？」

そう考えるのが妥当だろうか？

いや、これまでにゾンビやスケルトンを相手に何度か試《ため》したけど、そこでは一〇〇％発動だったはず。ということは、相手によって発動率が変わるってことか？

「というより、自分と相手によって変わる、ってのが適切なのかも」

単純に自分と相手の力の差によって変わるとか。一番考えられるのはパラメータの差だろうか。術者の魔法攻撃力とターゲットの魔法防御《ぼうぎょ》力の差で変わる的な。……この世界にそんなゲーム的なパラメータが存在しているのかは分からないけど。

それとＰＩＥの数値は関係していそうな気がする。

背負袋の中からメモの束を取り出してパラパラとめくり、探していたメモを見付ける。

えーっと……ＰＩＥは信心に関する適性で、耐性《たいせい》や魔法成功率、補助魔法などに影響《えいきょう》する、か。

やっぱりこれは関係してそうだよね。そもそもクォーターエンジェル自体がＰＩＥの数値が高い種族だったと記憶《きおく》しているし、神聖魔法はＰＩＥの影響が大きい魔法な気がする。

なんにせよ女神の祝福の回数が増えれば成功率は上がっていくはず。

それに、もしかするとＰＩＥの数値を上げる方法があれば成功率が上がるかもしれない。

……だが今はそれよりも重要なことがある。

「この魔法、もしかして発動に失敗したら攻撃判定がない？」

いや、正確に言うと、魔法が成功しなければ発動しない、かな。

とにかく、一回目のターンアンデッドが失敗した時、グールはなにも反応しなかった。つまり攻撃判定が生まれていないはず。

それはつまり……相手に気付かれないように魔法を使い続ければ理論上いつかは倒せることになる。

その瞬間、頭の上にピカリと電球が光り、素晴らしい悪巧《わるだく》みを思い付いた。

「これは……ひょっとしたらとんでもない可能性があるかも」

◆　◆　◆

それから暫くターンアンデッドを試した後、三階の野営地に戻ってきた。

まだ試行回数が少なくてはっきりとは言えないけど、現時点での成功確率は大体三〇％から四五％ぐらいだと思う。そこまで確率が低いわけではないけど五〇％まではいかない、ぐらいの感じだ。

太陽が沈み始めて空が赤くなってきた。野営地にはさっきより人が増え、煮炊《にた》きの煙や人々の声も増えている。

今日はこの野営地に泊まる。

色々と考えたけど、五階を目指すならどこかで一泊する必要があるし、グールが闊歩《かっぽ》する四階エリアで野営するのは自殺行為。ならここで一泊するしかない。

後は……パーティを組んでみるという手もあるけど、今の僕は簡単にパーティを組めない体になってしまっている。ダン達の風の団に入った頃とは事情が違っていて、言えないことが多すぎて不自然に思われることも多くなるだろう。

それはまさに疑惑《ぎわく》のデパート状態だ。そのうち疑惑の総合商社にランクアップしてしまうだろう。とにかくこのダンジョンでは浄化魔法とシオンの聖水あたりは絶対に欠かせないから、パーティを組むメリットよりデメリットの方が大きくなってきてるんだよね。それに今日はターンアンデッドの有効性も分かったしね。

野営地を適当に歩いて壁際の空き地を見付け、周囲の冒険者に軽く挨拶《あいさつ》をし、そこに外套《がいとう》を敷いて腰を下ろす。そしてシオンを下ろして一息ついた。

周囲からは探るような目線が少し飛んでくるけど、特にそれ以上はなにもない。

「ご飯にしようか」

「キュ」

背負袋から乾燥《かんそう》肉と器《うつわ》を二つ、それに薄い葡萄酒を取り出す。

水滴《すいてき》の魔法を覚えてからは水を飲むことも増えた。けど、ここではオリハルコンの指輪は使いにくいので飲めない。それに浄化出来るとはいえ、真水は腐りやすいので水筒に入れて持ち運ぼうとは思えない。特に今はまだ暑い時期だし。

そういえば、ここの冒険者の中には聖水を井戸水《いどみず》やダンジョン内の小川の水に混ぜて飲み水にしている人もいると聞いた。これなら試してみてもいいかもね。

そんなことを考えつつ一人と一匹で乾燥肉をガジガジしてると太陽が沈んで辺りが暗くなってい

った。

いくつかのパーティが出した光源の魔法の光と焚《た》き火の炎《ほのお》が周囲を照らしている。

地面に敷いていた外套を羽織り、壁に背中を預けてあぐらをかき、その上にシオンを乗せる。

今日はここで一泊するけど、ここで寝るつもりはない。要するに、ここがソロでは避けた方がいい場所だったとしても、寝なければ対処出来るのだ。この体はまだまだ若いし一日ぐらい寝なくても問題ない。

そうして数時間経った頃。

「……やっぱり暇だ」

既に熟睡《じゅくすい》中のシオンを撫でながら呟く。

寝ないのはいいけど暇なのは辛《つら》い。そういや、こうやって一人でやることもなく時間を潰すのも久しぶりな気がする。この世界ではやらないといけないことも多かったしね。でも今後のために暇潰し方法を考えてみてもいいかもしれない。ボードゲームとかカードゲームとか作ってみるのもアリだ。

……いや、ボードゲームとかカードゲームを一人で暇潰しでやるってのもかなりヤバい絵だな。止めよう……。

などと考えながら目を閉じる。そして丹田《たんでん》に意識を集中させていく。

これは所謂『瞑想《めいそう》』と呼ばれているモノ。

武術を習っていた頃は練習前後にいつもやっていたけど、最近はめっきりやらなくなっていた。

暇すぎて思わずやってしまったけど、たまにはこういうのも悪くないかもしれない。それに地球では集中して気分を落ち着かせるぐらいの効果しか意識してなかったけど、この世界では実際に丹田に魔力があり、それを感じて動かすことも出来る。なので、ここではもっと意味があるような気がしないでもない。

　丹田にある魔力を引き出して動かして、回転させたり体に巡《めぐ》らせたりしていく。そして普段は魔法を使わない左手に集めたり足に流してみる。

　地球での瞑想はぶっちゃけタイミングによっては眠気《ねむけ》との戦いになるけど、この世界での瞑想は体内の魔力を感じるだけに、それを動かしているとお手玉をしているような感覚になってちょっと面白いかもしれない。

◆　◆　◆

「ん？」

背を預けていた壁の後ろ、森の中から複数の物体がこちらに移動してくる反応があった。

その数は一、二、三……。そのまま増え続けて一〇を超え、二〇、三〇となっていく。

「なんだ……」

ミスリル合金カジェルを手に持ち、立ち上がる。

周囲を確認するも、まだ誰も気付いている様子はない。

さてどうする？　ここで他の冒険者にこの状況を伝えるにしても相手を納得させる根拠《こんきょ》を示せない。

そうこうしている内に野営地の入り口付近にいた冒険者が叫んだ。

「来たぞぉぉ！」

その声で周囲の冒険者達が立ち上がって武器を準備し始めた。

「ちっ！　来やがったか」

「よしっ！　稼ぎ時だぞ」

「はぁぁ……寝てたのによぉ！　めんどくせぇ」

冒険者達の反応は様々。しかし焦っているような感じはない。

近くにいた冒険者に聞いてみる。

「こういうことってよくあるんですか？」

「あぁ？　はぁ……たまにな。奴《やつ》ら、夜は好戦的だからよぉ」

その冒険者はそれだけ言って野営地の入り口に歩いていった。

アンデッドは夜になると活性化するとか……？　そんな情報どこかにあった？　……覚えてないけどイメージには合う。

野営地を確認すると半分ぐらいの冒険者は戦闘準備を進めているけど、残りは寝てたり鍋からスープをよそったりしている。比較的自由な感じだ。そこまでの問題ではないのかもしれない。

少し考え、とりあえず夜のアンデッドがどんなモノなのか見てみるために野営地の入り口に向かい、そこから外で戦っている冒険者とアンデッド軍団を覗《のぞ》き見た。

冒険者達が出した光源の光で浮《う》かび上がったアンデッド達は不気味で、昼間とは違って見える。いや、違って見えるだけでなく実際に少し違うっぽい。いつもは動きの遅いゾンビが少し機敏《きびん》に動き、スケルトン達も力強い。

「オラァ！」

一人の冒険者が棍棒でゾンビに殴りかかり、その頭を潰す。続いて他の冒険者がスレッジハンマーでスケルトンの頭をその腕ごとふっ飛ばした。

複数パーティの多数の冒険者が連携《れんけい》もなく自由に戦い、混戦になっていく。

そうして暫くの戦闘の後、アンデッド軍団が全て片付けられた。

それにしても、少しのリスクがあってもこの野営地に来て正解だった。一人で野営して夜にこんな大群と遭遇《そうぐう》したら流石に危なかったかもしれない。やっぱりこの場所に野営地が出来たことには意味があったし、夜になるとここに多くの冒険者が集まってくることにも意味はあった。

三階でこれだと四階はもっと大変だろう。このダンジョンでソロの野営はかなり難しい気がする。

「おい！　それは俺が倒したスケルトンだぞ！」

「はぁ？　どこに目ぇ付けてんだ？」

アンデッド達を倒した瞬間、冒険者同士で争いが始まる。

そりゃこれだけの混戦状態になったらどれが誰の獲物《えもの》だったのか分かるはずがない。スタンピードの時は誰が倒したモンスターも一旦《いったん》は冒険者ギルド預かりになり、後で冒険者ギルドの裁量で分けられた。それが公平だったかは分からないけど、冒険者ギルドという組織の力で誰にも文句は言わせなかった。しかしこの場は違う。取り仕切る組織など存在しない。

「てめぇふざけんなよ！」

「あぁ？　やろうってのか！」

争っていた片方が腰から大きめのナイフを抜く。そしてそれを見た相手が慌てて棍棒をかまえた。

こいつら本気でやり合うつもりか？　本気か？

周囲に緊張が走った瞬間、大きな男が間に割って入った。

「おい、いい加減にしとけ。まさかスケルトンの一匹に命張る気か？　ここで何人見てるのかよ～く考えろや」

大きな男がそう言うと、争っていた二人がゆっくりと武器を下ろしていく。

彼は言葉を続けた。

「俺はこのスケルトンはこいつが倒すのを見た。このスケルトンはこいつの物だ。それでいいな？」

大きな男はそう言いながら棍棒を持った男の方を指差し、それからナイフを持った男の方を見た。

「んなっ！　それは違――」

ナイフを持った男が反論しようとするが、その仲間らしき数名が「おい、よせ！」と割って入って言い聞かせると、ナイフを持った男も諦めたのか「……あぁ」とナイフを収めた。

それを見て僕も周囲もホッと息を吐く。

ダンジョンの中は無法地帯……とまではいかないけど、法の支配が届きにくい場所ではある。だからこの野営地にはモンスターとは別の危険があるのだけど、だからこそ一定の秩序《ちつじょ》が生まれる……のかもしれない。

そしてその中でヒエラルキーのようなモノが生まれ、そのトップがああいった力のある顔役のような存在となる。

そう考えながらナイフを持っていた男を見る。男は悔しそうな顔をしていた。

まぁその顔役が公平かどうかは分からない、か……。

とにかく、今回は戦闘に参加せずに様子を見ていて正解だった。

◆　◆　◆

翌朝、陽《ひ》の光が出てきたところで野営地を出る。目指すは、外の世界。

今回の四階遠征《えんせい》は予行演習的なモノにすると予《あらかじ》め決めていたのでこれは予定通り。

それに今回の遠征で色々と分かってきて、準備しないといけないモノも出てきたしね。

それから数時間かけてダンジョンを戻り、裂け目から外に出ると昼過ぎになっていた。

やっぱり裂け目のダンジョンは移動にとにかく時間がかかる。転移碑《ひ》がある迷宮型ダンジョンのありがたみが身に染みる……。

そして冒険者ギルドに入り魔石をカウンターに提出。

受付嬢が穴の空いた板で魔石の大きさをチェックしていく。

「あら？　これはCランク魔石ですね。他のパーティの方々のお姿が見えませんが、ルークさんはソロなのでしょうか？」

「ええ、そうですね」

「それは将来有望ですね！」

なんて雑談をしつつ金貨二枚銀貨一枚を受け取った。

やっぱりCランクのエリアに入ると儲《もう》かるね。そして、ソロで活動するなら目立つようにもなる。

でも、今はもう少し名を売っていくと決めた。様々な場所に行き、自由に行動し、不自由のない生活をし、色々な活動をしていくには最低限の『格』が必要だ。それがようやく分かってきた。変に目立ちすぎるのも良くないけど、道端《みちばた》の石ころのままではなにも出来ない。この辺りのバランスは難しいけど、上手く丁度良いポジションを探りながら進んでいくしかない。

冒険者ギルドを出ていつもの宿屋に部屋を取り、疲れたので早めに寝ることにした。

そして翌朝。

早い時間に寝すぎて早い時間に起きてしまった。

いつもならダンジョンに行くだけなので早くてもいいけど、今日は買い物に行く予定なので店が開いてない時間に起きても仕方がない。ということで宿の裏に出て軽く訓練をすることにした。

グールを仮想敵としてミスリル合金カジェルを構える。

やっぱりグールを相手にするなら接近戦をしながらスムーズに魔法を使えるようにならないとダメだ。前回グールと接近戦をやった時は、接近戦をしながらでは上手く魔法が使えず蹴りでグールの体勢を崩してスキを作り魔法を使った。でもそれでは一手遅い気がする。接近戦をしながら魔法で別の敵を倒すぐらいのつもりでやらないとソロでは今後厳しくなってくる気がする。

そう考えながら棒術の動きを練習していく。ミスリル合金カジェルを振り下ろし、先端で突きながら魔法を発動する。

「光よ、我が道を照らせ《光源》」

攻撃魔法は危険なので光源の魔法での代用。

そして光源を消してもう一度。

ミスリル合金カジェルを突いて、振って、叩きつけながら先端から魔法を放つ。

「光よ、我が道を照らせ《光源》」

様々な動きを試しながら武術と魔法が一体となる新たなる武術を考えていく。

流石に一朝一夕では出来上がらないだろうけど、既にコンセプトは明確なので後は練度を上げて違和感なく魔法を使えるようにしていくだけだ。

こうして小一時間、新しい武術を練習していった。

そして太陽が完全に昇《のぼ》った後、町に出かけた。

この世界のお店は太陽が昇ると共に開きだし、基本的には太陽と共に閉まるので分かりやすい。

「さて、まずは……」

この町に来てから少しずつこの町の探索《たんさく》はしていた。

大まかなこの町の造りは、西に富裕層《ふゆうそう》、東に貧困層《ひんこんそう》、北が教会や各種機関を中心としたエリアで南が商業地区。勿論、明確に区切られているわけでもないので大体の印象だけど。

とりあえず町の南側、商業地区に向かい、朝市で食料品などを買い込んでいく。

これからは五階村を拠点に活動するので、こちらに戻ってくる機会も減る。それに五階村は物資も少なく物価が高いという噂。出来る限り物資は揃えておきたい。

「乾燥アッポルだよ！　ザル一つで銀貨一枚だ！」

「キュ！」

「ん？　これがいいの？　おっちゃん、二つ頂戴《ちょうだい》」

「はいよ！」

シオンが珍しくフードの中から出てきたと思ったら、乾燥アッポルを欲しがったので購入《こうにゅう》することにした。

アッポルはりんごに似た形と味をした果物で、周辺の国々では比較的ポピュラーな果物っぽい。

流石に品種改良されまくって甘《あま》さがスイーツ化している日本のりんごと比べると渋すぎるけど、一般人には貴重な甘味《かんみ》だ。

この乾燥アッポルはそれを縦にスライスして乾燥させたモノだけど、果たして味はどうなのだろうか？

でもシオンが欲しがったということはアタリなのかもしれない。

背負袋から小袋を出して乾燥アッポルを詰める。

この世界にはビニール袋なんて便利なモノは存在しないので、こういった買い物をするなら容器は複数持ち歩いておく必要があるのだ。

ザバザバっと袋詰めする最中、割れた一枚を見付けて更に半分に割ってシオンに半分渡し、残りの半分を口に含む。

「うん、十分イケるな」

爽やかな酸味とほのかな甘味が広がっていく。

やっぱり乾燥させると濃縮《のうしゅく》されて甘くなるね！

物資を揃えた後、露店などを一通りチェックし、そこから町の北側に向かう。

こちらには武器屋の店主に紹介してもらった錬金術師の店がある。

武器屋の店主曰《いわ》く『錬金術師にしてはマトモ』な店らしいけど、果たして……。

「……っと、これかな？」

大通り沿いで教会のある場所より少し奥。木製で立派だけど高級店という感じでもなく、敷地も狭い。

店の扉を開くと独特な草の匂《にお》いがして、いかにも！　という感じがする。

店の棚には様々な意味不明なアイテムが並び、その中にはいくつかの陶器の瓶も見えた。

「すみませ～ん、魔力ポーション三〇本ください」

店の奥にいる黒いローブを着た中年男性に声をかけると、男はなんともいえない顔でこちらを見た。

「お客さん、戦争でも始める気か？」

「いやいや、普通にダンジョンで使うだけですよ」

今回、錬金術師の店に来た理由がこれ。魔力ポーションだ。

そもそもの発端《ほったん》はターンアンデッド。このターンアンデッドは効果も強いが魔力消費量が多い。なので連発が難しく、これをメインの攻撃手段として使っていくのは難しい。しかし現時点ではこれに頼らないとグールを相手にするリスクが大きい。ならば魔力消費の方をどうにかすればいい。

これはＭＭＯＲＰＧではよくあるレベル上げ戦術。所謂『ポーションガブ飲み』ってやつだ。

「なんにせよここにはない。うちで作り置きしてるのは二本だけだ。知っているとは思うが魔力ポーションの使用期限は七日程度だからな。そんなに大量には置いとけない」

「じゃあ明日の朝までなら三〇本、揃えられます？」

「……おいおい本気かよ。まぁ前金払うってんならやるが。魔力ポーションは一本で金貨一枚と銀貨五枚だぞ？　三〇本なら金貨四五枚だぞ？」

あれ？　予想よりちょっと高いな。確かウルケ婆《ばあ》さんの店では金貨一枚だったけど……。あの時はオマケしてくれていたのだろうか？

まぁいい。それでも計画に変更《へんこう》はない。

「かまいませんよ。前金はいくらです？」

「金貨一〇でいい」

「ではこれで」

財布から金貨を一〇枚取り出した。

「まったく、こんな数を注文するのは公爵様ぐらいだぞ。あんた一体、何者だよ……」

「ただの旅のヒーラーですよ」

そう言いながら錬金術師の店を出た。

それから帰りに見付けた書店に立ち寄ったり屋台でお昼を食べたり、裏路地を歩いてみたりしたけど大きな収穫《しゅうかく》はなかった。

そして暫く歩いていると教会の前に出た。

「あぁ……。寄ってくか」

これまで教会という施設《しせつ》には用事がなければ近寄らないようにしていた。

大きな根拠があるわけじゃないけど、もしかすると教会では僕の正体とかを看破するようなモノや人物が存在するかもしれない。そう考えたからだ。

けど今は少し考え方が変わってきた。というのもターンアンデッドを検証してからだ。

ターンアンデッドには成功率がある、ということが分かり、その成功率が今はかなり重要になってきている。なのでターンアンデッドの成功率を上げていきたいのだけど、それを上げる可能性が一番高そうなのがＰＩＥというパラメータだと感じる。ＰＩＥは主に信仰心《しんこうしん》に関する数値で、信仰心を上げそうな行動といえば祈り。祈りといえば教会だと思う。

なので教会に行って祈ってみたらＰＩＥが上がるんじゃないの？　という安易な発想から、定期的に祈りを捧げてみようかなと思っている。

教会の広い敷地に入っていく。

もう昼過ぎだからか敷地の中は冒険者の数も少なく、何人かがボロボロに崩れて消える武具を見つめながら膝から崩れ落ちているだけだ。

この光景はどこの教会でもお馴染《なじ》みなのだろう。

それらを横目に見ながら先日、聖水を買った建物に近づいていくと、扉の前を例の白い鎧の聖騎士とやらが守っていた。

「すみません。神に祈りを捧げたいのですが……」

「それならあちらへ行かれるがよろしかろう」

用件を話すと別の建物を示されたので聖騎士に礼を言い、そちらに向かう。

う～ん、やっぱりこの世界でそこそこ権力を持ってそうな人と関わるのは少し緊張する。流石に聖騎士と名乗るような人がいきなり斬りかかってくるとは思えないけど、こちらのマナーや礼儀、ルールを完全には把握《はあく》しきれていないので、僕が自覚なく無礼な行動を取ってしまう可能性は常にあるからだ。

マナーや礼儀、ルールというモノは難しくて、それらは国や地域や時代によって変化するので、どこかでそれらを身に付けたとてそれが隣の地域ですら通用するかは分からないのだ。

地球でいうなら、イギリスとフランスではスープを飲む時に奥から手前にスプーンを入れるか、手前から奥にスプーンを入れるかで違っていたりする。他にもこの二カ国の仲の悪さを象徴《しょうちょう》するかのようにテーブルマナーは逆なモノが多く、それが日本には混ざって伝わっていることがたまにあり、結婚式《けっこんしき》用にマナーを覚えようと調べて混乱した記憶がある。

現代日本でフレンチのテーブルマナーを知らなくても、最悪でも笑われて終わるだけで済むけど、こちらの世界での無作法は『斬り捨て御免《ごめん》』の可能性は普通にあり得る。日本でも江戸時代まではそうだったのだしね。

ということを考えつつ別の建物に向かう。

重厚《じゅうこう》そうな木製の扉を開けて中に入ると、そこは礼拝堂のようになっていた。

奥には一体の女神像。そしてその左右には二体ずつ。教会が言うところの最高神テスレイティアと四属性の神だ。やはり黄金竜の巣で見た例の六体目の神の像は存在しない。

礼拝堂の中で掃《は》き掃除をしていた高齢の修道女に話しかける。

「すみません。祈りを捧げたいのですが、作法などはあるのでしょうか？」

「まぁ……素晴らしいお心がけです。最近の冒険者達は聖水を受け取ると、この礼拝堂など見向きもせずに――」

という愚痴とも説教とも言える長いお話の後、彼女は簡単な作法を教えてくれた。

「細かい作法は色々とあります。しかし重要なのは貴方《あなた》の祈る心。さぁ膝を折り、手を合わせ、指を組んで祈りを捧げるのです」

その言葉に従い、テスレイティア様の像の前に行き、片膝を突いて指を組む。そして目を閉じて祈りを捧げた。

しかし僕はここで誰に祈りを捧げればいいのだろうか？　ここの教義に従うならテスレイティア様を中心とした五神だろう。しかしそれでいいのだろうか？　本当は闇も含めた六神が正解なのでは？

いや、僕は光属性に適性が強いのだし、属性でいうならテスレイティア様だけでいいかもしれない。

それとも、例の白い場所で見たあの男。名前も知らない。神かすらも分からない。あの男に対して祈るべきなのだろうか。

第二章
五階へ

CHAPTER 2

翌日、朝早くから起き、昨日の錬金術師《れんきんじゅつし》の店に向かう。

「こんにちは。魔力《まりょく》ポーションですけど、出来てます？」

店の扉《とびら》をガチャリと開けてそう聞くと、店の奥《おく》から黒いローブを着た店主が現れた。

それにしてもこのローブは錬金術師の制服なのだろうか？　以前、門のところで見た錬金術師も似たような黒いローブを着ていたけど。

「あぁ、出来てるぞ」

そう言って彼《かれ》はカウンターの上に魔力ポーションらしき陶器《とうき》の瓶《びん》を並べていった。

一本の魔力ポーションを手に取る。

この魔力ポーションの品質は分からないけど、ここは信用するしかない。それがこの世界の難しいところだ。場合によっては怪《あや》しい店で怪しいモノを買わなきゃいけないのだから。だからこそ、信用とコネが大事。信用されている店を探すにはコネが要《い》る。信用を得るには実績の積み重ねが要る。

そして僕《ぼく》がこの店主に信用されるためには、彼を信じてこの魔力ポーションを信用し、実績を重ねていくしかないのだ。

「確かに三〇本。で、これが残りの金貨三五枚。それじゃあ貰《もら》っていきますね」

残りのお金を支払《しはら》い、背負袋《せおいぶくろ》の中に魔力ポーションを慎重《しんちょう》に入れていく。

「……ってあんた、それを袋に入れて持っていくつもりかよ」

ん〜、確かに多少不自然ではあるけど、他にポーションを運ぶ方法がないので仕方がない。勿論《もちろん》ダンジョンに入る前に魔法袋に詰《つ》め替《か》えるつもりだけど、ここでやるわけにはいかないのだから。

「また暫《しばら》くしたら同じぐらいの数を注文する予定なので、材料を集めておいてくださいね」

「おいおい、マジかよ……。まぁ儲《もう》かるからいいけどな」

少し呆《あき》れたような顔の店主に「それじゃ」と挨拶《あいさつ》して店を出ようとすると、店主に「あぁ、そうだ」と引き止められる。

「その瓶、もし持ち帰るなら瓶洗い屋に持っていってくれ」

「瓶洗い……ってどこにあるんです？」

「この店の横の裏通りか、南町の酒屋の裏にもあったはずだ。確か一つ銅貨五枚ぐらいで引き取ってくれる」

そして彼は「ほとんどの客は邪魔《じゃま》だからって捨てちまうから困るんだよ」と続けた。

確かに冒険者《ぼうけんしゃ》からしてみたら、こんな重くて割れやすい瓶なんて使い終わったら邪魔なだけだろう。瓶の引き取り価格も微妙《びみょう》だし、捨てちゃう方が楽かもね。

そうして店から出て適当な裏路地で魔力ポーションを魔法袋に詰め替え、ダンジョンに向かう。

今回のダンジョン遠征《えんせい》では五階村に行く。三階野営地で連泊《れんぱく》しながらの狩《か》りは難しいので、四階を抜《ぬ》け五階村で宿泊しながら四階でレベル上げをやっていく予定。お金はかかるけど経験値効率はそちらの方が良いはず。

順調に一階を抜け、二階を抜け、三階を抜け、三階の野営地に到着《とうちゃく》すると太陽が傾《かたむ》きかけていた。やっぱりこのダンジョンの移動はかなり大変だ。瞬間《しゅんかん》移動出来る魔法とか空を飛ぶ魔法があれば楽なんだけど、現時点では山吹色《やまぶきいろ》の道着を着た戦闘《せんとう》民族も、ほうきに跨《また》がる少女も見てないし、やっぱりそういう魔法はないのかもしれない。

魔法に関してはあまり書物がないうえ、魔法を使える人が少ないので人に聞くことも難しい。勿論、少ないだけで存在していることはしているので話を聞いてみたことはあるけど、詳《くわ》しい情報は得られなかった。

この世界の魔法は努力して身に付けるモノではなく、ただ魔法書を読んで覚えるモノなので理論とか知識が必要ない。だからなのか、魔法が使える人でもあまり情報を持っていない。それに情報を持っていそうな人でも人に進んで教えようとはしない。それは自分が経験の中で磨《みが》いた飯の種だからだろう。

やっぱり魔法に関しては今のところ、少ない情報を集め自《みずか》ら試行錯誤《さくご》しながら地道に前に進んでいくしかないのかもしれない。

「さて、と」

三階野営地に入り、壁際《かべぎわ》の適当な場所を選んで壁に背を預けた。そしてシオンを下ろして瞑想《めいそう》を始める。

体内の魔力をグルグルと巡《めぐ》らせ、体全体に行き渡《わた》らせたり、体内に魔力の塊《かたまり》を作ってみたり、色々と試行錯誤していく。

すると頭の上にポツリとなにかが落ちてきた。そしてポツリポツリとその数が増えていく。手を目の前に差し出してみると、手のひらに小さな水滴《すいてき》が落ちてきた。

「えぇ……まさか雨まで降るっての？」

他の冒険者達《たち》も雨に気付いたのかテントの中に入る人がいたり、慌《あわ》ててタープのようなモノを設営して雨を避《さ》けようとしている人もいる。僕も慌てて外套《がいとう》を深くかぶり直して包《くる》まり雨に濡《ぬ》れないようにした。

これまで外で寝泊《ねと》まりする機会があまりなかったから考えてこなかったけど、こういった時のためにタープぐらいは用意しておいた方がいいのかもしれないね。まぁでも、視界が遮《さえぎ》られるようなテントは少人数では使いにくい。

逆側の壁際でテントを張っている一団に目を移す。

彼らはどう見ても一〇人ぐらいの人数でここにいる。恐《おそ》らく複数のパーティでテントを張り、この場所を維持《いじ》しながらローテーションでも組んで狩りに出ているのだろう。狩りをするパーティと休むパーティと拠点《きょてん》となるテントを守るパーティみたいな感じで。そうすれば長く狩りをし続けられるはずだし。

しかしこのダンジョンという場所は本当に摩訶不思議《まかふしぎ》な場所だ。閉鎖《へいさ》された空間なのに何故《なぜ》か雨が降ってくる。一体どういった構造になっているのかサッパリ分からない。これはまさしく神の御《み》業《わざ》というヤツなのだろうか。

そうこう考えながら夜を越《こ》し、朝を迎《むか》える。

雨はパラパラでも夜半まで続くと流石《さすが》に布の外套に染《し》み込《こ》んで体を冷やす。これはもしかすると水を弾《はじ》きやすい毛皮の外套もいつか買った方がいいのかもしれない。

日が昇《のぼ》って周囲が明るくなったところで野営地を発《た》ち四階に入る。

「さて……やっていきますか」

冒険者ギルドで描《か》き写した地図を参考にしながら五階への裂《さ》け目を目指す。

そして道中に出会ったグールをターンアンデッドで倒《たお》していく。

「神聖なる光よ、彷徨《さまよ》える魂《たましい》を神の元へ《ターンアンデッド》」

失敗。もう一度。

「神聖なる光よ、彷徨える魂を神の元へ《ターンアンデッド》」

成功。

そこらを徘徊《はいかい》していた一体のグールが崩《くず》れ落ちる。

なんだか暗殺をしている気分だ。

そうして道を進みながらグールをこちらに気付かれる前にターンアンデッドで倒し、スケルトンを接近戦で無効化しつつシオンの聖水攻撃《こうげき》で倒し、先に進んでいく。

「神聖なる光よ、彷徨える魂を神の元へ《ターンアンデッド》」

目の前のグールが崩れ落ちた。

「……そろそろかな」

体内の魔力が減ってきている気がする。

なので魔法袋から魔力ポーションを取り出しガブ飲み。すると草っぽい味と共に体内に魔力が溜《た》まる速度が数倍に上がった気がした。

うん、質は悪くないと思う。不味《まず》いけど。

「よしっ！　まだやれる！」

野を越え山を越え、ターンアンデッドを連発しながら進む。

途中《とちゆう》、冒険者や複数のモンスターが固まっている場所を見付けたら慎重に迂回《うかい》。そしてまたターンアンデッド。

「神聖なる光よ、彷徨える魂を神の元へ《ターンアンデッド》」

「神聖なる光よ、彷徨える魂を神の元へ《ターンアンデッド》」

「神聖なる光よ――」

グールを見付けたら容赦《ようしや》なくターンアンデッド。これぞサーチ・アンド・デストロイ。

金貨一枚半もする魔力ポーションをガブ飲みの赤字タレ流しでサーチ・アンド・デストロイ。

なんだかリスタージュをやっていた頃《ころ》を思い出す。あの頃も高いポーションをガブガブ飲みながら経験値のための狩りをしていたっけ。勿論それはゲームの中の話で現実とは違《ちが》うけど。

こういう狩り方はこちらの世界の人々にとっては馴染《なじ》みがないかもしれない。狩りというモノはお金を稼《かせ》ぐためにやるもので、こうやって赤字でも経験値のために無理をしてでも狩るという発想には辿《たど》り着かないのかも。

「神聖なる光よ、彷徨える魂を神の元へ《ターンアンデッド》」

「神聖なる光よ、彷徨える魂を神の元へ《ターンアンデッド》」

そうして数時間後、また一体、グールを倒す。

すると体の周囲に光が溢《あふ》れ、体内に吸収されていった。女神《めがみ》の祝福だ。

「おぉ！　やった！」

これまで女神の祝福がまったく貰えなかったのが嘘《うそ》のように驚《きょう》異《い》的なスピードでレベルアップしていく。

格上のモンスターを相手にすることによる経験値効率の上《じょう》昇《しょう》が凄《すさ》まじいと完全に理解出来た。ただ、格上すぎるモンスターを相手にしても意味がなさそう。そこが難しいところで、適正な格上モンスターを沢山《たくさん》狩るのが最適解な気がするね。

「っと……」

軽くジョボジョボとお花を摘《つ》みに行き、減った分と魔力を補給するために本日五本目の魔力ポーションに手を伸《の》ばし、ゴクゴクと一気に飲み干す。

「ップハー！　……おえっ」

不味い！　もうおかわりはいらない！

……いや、本当にもう飲めないぞ、これ。

腹に手をやると、多少膨《ふく》れた腹の中でタポンタポンと音がした。

魔力ポーションは感覚的に二〇〇～三〇〇ミリリットルぐらいの量がある。ぶっちゃけそこそこ多いので物理的な限界がある。

「ポーションガブ飲みは無理か……」

魔力ポーションの空き瓶を魔法袋に戻《もど》しながら考える。

やっぱりゲームのようには上手《うま》くいかない。ポーションは連続摂取《せっしゅ》出来ないのだ。

上から入ったモノをマッハで下から出す方法があればいいけど、生憎《あいにく》とそんな方法は知らない。

もしかすると、老いれば頻尿《ひんにょう》になって解決するのだろうか？　そういえば魔法使いといえばお爺《じい》さんのイメージがある。つまり魔法使いがお爺さんなのではなく、お爺さんだから頻尿で魔法使いなのであって……。いや待て、それでは魔法少女はどうなのだろうか？

などと、どうでもいいことを考えつつタポタポな腹をさすり、五階への道を急いだ。

それから昼食を食べたりサーチ・アンド・デストロイしながら歩き、ついに五階への裂け目を見付けた。

太陽は既《すで》に傾きかけている。ここまで八時間はかかったかもしれない。

「……やっとか」

「キュ……」

これまでの階の裂け目周辺にはそれなりに冒険者がいたけど、ここの裂け目には人がいないし周囲にも人がいない。やっぱりこちら側まで来る冒険者は少ないのだろう。

流石に僕もシオンも今日ばかりは疲《つか》れた。ターンアンデッドで倒せるしマギロケーションで不意打ちは防げるとしても、なんらかのミスでグールと正面から戦うことになってしまうとちょっと大変だ。

「さてさて、五階はどんな場所なのかな……っと」

少し楽しみにしながら五階への裂け目に入ると、そこに現れたのは湖だった。

「うぉぉぉ！」

森の中にある大きな湖。湖の周辺には木々が生《お》い茂《しげ》り、湖の奥には霞《かすみ》がかった巨大《きょだい》な山脈が見える。そして湖畔《こはん》に佇《たたず》む木製の壁。あれが五階村なのだろう。

湖にはかすかに靄《もや》がかかり、幻想《げんそう》的ともいえる風景になっていた。

「ダンジョンってなんなのだろう……」

なんとなく口から漏《も》れる。

知れば知るほど、この世界は不思議に満ちている。だから楽しいのだけど。

裂け目から五階村まで、人の足で踏《ふ》み固められた道を歩いて進む。

村に近づいていくと壁の上に弓を持った冒険者がいることに気付いた。流石にいきなり撃《う》たれることはないと思うけど、念の為《ため》、意識をそちらに割《さ》きながら慎重に村の門に近づいていく。

村の門は大きな木製の門で、今は開け放たれていた。

「金貨一枚だ」

「はい」

門の横には門番らしき男がいて、そこで金貨を徴収《ちょうしゅう》されたので大人しく渡す。これは聞いていた通りなので問題ない。でも、事前に聞いてなかったら躊躇《ちゅうちょ》したかもしれない。やっぱり情報は大事だ。

村の中は大体一〇軒《けん》ぐらいの家が建っているだけで今まで見た村の中でも最小。建物も木製ばかり。これはダンジョンの中に簡易的に建てられているだけだから仕方がないかな。

「ん？」

入り口の近くにある建物の壁に『ダンジョン産下級ポーション　金貨五枚買い取り　アルメイル公爵家《こうしやくけ》従士団』と書かれた貼《は》り紙があった。

下級ポーション？　公爵の従士団がここで直接買い取りをしているのか？

ダンジョンの情報を纏《まと》めた紙を取り出して確認《かくにん》する。

冒険者ギルドにあったダンジョンの情報は六階までで、とりあえずそこまでは描き写したはず。

「えぇっと……」

六階に出現するブラッドナイトが下級ポーションを落とすことがある、と。これの買い取りを公爵の従士団が行っている？

この世界のポーションは使用期限が短めで長期保存には向かないはず。現に僕が使っている魔力ポーションも使用期限は七日程度だと聞いた。

それにアンデッドが持っているポーションを使っても大丈夫《だいじようぶ》なのか問題とか、そのアンデッドが持っているポーションがいつ作られたのか問題とか色々と問題点があるけど……。しかしここで公爵家がポーションを買い取っているという事実が無意味なわけがない。

「なにか理由があるはず……」

可能性としては、公爵家にポーションを長期保存可能にする方法がある、とかかな？

……いや、だとしたらこんなダンジョンの真ん中でポーションを買い取る必要なんてない。町で錬金術師に作らせたらいいのだから。とすると——

「ダンジョンから入手出来るポーションと錬金術師が作るポーションは別物、か」

その可能性が一番高い気がする。

まぁ、今はこれ以上、考えても分からないか。

頭を切り替え、村を見て回る。

この村にある建物はほぼ商店で民家がないっぽい。誰《だれ》もこんな場所に定住したがる人はいないのだろう。

そしてこの村の中を歩いているほぼ全《すべ》ての人が強そうな見た目をしている。やはりCランクモンスターが出没《しゅつぼつ》するエリアなので低くてもCランク冒険者相当の人材が集まっているのだろう。普通《ふつう》の町や村なら買い物に来ている主婦とか遊んでいる子供などの姿を見かけるけど、この村にはそれがない。村というよりむしろ軍事施設《しせつ》というか、軍事拠点的な場所だと感じる。

Dランクでソロなのに強引《ごういん》にここに来た僕はかなりイレギュラーなのだと思う。

村の施設は、宿屋、雑貨店、鍛冶屋《かじや》、そして冒険者ギルドの出張所と、冒険者にとって必要最低限のモノは揃《そろ》っているようだ。

とりあえず冒険者ギルドの出張所だけは確認しておく必要があると考え、中に入ってみる。

外から見ると一般《いっぱん》的な冒険者ギルドとは違ってサイズがかなり小さい。けどちゃんと冒険者ギルドと書かれているので間違いないだろう。

木製の扉を開けると目の前にカウンターがあり、その中に髭面《ひげづら》のオッサンがいた。

「……」

「おう」

声をかけられたのでそちらに近づいていく。

「すみません。受付嬢《じょう》さんっています？」

「いるぜ。俺だ」

いやいやいや、そうじゃなくて……。こう、もっとあるじゃない？　普通の冒険者ギルドにいるようなさ～。

「こんなダンジョンの中に好んで来たがる受付嬢なんているわけねぇだろ。嫌《いや》なら帰んな」

「嫌とは言ってませんよ、嫌とは」

冒険者ギルドの受付嬢は大体は女性がやることが多い。それもちゃんと教育を受けている女性だ。こんなオッサンが受付をやっている冒険者ギルドは初めて見た。もしかすると冒険者ギルド業界の左遷《させん》先なのかもしれない。

「で、ここのギルドはアルッポのギルドと同じ機能があるんですか？」

「なわけねぇだろ。魔石といくつかのアイテムの買い取りはやってるがな」

「ランクアップはやってます？」

「やってねぇな。ここはCランクエリアなんだからよ、Dランクなんざまず来《こ》ねぇっての。そもそもアルッポでもCランクまでしか上げられねぇんだぞ」

じゃあもうここに魔石を売る意味などないのでは？

まぁ地上に戻らなくても換金《かんきん》出来る意味は大きいのか。

いや、それよりも……。

「アルッポの冒険者ギルドってCランクまでしか上げられないのですか？」

「……色々あんだよ、事情ってヤツが」

「事情とは？」

「……普通はどこの国にも一つ、Bランクに昇格させられる冒険者ギルドがあるんだがよ……。この国はどこにそれを置くかが難しいんだよ」

「あぁ……」

つまりアレか。この国は三つの公爵家によって運営されているからトップがいない。どの公爵家も自分の領地に利権を呼び込みたいし、それ以上に他の公爵家の領地に権力を渡したくない。どこかの公爵家の領地にBランクに昇格させられる特別な冒険者ギルドを設置したとしたら、冒険者ギルドがその公爵家を後援《こうえん》するような意味に取られかねない。とかそんな感じか。政治的な話はとにかくややこしいから面倒《めんどう》だけど、そのあたりを知っていないと危ない場面があるから本当に怖《こわ》いよね。

やっぱり地域ごとに政治とかの情報も集めていかないと、目立つ動きをした時に思わぬ場所から攻撃されちゃいそうだし気を付けないと。

受付嬢（男）に礼を言って冒険者ギルドを後にする。

空は太陽が横になり、周囲が段々と暗くなってきた。

村の門からは狩りに出ていた冒険者達が続々と戻ってきている。彼らの一部は村の端《はし》の方にある空き地にテントを設営し始めている。

お金の節約だろうか？　村への入村料が金貨一枚で宿屋代まで取られたら出費は凄《すご》いことになるしね。

「おっと」

そんなことをしている場合じゃない。早く宿を取らないと。満室になってしまうとヤバい。昨日は寝てないし、今日はちゃんと宿で寝ないと流石に危険な香《かお》りがする。

そうして宿屋のマークのある建物に向かった。

この村にある宿屋は一軒だけで、ここを逃《のが》すと他はない。外から見た感じ、町にある宿屋なんかより大きく見えるので、それなりの人数を収容出来そうだ。

宿の扉をガチャリと開けると中から肉が焼ける香《こう》ばしい匂《にお》いが漂《ただよ》ってきた。なんの肉なのか分からないけど旨《うま》そうだ！

扉から左奥にある酒場をチラチラ確認しながら正面のカウンターに向かう。

「一泊いくらです？」

「夕食付きで金貨一枚だな」

おぉっふ……めっちゃ高い……。以前、アルノルンで泊まった高そうな宿屋と同じ価格帯だ。

これはアレだな。山頂にある自販機《じはんき》が高い現象と同じヤツだ。この感じだと、この村の物価はメチャクチャ高い気がする。まぁ、様々な物資をここまで届けなきゃいけないはずだし、高いのは仕方がないか。

金貨一枚を払って部屋を取り、宿の二階に上がる。

部屋はよくある安宿と同じタイプ。二畳《じょう》あるかないかぐらいの狭《せま》い部屋。窓は木窓。部屋記号が書かれた木の板を貰い、その板を使い内側から閂《かんぬき》をする、外側からは鍵《かぎ》がかけられないシンプルなシステムだ。

部屋に入って一息吐《つ》く。

「疲れた〜」

「キュ～」

一人と一匹《ぴき》でベッドにゴロンと寝転がる。

「寝心地《ねごこち》はそれなりだね」

シーツをめくってみると薄《うす》い敷布団《しきぶとん》のようなモノがあった。これがマットレス代わりなのだろう。以前、金貨一枚からの宿屋に泊まった時はフカフカのベッドで最高の目覚めだったけど、そういったベッドは高級宿だけで、基本は乾燥《かんそう》した植物を敷《し》き詰めたベッドになる。こういう薄い敷布団タイプはミドルクラスの宿からだ。恐らくだけど、この周辺にベッドに敷けるような植物がなかったのだろう。

暫く休憩《きゅうけい》し、シオンを連れて一階に下りると、宿屋に併設《へいせつ》された酒場は既に冒険者で溢れていた。カウンターでマスターに鍵を見せ、お椀《わん》に入ったスープとスライスされた黒パンを受け取る。そして出されたスープをズズッと飲んでみる。

「……」

可もなく不可もなく。旨くもなく不味くもなく。塩はそれなりに効いているけど香辛料《こうしんりょう》やハーブなどがまったく効いてない。肉の味と塩が全て、という感じ。

続いてスープに入っている肉を食べてみると、こちらは比較的《ひかくてき》食べられる味だった。というより鶏肉《とりにく》みたいに淡白《たんぱく》で癖《くせ》がないから食べやすい感じ。とりあえずこの肉がゴロゴロと入っているところだけは評価出来るかな。

「……」

と、考えていたらキュピーンと気付いてしまった。

この村は全体的に物資が不足している。しかし物資が不足しているのにこのスープの肉だけは大量に入っている。なのでこの肉はこの周辺で確保された可能性が高い。つまり――

「アシッドフロッグだな……」

僕の中の名探偵《めいたんてい》がそう主張している。

冒険者ギルドの資料によると、この五階に出没するモンスターはオーガとアシッドフロッグのみ。どちらもCランクだ。オーガは流石に食べないだろうし、そうなると残るはアシッドフロッグしかない。

名前からして嫌な感じがしてたけど……まぁ悪くないからいいかな。

それから肉をシオンに分けたり、岩のように硬《かた》くなっている黒パンをスープに浸《ひた》しながら食べていった。

しかし……ここの冒険者達の雰囲気《ふんいき》が明らかに違う。町の酒場とは全然違うのだ。全員が良さそうな装備を身に着けている。流石はCランク以上しか存在しない村。凄く肩身《かたみ》が狭いというか、場違い感があるというか、混じりにくい感がある。

なので夕食は早めに切り上げて部屋に戻り、疲れているのもあって早めに眠《ねむ》ることにした。

◆　◆　◆

「……」

部屋の外、廊下《ろうか》を走る何人かの足音で目が覚める。

開けてある木窓から差し込んでいるのは月の光。どう見てもまだ夜だ。

足音の主達は階段を下りて扉から外に出ていった。

「……なんだ？」

起き上がって木窓から外を覗《のぞ》いてみるも、裏の畑と町を囲む壁しか見えない。

そうしていると外がどんどん騒《さわ》がしくなり、多くの人々が村の中で動いている音が聞こえた。

「様子を見に行った……方がいいのか、どうか」

微妙なところだ。けど、ランクフルトでのスタンピードを思い出してしまう。

「その力は全てを掌握《しょうあく》する魔導。開け神聖なる世界《マギロケーション》」

マギロケーションで周囲を把握《はあく》すると、町にいた大多数の人間が門の近くに集まっていることが確認出来た。

これは状況《じょうきょう》だけでも確認しておいた方が良い気がする。

準備をした後、宿から出ていくと肉眼でも冒険者を確認出来た。冒険者の頭上には光源の魔法の光が浮《う》かび、門の横には篝火《かがりび》が焚《た》かれていて周囲を照らしている。冒険者達はしっかり武装し、臨戦態勢が整っていた。

「来たぞ！」

壁の上の作られた櫓《やぐら》にいる男が外を見ながらそう叫《さけ》んだ。

「何体だ！」

「一〇……一、二、三、四……二〇はいる！」

誰かの声に櫓の上の男が返す。

これは、襲撃《しゅうげき》か？　三階の野営地でも夜にモンスターの大群の襲撃があったけど、ここでもあるのか！

ひっそりと近づいていき、冒険者達の最後尾《さいこうび》付近に陣取《じんど》る。

「よしっ！　射程距離《きょり》に入ったら上から数を減らせ！　その後に門を開いて打って出る！　それでいいな？」

「おうっ！」

「それで決まりだ！」

「おぉ！」

自分達を鼓舞《こぶ》するように冒険者達は声を上げた。

よく見ると彼らを仕切っているのは冒険者ギルドの受付のおっちゃんだ。やっぱりここでも冒険者ギルドが冒険者を統率《とうそつ》するのだろうか？

そう考えていると櫓の上から矢が放たれ始め、壁の外から雄叫《おたけ》びのような叫びが聞こえた。

「オォォォオオオオオオオ！」

次の瞬間、村の門が大きくドンッと揺《ゆ》れた。

「門を壊《こわ》されると面倒だ！　門を開け！　行くぞ！」

「おぉぉぉ！」

門の左右の男達が門をはね上げた瞬間、門が左右から勢いよく開き、その向こう側に巨人が見えた。

「これがオーガか……」

身長は二メートル前後。緑色の肌《はだ》で額に角が一本生えていて、服は腰蓑《こしみの》だけ。多くのオーガが棍《こん》棒《ぼう》を持ってイキリ立っている。

「来やがったな！　オーガ共！」

「行け！　やっちまえ！」

「おぉっ！」

そして両者が門を挟《はさ》んで激突《げきとつ》。

前線に並んだ盾《たて》持ち冒険者が盾を掲《かか》げながら突撃し、オーガをふっ飛ばした後、槍《やり》をオーガの喉《のど》元《もと》に刺《さ》し込んだ。

それに続いて他の冒険者達も殺到《さっとう》しオーガを押《お》し返していく。

一体のオーガが巨大な棍棒を振《ふ》りかぶり冒険者に振り下ろす。が、その冒険者はスルリと避《よ》けて難を逃れる。次の瞬間、ドンッという音と共に地面が爆《は》ぜた。

「……う〜ん、これはダメだ」

見ているだけでも今の僕には厳しい相手だと分かる。勝てるか勝てないかでいうなら勝てるのだろうけど、リスクは大きいし複数の相手はまだ厳しい。出来れば戦いたくはない相手だ。

同じCランクのグールを普通に狩れているのはターンアンデッドがあるからで、ターンアンデッドの効かないアンデッド外モンスターはまだ難しいのだ。

そうこうしている内にオーガの数が減っていき、最後の数体が逃《に》げ出して戦いが終わりを告げた。

「おしっ！　ご苦労！　さっさと解体しちまうぞ」

冒険者達が慣れた手付きでオーガを処理していく。

どうやら彼らにとってはオーガの襲撃は慣れたモノのようだ。

しかしあれだけのオーガの大群の襲撃があって被害《ひがい》がほぼゼロというのは、はやりこの村にいる冒険者のレベルは凄く高いのだろうね。

でもやっぱりこんな場所に野営とか無理だ。そりゃ皆《みんな》、高くてもこの村に入るよね。夜中、あんな大群に襲《おそ》われたらひとたまりもないし。

「恐ろしい場所だ」

そう思いつつ、宿に戻って二度寝した。

そんなこんなで翌日、朝早くから起きて宿を出る。そして宿の裏手に向かった。

宿の裏手には何人かの冒険者が集まっていて、地面からコポコポと湧《わ》き出る水を水筒《すいとう》に汲《く》んでいた。

そう、ここには湧き水があり、それが湖に流れ込んでいる。朝、ワインを分けてもらおうとして酒場のマスターに言ったらここのことを教えてもらったのだ。

どうやらこの村ではここの水を生活用水や飲用水としても使っているらしい。

村の場所をここにした理由はこれかもしれないね。

僕も水筒に水を汲み、そして村から出て四階に戻った。

「神聖なる光よ、彷徨える魂を神の元へ《ターンアンデッド》」

四階に入り、近くにいたグールをターンアンデッドで処理。グールのポケットから銀貨をいただき、そしてターンアンデッドの成功を紙に記入した。

念の為、対グールのターンアンデッド成功確率を出してみようと思っている。予想では女神の祝福によってパラメータが上がり、それによって成功確率が上がっていくと考えているけど、確証が欲《ほ》しい。

それにしても、やっぱり四階のこちら側には人がいない。稀《まれ》に三階側に向かっていくパーティは確認出来るものの、この五階寄りのこちらで狩りをするパーティはいない。やっぱり五階村に宿泊しながらグールを狩っていてはコストがかかりすぎて儲からないのかもしれない。

しかしグールを狩るなら三階野営地を拠点にするのが正解だからこそ、こちら側に人がいなくて狩り放題になる。これなら人の目を気にする必要もなく、グールはすぐに見付けられる。

「願ったり叶《かな》ったり、ってヤツだね」

多少の赤字はどうってことない。今は狩り効率&経験値効率だ！

汚物《おぶつ》は消毒だぁ！　ヒャッハー！

「神聖なる光よ、彷徨える魂を神の元へ《ターンアンデッド》」

「神聖なる光よ、彷徨える魂を神の元へ《ターンアンデッド》」

「神聖なる光よ、彷徨える魂を神の元へ《ターンアンデッド》」

「神聖なる光よ、彷徨える魂を――」

それから数日間、魔力ポーションを飲んでターンアンデッドを発動するＢＯＴと化し、言葉がロボット口調になりかけるぐらいグールの死体を量産しまくった。

女神の祝福を得ると魔力が増えてターンアンデッドの発動回数が増え、ステータスが上がるからなのか成功確率も少しずつ増えていき効率が良くなっていく。そして女神の祝福も一九回になった。実に素晴《すば》らしい連鎖《れんさ》だ。

やっぱり同じ場所で同じ魔法を使い同じ敵を倒し続けていると変化が分かりやすくていい。

そうして魔力ポーションの残りが尽《つ》きかけてきたところでアルッポの町に帰ることにした。

朝、五階村から出て四階を抜け、いつものように三階野営地で夜を越す。仕方がないとはいえ、この時間はいつも面倒で仕方がない。もし魔法袋に時間停止効果があれば魔力ポーションを大量購入《こうにゅう》出来て往復の回数も減らせるのだけど、そんなチート効果は存在しないので定期的にアルッポの町に戻ってくる必要がある。

もしくは、凍結《とうけつ》魔法みたいなモノがあれば魔力ポーションを凍《こお》らせて保存期間を延ばせるかもしれないし、錬金術を覚えて自分で魔力ポーションを生産するという方法も考えられる。

凍結魔法というか水と風の複合属性として氷魔法が存在していることは確認しているけど、属性的に覚えるのも難しそうだし、覚えられてもまだまだ先だろう。なので一番可能性が高そうなのが自ら錬金術を覚えて魔力ポーションを製作することだ。けど、入門書が金貨三〇枚と高額なのもあるし、本当に僕に扱《あつか》えるのかも謎《なぞ》だし、覚えられたとしても一朝一夕《いっちょういっせき》で身に付くようなモノではないだろうから時間がかかるなら意味がないので躊躇している。

翌日、朝から出発し、三階、二階、一階と抜けてアルッポの町に到着した。

「ん～！」

大きく深呼吸しながら伸びをする。

ダンジョンの中にも自然があって外の世界と変わらないけど、やっぱりダンジョンの中という意識があるからか落ち着かないところがあって、地上に出ると本当に帰ってきたという感じがするのだ。

五階村にいる冒険者の多くはほとんど半定住みたいな感じだし、他の冒険者はそこまで気にしていないのかもしれないけど。

裂け目から冒険者ギルドに直行し、カウンターで魔石を換金する。

「はい、それでは全ての魔石を合わせて金貨一八枚と銅貨六枚ですね」

「ありがとうございます」

これにグールらが持っていた硬貨《こうか》をプラスすると大体金貨三〇枚いかないぐらい。魔力ポーションと合わせて諸経費で金貨六〇枚ぐらい使ってるので、差し引き金貨三〇枚程度の赤字になる。が、まぁ許容範囲《はんい》だ。ある程度、強くなってきたらターンアンデッドを使わなくても勝てるようになってくるだろうし、そうなれば赤字も解消する。

財政黒字化計画は完璧《かんぺき》だ。抜かりない。

「凄いですね！　このペースでいけばすぐにCランクですよ」

「頑張《がんば》りますよ！」

などと会話しつつ酒場の方に足を向けるとダムドさんがいた。

「どうも。最近どうです？」

「変わりねぇさ。お前はどうなんだ？」

ダムドさんの向かいの席に座《すわ》って給仕さんにエールと肉を注文する。

「最近は五階村を拠点に狩りをしてますよ」

「どうりで最近見なかったわけだ。しかしもう五階村に行くようになるとはよ。えれぇ出世じゃねえか」

「そうでもないですよ」

運ばれてきたエールをグビッと飲む。

「ところで最近、こちらで変わったことはないですか？」

「変わったことねぇ……っと、その前になにか忘れてねぇか？」

「……お姉さん、エール一つ」

そうだった。これがルールだったね。

「それじゃあいただくぜ！」

ダムドさんは運ばれてきたエールをゴクゴクと飲み干し、言葉を続ける。

「ぷはー！　旨い！　他人の金で飲むエールは最高だぜ！　まぁ……最近は特に大きな出来事はねえんだがよ」

「ないんかい！」

人にエール奢《おご》らせといてそれか！

思わずツッコんじゃったわ！

「まぁ聞けよ。確かに大きな出来事はねぇがよ、なにもねぇとは言ってねぇぜ」

なるほど、なにかはあるわけね。

目で続きを促《うなが》してみる。

「最近、この町に入ってくる人の数が増えた」

「……それで？」

「それだけだ」

「それだけかい！」

なにこのベタな漫才《まんざい》みたいな流れ。

「いや、冒険者が増えてるんじゃねぇんだ。商人や公爵の従士が増えてる。それに教会の聖騎士《せいきし》もだぜ」

「……それって珍《めずら》しいのですか？」

「それら全てが同時に増えるのは珍しいな。……まぁ、偶然《ぐうぜん》かもしれねぇが」

なにかあるのかもしれないし、なにもないかもしれない。

現時点ではよく分からないけど、変化があったということだけは心に留めておこう。

「そういえば、公爵様で思い出しましたが、例の公爵様の五男、どうなってます？」

「……あぁ、さてね。最近、噂《うわさ》は聞かないが、あのボンボンの取り巻きはウロチョロと動き回ってるって話だぜ」

こちらも謎、か。まぁ彼についてはどうでもいいっちゃどうでもいいのだけど。

「そういやお前、最近ダンジョンの一階で子供、見たか？」

「子供って、川の近くでマッドトードを解体してた子供達ですか？」

「あぁ」

そういえばさっき帰ってきた時にチラッと確認したけど、姿は見なかった気がする。

「いえ、今日は見なかったですね」

「そうか……」

ダムドさんはそう言ってエールを一口呷《あお》る。

「あの中にアドルって子供がいるんだがよ、その父親には昔ちょっとばかし世話になってな。ヤツはいい冒険者だったが、依頼《いらい》の最中に消えちまってそれまでだ」

「……」

「それからはその息子《むすこ》のことを少し気にかけるようにはしてるんだがよ」

「……そう、ですか」

少ししんみりとした空気になる。

なんとも言えないし、恐らく僕がなんとか出来る話でもないだろう。

「今度、家までちょっと見に行ってみるかな」

そう言ってダムドさんはエールをグイッと飲み干した。

気分を変えるように別の質問をぶつけてみる。

「そういえば、ここのダンジョンの六階より先ってどうなってるんです？　冒険者ギルドには六階までの資料しかなくて……」

「あぁ？　お前もう先のこと考えてんのか？　流石に気がはえーよ」

「いや、まだ行く予定はないですよ。でも念の為に知っておきたいじゃないですか」

勿論、今は行けないいし、行くとしてもかなり先だろう。六階から出るモンスターはBランクで、それはつまりランクフルトで戦ったグレートボアと同じランクのモンスターが出るということ。モンスターのランクは体内の魔石の大きさによって決められていて、傾向《けいこう》としては魔石が大きいほどモンスターは強いのだけど、同じランクの別のモンスターが同じぐらい強いとは限らない。しかしやっぱりあのグレートボアとランクが同じだと思うと、まだ行ける気がしない。

でも今から調べておいて損はない。それでもし旨味《うまみ》がない場所だったら早めにこのダンジョンを切り上げて別の場所に移るのもいいしね。

「七階ねぇ……。冒険者ギルドに資料がないとなると冒険者が誰も情報を出してねぇんだろうな」

なるほど……『冒険者が情報を出してない』ね。

エレムのダンジョンで僕が光魔結晶《けっしょう》を取った時はそんな『出さない』なんて選択肢《せんたくし》が用意されていたとは思えないけど……やっぱりそこは実力と権力の差なのだろうか。ある程度のランクを持つ冒険者はその能力によって権力者が手を出しにくい地位を築けるのだろう。

まぁそれもリスクとリターンの問題で、つまりその人物を敵に回すリスクを負ってでも欲しいリターンがあるかどうか、という話だから、僕の持っているいくつかの秘密に関してはどれだけランクを上げても抑止力《よくしりょく》にはならない可能性があるように感じるけどね。

「俺も詳しい話は知らねぇがよ、商人がこの町から密《ひそ》かに下級魔力ポーションを仕入れているという噂は知ってるぜ」

「……それってつまり」

「七階かそれ以降に下級魔力ポーションを落とすようなモンスターが出るってことだろうな」

ダムドさんは「俺が知ってるのはこれぐらいだがよ」と言って肉をつまんだ。

なるほどね。冒険者が隠《かく》そうと思っても結局のところ戦利品を換金する段階で商人などに頼《たよ》るしかない。そうして流通の過程で誰かの噂にはなってしまう……か。そりゃ一回だけの取り引きならともかく、定期的に取り引きしてたら噂ぐらいにはなるよね。

しかしダムドさんが分からないとなると、やっぱり五階村の冒険者から情報収集するしかないのかな。

そうしてその日はダムドさんとお酒を酌《く》み交《か》わしながら終わり。

翌日は物資の補給と魔力ポーションの予約を入れ、瓶洗い屋に瓶を売ったりしながら町を散策した。

「さぁさぁ！　マッドトードの特製串焼《くしや》きだ！　他の店とは一味違うぜ！」

威勢《いせい》の良い掛け声の屋台に人が並んでいるのが見えた。

少し気になって近づいていくと肉の焼けた匂いに混じって別の爽《さわ》やかな香りが漂ってくる。

その独特な匂いに胃がグルグルっと音を立てる。

「ちょっと試《ため》してみようかな」

気になったので列に並んで一本注文してみる。

「ほい、一本銅貨四枚ね！」

「はい」

少々強気な値段設定。しかしそれでも行列が出来るなら期待出来る。

串の先の肉を口に放《ほう》り込むと、独特な植物っぽい爽やかな風味が口中に広がった。そして咀嚼《そしやく》すると肉の旨味と塩味がガツンと入ってくる。

「旨いな……。おやっさん、これはなに使ってるの？」

「マッドトードの肉と塩、あとは秘伝のレシピだから教えられねぇな」

「なるほど……」

色々と旅をしていると、たまにこういう店を見付けるんだよね。料理の味付けに塩以外の独自ブレンドのハーブ的なモノを使っている店。

安い店だとあまりなくて、ミドルクラスの店ならハーブとかをよく使っているし、高い店に行くとハーブやら香辛料やらをふんだんに使った料理が出てくる。しかし一般的な商店にはそういった香辛料などを扱っている店は見ない。

今後、食のバリエーションを増やしていくなら香辛料等は手に入れたいかもしれない。でも、現状では料理をする機会自体がないから優先度は低いけどね。

そうして町中を見て回り、教会で祈《いの》りを捧《ささ》げた。

祈る神は、まだ分からない。けど、なんとなく祈る。

今はそれでいいんじゃないかな、と思っている。

それから翌日、魔力ポーションを受け取り、またダンジョンに潜《もぐ》る。

一階、二階、三階と抜け、三階野営地に泊まり、翌日には四階に入る。

さて、そろそろグールを物理で倒す練習をしていきたいと思う。今までは不意打ちでグールに気付かれないように戦ってきたけど、場合によってはそう上手くいかない場面もあるかもしれない。なのでグールを物理で殴《なぐ》り倒すか、それが出来なくてもグールの攻撃を捌《さば》きながらスムーズにターンアンデッドで倒せるようにはなっておくべきだ。

「よしっ！」

早速《さっそく》見付けたグールの方に音を立てながら近づいていく。

「オォォ！」

一定距離まで近づくと、グールは叫びながら顔だけをこちらに向けた。

非常に不気味で仕方がない。

襲いかかってくるグールの爪《つめ》攻撃をミスリル合金カジェルで弾き、逆側から攻撃をバックステップで避ける。

「前よりイケる！」

女神の祝福をいくつか得たおかげか、以前戦った時よりグールの動きを追えている。

しかし迫《せま》りくる左右からの重たい連撃を防ぐだけで手一杯《ていっぱい》になり攻撃に転じれない。そしてジリジリと押されていく。

このままだと物理で倒すのは厳しい！

「神聖なる光よ、彷徨える魂を神の元へ《ターンアンデッド》！」

流れの中でタイミングを見計らってターンアンデッドを発動。運良く魔法が成功し、グールが崩れ落ちた。

「はぁ……はぁ……やっぱり、まだちょっと厳しいか……」

荒《あら》い息を整えながら僕も膝《ひざ》から崩れ落ちる。

まだ現時点では物理だけでグールを倒すのは厳しい。もう少し強くならないと……。

「それに、やっぱりターンアンデッドは無詠唱《むえいしょう》で使えないとダメだね」

もっと流れるように、魔法が手足の一部のように使えるようにならないと、これからはどんどん厳しくなるだろう。ミスリル合金カジェルを相手に叩《たた》きつけながら魔法を発動するような、そんな感覚で使えるようになれば、グールの攻撃を弾くその防御《ぼうぎょ》の一撃が攻撃にもなる。そこを目指したい！

「先は長いな……」

そう呟《つぶや》きつつ立ち上がる。

そしてグールを天に帰しながら進み、日が暮れる前に五階に到着した。

「おう、お前か。金貨一枚だ」

「はい、ご苦労様です」

五階村の門番さんとも何度も会っていて顔馴染《かおなじ》みになってきた。でもバカ高い入村料はマケてくれない。

世知辛《せちがら》い世の中だ。

村に入り、いつものように宿を取って部屋のベッドに一人と一匹でダイブする。

「やっぱり疲れるな～」

「キュ～」

ここに来るまでがいつも一苦労なんだよね。でも、もっともっと深い階に行くと、もっともぉ～っと時間がかかって大変なはずだ。

「ほんと裂け目のダンジョンは大変だ……」

暫く部屋でくつろいだ後、階段を下りて酒場に入る。

まだ早い時間だからか、酒場には人がまばらだった。

カウンター席に座り、マスターに部屋記号が書かれた板を見せて追加で葡萄酒《ぶどうしゅ》を注文する。

ここは葡萄酒も高いので本当はあまり注文したくないのだけど、今日は飲みたい気分なので仕方がない。

「銀貨二枚だ」

「はい」

大人しく支払って葡萄酒のカップを受け取り、一口飲んでみる。

「うん……」

前も一度飲んだけど、やっぱりアルッポの町の酒場では銅貨五枚ぐらいで出されている普通の葡萄酒の味。

でも山頂価格だから仕方がないのだ。

ここで葡萄酒を飲みたい僕の気持ち、プライスレス。

などとカード会社のＣＭみたいな気分になりながら葡萄酒をチビチビと飲んでいると、隣《となり》の席に男性が座った。

「親父《おやじ》、酒と肉」

「はいよ」

その男性をチラッと見ると、この村の門番をしている人だった。

「あっ、どうも」

「ん？　あぁ、お前か」

そうして軽く自己紹介《しょうかい》をし合う。

彼はヒボスと名乗った。年齢《ねんれい》は五〇歳《さい》ぐらいに見える。彼が言うには冒険者ギルドからの依頼で長年この五階村の警備をしているらしい。

長年、ということは、このダンジョンに詳しいのだろうか？

「あの、出来ればこのダンジョンについて色々と教えていただきたいのですが。あっ、マスター、葡萄酒――」

「ちょっと待て」

ヒボスさんがそれを制す。

「ルークと言ったか。お前、まさかこの安酒一杯で情報が聞けると思ってないだろうな？」

「えっ……」

あれっ？　冒険者から話を聞きたいなら酒を奢るってのがマナーじゃなかったっけ？

「あのなぁ、一般的な情報ぐらいなら酒一杯で誰でも話すだろうが、ダンジョンの情報は飯の種だぞ。誰かに話せばそれだけ自分の取り分が減る。簡単に喋《しゃべ》るわけねぇだろうが」

そう言ってヒボスさんは葡萄酒を呷る。

「それにだ、お前はこの五階村にいるんだぜ」

「えっ？」

「俺らだって若い冒険者に軽く教えてやることぐらいあるぜ。だがお前はただの若造じゃねぇ。ただの若造がこの五階村に一人で何度も来るなんざありえねぇからな。ここにいる時点で一人前の冒険者だ。一人前の冒険者なら情報に見合うそれ相応の対価を示せ」

……なるほど。確かにそう言われると、それは間違っていないと感じる。

今まで多くの冒険者が酒の一杯二杯で色々な情報を語ってくれていたのでそれが当たり前になっていたけど、よく思い返してみると、そういう情報ってその地域に住んでいる人なら多くの人が知っている比較的一般的な情報だった気がする。つまり話しても特に損はしないような情報だ。しかしこの未攻略ダンジョンの情報となると事情は違ってくる。ここの情報は一部の冒険者しか知らないし、広まってしまうと彼らが損をするかもしれない情報。

そう簡単に話せるモノでもない、か……。

僕はこれまで、この若い見た目にも助けられてきたのかもしれないね。

見た目が若くてただの半人前の若造だから色々と教えてくれた。けど、このCランク以上しか物理的に入ってこられないこの村ではその若造ボーナスが通用しない。一人前の冒険者として扱われるのだ。

そのことが嬉《うれ》しくもあり、少しジーンと来るモノがあるけど、喜んではいられない。

「……具体的にどれぐらいお支払いすればいいモノなんですか？」

「金貨一〇〇〇枚」

「一〇〇〇枚……」

それは流石に払えない。物理的に。

近くの席から「そいつはボッタクリすぎだぜ！」などとヤジが飛ぶ。

「まぁ金で考えるならってぇ話だ。金はいくらあっても困らねぇが、ここにいるヤツらなら金はそれなりに稼げるからな。金じゃあ交渉《こうしょう》材料としては弱い」

「……だとすれば『物』ですか？」

「そうだ。珍しい薬、素材、武具。それに情報も。後はそうだな……酒や食べ物でもいいぜ！　とにかく珍しいモノは金があっても手に入れられねぇからな！　金以上に価値がある！」

そうか、この世界は移動手段が限られているから遠方のモノが手に入りにくい。仮にお金があっても、それを遠方から輸送してくれる商人との繋《つな》がりがなければ難しい。冷蔵冷凍技術も食品の保存方法も限られているこの世界だと隣町の食品なんかでも手に入りにくいかもしれない。

そういや日本でも昔は地方の名産品が公家《くげ》や大名の間で嗜好品《しこうひん》として珍重《ちんちょう》されたという話があったけど、こちらの世界でも特定の地域でしか採れないようなモノは別の地域の人々には喜ばれるのだろう。

「これはどうです？」

別の地域のモノか……。なにか持ってたかな？　と、少し考えると思い当たるモノがあった。

「こいつは……」

ヒボスさんは僕が差し出した布袋から白くて薄い長方形の物体を取り出す。

「ファンガスを乾燥させたモノです。炙《あぶ》るとイケますよ」

そう、動く巨大エリンギことファンガスだ。ボロックさんと出会った例の洞窟《どうくつ》に生息していたキノコ系モンスターで、あの場所での主食になっていた。

ファンガス自体は弱いモンスターだったけど、場所が場所だけに狩っている人もボロックさんだけだったし、これをあげたクランマスターの反応からしてもこの地域では珍しい可能性が高い。

「これはどこで手に入れたんだ？」

「それはちょっと言えませんね」

あの場所は本当に言えないし、今はもう行けなくなっているはずだ。

「そうか……。まぁいいだろう。取り引き成立だ！」

「ありがとうございます！」

そしてガッツリと握手《あくしゅ》を交わし、葡萄酒で乾杯《かんぱい》した。

「で、このダンジョンの話だったか？」

「はい。このダンジョンについて、主に六階以降の話を聞きたいです」

「さて、どこから話すか……」

ヒボスさんは少し考えてから葡萄酒を呷り、話を続ける。

「そうだな。まずこのダンジョンは攻略されてねぇが、総階層が一〇階前後らしい」

「ふむふむ」

「理由はモンスターのランクの上がり方だな」

ダンジョンは深くなるほどモンスターが強くなるので、階が進むごとにどれだけモンスターが強くなるかで大体の総階層数は予想出来るらしい。

「七階で出るモンスターはブラッドナイトとワイト。ワイトは魔法使い型のアンデッドで魔法を使ってきて厄介《やっかい》な相手だが、下級魔力ポーションをたまに落とす。俺はその階までしか見たことがないからな。その先は知らん」

「なるほどなるほど」

情報をしっかりとメモしていく。

七階の情報を聞けたのは大きいぞ！

下級魔力ポーションを落とすモンスターが存在しているかも、という話は聞いていたけど本当だったみたいだ。

「俺が知る限り、最近このダンジョンに潜っている冒険者の中で一番深く潜ったのが八階だ。それ以上は厳しいらしい。噂では歴代最高記録が九階らしいが、九階の情報はまったく流れてこねぇな」

「そうですか……」

八階と九階の情報をどうやって集めるのか、今から考えておいた方がいいのだろうか？

まぁ、かなり先の話だろうから気長に考えてゆっくりやっていこうかな。

「後は……そうだな。八階に出るモンスターがアンデッドで、どうやらダンジョンのボスもアンデッドらしいってことぐらいか」

「九階の情報がないのにボスは分かるんですか？」

「裂け目のダンジョンはボスと似たタイプのモンスターが各階に配置されやすい。逆に言えばよ、こんだけアンデッドが出るダンジョンならボスは十中八九アンデッドで決まりだぜ」

「なるほど！」

粗《あら》い紙に簡素な鉛筆《えんぴつ》でガンガン情報を書き込んでいく。

なるほどなるほど。整理しよう。

このダンジョンは恐らく総階層数が九階から一一階ぐらいで、ボスはアンデッド。六階、七階、八階もアンデッドが出るし、その後の階もアンデッドが出る可能性が高いと。それで八階がなんらかの理由で鬼門《きもん》になっていて、攻略が滞《とどこお》っている感じかな。歴代最高記録を作ったパーティが九階までらしいし、やっぱり九階にも問題があるのだろう。

六階に行けば下級ポーションが手に入り、七階に行けば下級魔力ポーションが手に入って、かなり儲かりそうだね――

と、考えたその瞬間、頭の中に電流が走るように一筋の可能性がよぎる。

それは本当に突拍子《とっぴょうし》もない話で、雲をつかむような話で、現実味がない話。しかし暗闇《くらやみ》の中に射《さ》し込む一筋の光のように、その可能性は確かに目の前にあって、輝《かがや》いている。手を伸ばしても今は届かないけど、たしかにそこにある光。

このダンジョンはアンデッドダンジョンで、この先の階もアンデッドが出る。そしてボスまでアンデッドな可能性が高い。

僕にはアンデッドなら一定確率で即死《そくし》させられるターンアンデッドという魔法がある。

つまり――

「もしかして、僕ならクリア出来る？」

この、ダンジョンを。

「ん？　なんか言ったか？」

「あぁ、いや！　なんでもないですよ！」

慌てて誤魔化しながら情報収集を続けていく。

しかし、本当に可能なのだろうか？　僕がこのダンジョンをクリアするなんて。

……いや、現時点では不確定な要素が多すぎる。まず九階からのモンスターがアンデッドかどうかが不明。ボスがアンデッドかどうかも確定ではない。そもそもボスにターンアンデッドなんて効いてしまっていいのだろうか？　それってチートもチートで完全にラインオーバーじゃないか？

それにボスに即死攻撃が効かないのは古今東西どこの世界のボーイ達にも一般常識だ。もしターンアンデッドが効かないとすると、その瞬間、失敗が決まる。

それにそれに、もう一つ。こちらも常識。

そう……『ボスからは、逃げられない』だ。

もし、本当にボスから逃げられなかったらどうする？　そしてターンアンデッドが効かなかったら？　その二つが重なったら完全に詰みだ。終わってしまう。

だがしかし、それらは結局、ゲームの中の話から僕が想像してしまうモノであり、この世界でも現実になるかは分からない。分からないけど、それが現実になってしまうと終わり。それに懸《か》けるのは命になる可能性が高い。

まるで霧《きり》の中、崖《がけ》沿いの道を進むような怖さがある。

しかしその先に確かな光を見てしまった。

まいったな……。

でもよく考えてみると、これは千載一遇《せんざいいちぐう》のチャンスなんだよね。僕にとってアンデッドはお得意様。アンデッドのダンジョンだからクリア出来る可能性がある。ダンジョンは世界中に無数存在しているけど、別に全てのダンジョンがアンデッドのダンジョンではないのだから。

ここでダンジョンをクリア出来れば名を売れる。名が売れることで広がる世界があることは、ここ最近よく理解出来てきた。この世界に来た頃はそんなことにはまったく興味がなかったけど、今は違う。この世界での『名』とは一般人が持てる信用の証《あかし》だと理解出来たからだ。

名があるから入れる場所があり、知ることが出来るモノがあり、やりとり出来る相手がいる。

リスクを取ってでも名を得る価値は大きい。

最終的には僕自身と、そしてシオンを守るためにも『力』を得る必要があると考えていた。

それが今、この時なのでは？

「ちょっと、本気で目指してみるかな」

そして拳《こぶし》を強く握《にぎ》り込んだ。

◆　◆　◆

翌日。今日もレベル上げに四階に向かう。

ダンジョンのクリアを目標にすると決めたけど、まず大事なのは女神の祝福、つまりレベル上げだ。

いくらターンアンデッドで敵を倒せるといっても最低限の強さはないと危険すぎる。こちらが即死攻撃を持っているとしても相手が強すぎると相手の攻撃も僕にとっての即死攻撃になってしまう可能性があるわけで、それはちょっと笑えない。

「《ターンアンデッド》」

詠唱を破棄《はき》したターンアンデッドでグールを倒す。

最終的には発動句も破棄して魔法を発動出来るようにするのが目標。とにかく迅速《じんそく》に、流れるように魔法を自然に発動出来るようになりたい。これもダンジョン攻略に必要な重要事項《じこう》。

今のままだと複数の敵を相手にしたり強い敵を相手にすると、魔法が使いにくくなる可能性があるしね。

「《ターンアンデッド》」

また一匹、グールを倒す。

さて、これからやるべきことを整理しよう。

まずはレベル上げ。どんなに最低でも六階のBランクモンスターとは普通に戦えるようになっている必要がある。それさえ無理そうならターンアンデッドがあってもダンジョンのクリアに向かう気にならない。

次に情報収集。八階と九階の情報が欲しい。どんな環境《かんきょう》なのか、どんなモンスターが出るのか、知っているのと知らないのとではまったく違う。

それに装備の強化。今はミスリル合金カジェルを使っているけど、もっと良い武器に変えてもいいかもしれないし、防具も新調していいかもしれない。武器を光属性の属性武器化することも検討する必要があるけど、属性武器には該当《がいとう》属性以外の魔法が使いにくくなるというデメリットがあるから属性武器化するとターンアンデッドが使いにくくなる可能性があって躊躇している。

あとは強化スクロールでの武具強化。これも躊躇している。だって失敗したら消滅《しょうめつ》ってリスクが大きすぎる。これを繰《く》り返している冒険者って本当にヤバいと思う。

「そこまで色々とやって、後は運を天に任せる感じになる、か……」

冷静に考えてみるとかなりのギャンブル。リスクはかなり高い。

そこまでする必要があるのだろうか？

冷静な頭が導き出す答えは『ＮＯ！』なのだけど……それでも今は目指してみたいという気持ちが強い。勿論、無難に生きることも出来るけど、やっぱりこんなファンタジー世界に来たのだから色々とやってみたいし世界を見てみたい。もっとワクワクする冒険をしてみたい。だからこそ僕はこうやって流浪《るろう》の旅に出ているのだから。

「とりあえず、やれるだけやってみるさ」

◆ ◆ ◆

それから数日間レベル上げを繰り返し、遂《つい》に女神の祝福の回数が二一回になった。シオンも九回目の女神の祝福を得ていて順調に成長している。

そしていつものように五階を後にし、地上を目指す。

四階を抜けて三階野営地で野営。翌日にアルッポの町に辿り着いた。

町はいつもと変わりなく、冒険者がそこら中を闊歩《かっぽ》し、黒いローブを着てフードを深くかぶった錬金術師がたまに歩いていたりする。今日は上等な金属鎧《よろい》を着ている男達が多い気もするけど、気のせいかもしれない。

冒険者ギルドに入りギルドカードと一緒《いっしょ》に魔石を差し出すと、受付嬢がジャラジャラと魔石を確認した後、僕のギルドカードと手元にある紙を交互《こうご》に確認して少し驚《おどろ》いた顔をした。

「あっ！　ランクアップです！　ギルドカードの更新《こうしん》をしますので少しお時間をいただきますね」

「はい」

受付嬢は僕のギルドカードを持って席を立つと、奥の席に座って書類とにらめっこしていた中年男性になにやら話しかけた。するとその男性が僕のギルドカードを受け取り、銀色に輝くカードとハンマーなどの道具を机から取り出し、僕のギルドカードを見ながら銀色のカードになにかをトンテンカンテンと刻印し始めた。

僕の名前とかの情報を彫《ほ》っているのだろうか？

「それでは先にこちらを渡しておきますね。全部で金貨二〇枚と銀貨一枚です」

前より若干《じゃっかん》増えている。誤差の範疇《はんちゅう》だけど、レベルアップで魔力が増え、効率が良くなってきたので少しずつ狩れる数が増えているおかげだと思う。

「もう少々、お待ちください。今、新しいギルドカードを作っていますので」

「分かりました」

特にやることもないので、トントントンとハンマーを振るう男性を観察する。

ここからではよく見えないけど、僕の名前が彫られている中央部分だけでなく外側に彫られた模様の部分にも手を入れているように見える。

暫くすると男性が受付嬢を呼び、銀色のカードを手渡した。受付嬢はそれをこちらに持ってくる。

「はい。おめでとうございます！　Cランクのギルドカードです！」

「ありがとうございます！」

こうして僕はCランクに昇格した。

いや～長かった！　けど『長かった』と言うのは失礼なのかもしれない。僕は一年もかからずにここまで来たけど、ほとんどの冒険者は長い年月をかけてCランクまでしか上がらないのだから。

前にダムドさんが言っていたように、多くの冒険者は安定的な狩りをしていると一年に数回しか女神の祝福を得られない。それで何年もかかってランクを上げるけど、その頃には年齢もそれなりで家族も出来ていたりするから、リスクを取ってまで無理に上を目指したりはしなくなってしまう。

なので冒険者はCランクDランクあたりが一番多いらしい。

でもCランクになると一人前と考えられているらしく、やっぱりちょっと嬉しいものがある。

「そのギルドカードは銀製ですから製造費用もかなりかかっています。もし紛失《ふんしつ》された場合、私に申告していただければ金貨一〇枚で再発行させていただきますが、出来る限りなくさないように気を付けてくださいね」

「金貨一〇枚！　それは気を付けないと……。いや、そもそも再発行って可能なんですか？」

この世界のギルドカードはただの板に情報を刻印しているだけのモノのはず。冒険者の情報を一元管理するようなシステムは当然ないはずだし、写真みたいなモノもないから冒険者を特定するなんてかなり難しいはず。

いきなりギルドカードの再発行を求めたとして、その人物が本人かどうかを判断することは難しいはず。

だからこそ南の村で発行したギルドカードを捨て、アルノルンで新しいギルドカードを発行出来たのだと思っていたのだけど……。

「はい。どこでも可能ではありませんが、ルークさんの場合は『私に』申告していただければ再発行可能です。私はルークさんのことを覚えましたから」

「あぁ、そういう……」

つまりアレだ……。

ＴＨＥ人力！

冒険者ギルドの受付嬢ってかなり大変な仕事なんだなぁ……。

「勿論、全ての冒険者さんの情報を覚えているわけではないですよ。目立つ冒険者さんとランクの高い方だけです。ルークさんはここの冒険者ギルドでは有名ですからね。若いのにCランクの魔石を大量に持ってこられていますから」

「なるほど……」

「でも再発行が可能なのはこのアルッポの冒険者ギルドだけですから注意してくださいね。Bランクになると冒険者の情報を近隣《きんりん》の冒険者ギルドと共有いたしますから、そうなれば他の冒険者ギルドでも再発行出来る可能性はあります」

うーん……『可能性』ね。文章かなにかで冒険者の情報を共有するのだろうけど、結局は文章での情報だから本人と断定するには少し弱い、という感じだろうか。

現代日本のように、生まれた時から登録される戸籍《こせき》情報と、指紋《しもん》、ＤＮＡ、歯型などがあれば本人の特定は可能なんだろうけど、この世界にそんなハイテクがあるはずがないしね。

「もし、ギルドカードをなくして、本人確認が出来ずに再発行が出来ない場合はどうすればいいですか？」

「それは……再登録されるしかないと思いますね」

「また最初から、ということですか？」

「勿論、そうなりますね」

厳しい……。でも仕方ないのだろうね。他に方法がないのだから。

しかしこうなると、やっぱりランクを上げてそこそこ目立っていくのも必要だと思えてくる。

以前、高級武具屋で入店拒否《きよひ》された時もBランクが基準だったたし、一般的な冒険者はCランクまでという話も聞いたし、やっぱりBランクというところが一つのラインなのだろう。簡単に言うと

『凄い冒険者』と『普通の冒険者』のラインがそこなのだ。

とりあえずBランクにはなっておいた方がいい感じはする。Bに上れるかどうかで扱いが天と地の差があるようなイメージ。まぁここのギルドでは上げられないから当面先になるけど。

◆　◆　◆

そして翌日。今日も朝から買い出しとポーションの予約をしに行く。

そのついでに毎回、少しずつ行動範囲を広げて町を探索《たんさく》しているのだけど、たまに危険な臭《にお》いがする細い道とかがあったりするため時間はかかっている。

宿から出て大通りを歩いていると急に強い風が吹《ふ》き、ブルッと体が震《ふる》えた。

「ちょっと寒くなってきたかな……」

そろそろ夏も終わってきたのだろうか。

この世界――というより、この世界のこの地域はヨーロッパに気候が似ているのか夏でも比較的過ごしやすかった。なのでこれまで気候的には特に問題を感じなかったけど、だとすれば逆に冬はかなり寒くなるかもしれない。もしかすると早い段階で暖かい地域に移った方がいい可能性もあるけど、今はダンジョンが最優先だ。

乾燥肉などを買い込み、それからいつもの錬金術師の店に行く。

「こんにちは」

「あぁ、あんたか。今日も魔力ポーションかい？」

「ええ、数は同じで、いつものように明日の朝までにお願いします」

そう言いながら袋の中から前金を取り出そうとする。

「いや、前金はもういい。あんたがちゃんと払うのは分かったからな。それに値段も三〇本で金貨四〇枚にしといてやるよ」

「本当ですか？　助かります！」

これが信用を得るということだろうか？

こういうのがあると冒険者が生まれた町に留《とど》まりたがる気持ちもよく分かるよね。生まれ育った町でそれなりに信用があって顔が利《き》くから恩恵《おんけい》も大きいけど、他所《よそ》の町に行ったら自分は余所者で信頼《しんらい》関係はゼロから構築しなきゃならないのだからね。

「あんたはこれだけの金額になっても最初から値切りもしなかったからな。こちらの仕事を信用してくれる客にはちゃんと応《こた》えるさ」

店主はビーカーのようなガラス容器を布で拭《ふ》きながら話を続ける。

「最近はすぐに値切ろうとする奴《やつ》らもいるが、真っ当に商売している身からすれば腹も立つってもんだ。なんでも値切ればいいってもんじゃないんだよ」

「……そうですよね！」

いや、値切らなかったのは値下げ交渉が面倒だったという理由が一番大きいのだけど……。まぁ、言わぬが花か。

しかし今後は値切り交渉も注意しないとね。それなりにプライドを持ってる店主が相手だと問題が起きるかもしれない。短期間でその町を去る場合ならともかく、長い期間その町に留まる場合とか、特に何度も利用する店の場合は気を付けないと……。信用の構築に失敗する可能性がある。

「あっ、そうだ。ついでに魔法書見せてもらえます？」

そういえば、最近レベルアップしまくりなのに新しい魔法が使えるようになっているかの検査をしてなかったよね。ついでだし調べておこう。

「あぁ、いいぜ。どんな魔法書が必要なんだ？」

「ボール系の魔法書と出来ればライトアローがあれば嬉しいですね」

「ライトアローはあるし、ボール系なら水と光と火と闇があるな。……あんた、光属性ってことは回復魔法持ちだな。回復魔法持ちがそれだけ魔力ポーションを買い込むとは、あんたのパーティはどれだけ無茶してんだ？」

「えっ？　あぁ……まぁ、色々とあるんですよ！」

そうか、魔力ポーションを買い込む時点で魔法使いだし、欲しがる魔法書で属性が分かる。そして光属性ならヒーラー濃厚《のうこう》。ヒーラーが魔力ポーションを買い込んでいる時点でそういう認識になってしまうか……。まぁこの程度の情報ならどうってことないだろうし、この店では既に不自然に魔力ポーションの大量購入なんてことをしてしまっているから今更《いまさら》なんだけど、あまり変に目立つのは良くないかも。

「まぁ言いたくないならそれでもいいが」

「色々とあるんですよ！」

軽く言い訳をしながら魔法書に触《ふ》れていく。

まずはカウンターに置かれたライトアローの魔法書に触れてみる。

「……」

うん、なにも感じない……。

あれだけレベルアップしたのにまだライトアローも使えないとは……。

確かランクフルトではCランク冒険者が一番強かったはずで、スタンピードの時はアロー系の魔法もいくつか飛んでいた。つまりCランク前後のレベルで使える魔法のはずなんだけど……。

やっぱり僕はまだまだそこまで強くないってことなのだろう。

続いてライト以外の属性ボール系魔法の魔法書を触《さわ》ってみる。

……うん、こちらもダメだ。

ボール系は一番簡単な攻撃魔法らしいけど、こちらも使えない。

オリハルコンの指輪をすれば覚えられる可能性はあるけど、ここで装備するのはヤバい気がするから止《や》めておく。

まだまだ道は長いね……。僕が『くらえ！　ウインドスラッシャー！』みたいにカッコいい魔法を人前で披露《ひろう》するのは当分先になりそうだ。当面は白い球を投げつけるだけで我慢《がまん》しておこう。

うん、球が白いだけまだマシだと思おうじゃないか。これが闇属性で黒い球だったなら、どこぞの動物園で黒いアレを投げつけるチンパンジーを思い出して嫌になりそうだし。

「あっ！　そうだ、一つ聞きたいのですけど、この魔力ポーションと、ダンジョンで出てくる下級魔力ポーションってどう違うのですか？」

「どうって……そりゃまぁ別物だな。あちらは回復速度も速いし……」

「それって、その……。言いにくいですけど、ダンジョン産ポーションの方が効果が高いってことですか?」

「いや……必ずしもそうとは言えないな。……錬金術師としても言いたくはない。錬金術師が作るポーションや魔力ポーションも効果の持続時間が長い分、ダンジョン産の下級ポーションよりも総合的には回復量が多いという研究結果もある。……まぁ、保存期間ではあちらの方が優《すぐ》れてるのは間違いないけどな」

そう言って錬金術師の店主はなんとも言えない顔をした。

「ダンジョン産ポーションの保存期間って具体的にどれぐらいなんですか?」

「……さてね。年単位で保《も》つのは知っているが、具体的な期間までは知らないな」

なるほどね。その可能性は考えていたけど、やっぱりダンジョン産ポーションは保存期間が長い。それこそ年単位となると桁《けた》が違う。そうなると値段が高くてもそれだけの価値はある、か。

はっきり言って、錬金術師が作るポーションも魔力ポーションも消費期限が短すぎて常備するのにはまったく向いてない。それに値段も高いしね。現時点では今の僕のようにはっきりとした目的がある人とお金持ち以外はポーションを買わないだろう。冒険者がポーションを常備しない理由もよく分かる。

それに恐らくだけど、これとヒーラーが少ないことが冒険者を積極的な冒険から遠ざけている理由な気もする。一つのミスで怪我《けが》をしたら、即、死の可能性が見えてくるからだ。それこそダンがそうだったようにね。

「ありがとうございます。ダメですね。まだ使えないみたいです」

「そうかい。残念だったな」

店主に魔法書を返して「それではまた明日。魔力ポーションよろしくお願いします」と言い残して店を出た。

そしてその日は寝るまで鍛錬《たんれん》をしたりリゼを呼んだりして一時の休暇《きゅうか》を満喫《まんきつ》した。

◆　◆　◆

そして約六日後。

いつものように四階でグールの討伐《とうばつ》。しかしいつもとは違うことが一つ。

「はっ！」

「ガッ！」

ミスリル合金カジェルを思いっきり振り抜き、グールの頭をカチ割った。

グールは謎の液体を振りまきながら顔面から地面に落ちる。

これまで数多くのグールを狩ったけど、今回初めてターンアンデッドを使わずにグールに勝った。

ついに外傷なしで死因不明の完全犯罪から撲殺《ぼくさつ》へアップグレードしたのだ。

「はぁ……。疲れた～」

「キュ……」

しかしまだ『やっと勝てるようになった』というレベル。女神の祝福を二四回得てようやくここまで辿り着いたけど先は長い。

「とりあえず、今日は戻ろうか」

「キュ」

魔力ポーションも使い切ったし、時間としても良い頃合い。

踵《きびす》を返して五階への裂け目に向かう。

ゆったりまったりと歩きながら今後について考えているとマギロケーションに人らしき反応があった。

しかし普通の反応とは少し違う。

「……これは、馬車かな？」

しかし馬が少し大きいような気がする。

彼らは馬車を守るように四人で周囲を囲っていて、僕と同じように五階への裂け目を目指して進んでいる。

このまま進むと近づきすぎちゃうな……。ちょっとペースを落として馬車を先に進ませようか。

ダンジョンの中だけでなく、基本的に外では他の人とあまり近づきすぎない方がいい。変に近づくと相手に警戒《けいかい》されるし、場合によってはそれだけで危ないことになる可能性もある。

エレムのダンジョンでもそういうことがあったしね……。

ペースを落としながら距離を取り、森の中から道に出る。

すると馬車の後方を担当していた冒険者が警戒するようにチラリとこちらを見たので、敵意がないことを示すように片手を上げて軽く挨拶しておく。

やっぱり、いきなり彼らの目の前に出なくて正解だったと思う。

そうして暫く進むと、前の馬車が五階への裂け目に入るのが見えた。そして少し後に僕も裂け目を抜ける。

五階に到着すると、遠くで前の馬車が五階村に入っていくのが見えた。

やっぱり馬車は五階村に向かっていたのか。それより先はキツそうだしね。

そうしていると僕も五階村に近づいてきたのでお金を用意する。

「おう。金貨一枚だ」

「はい。ところであの馬車は？」

「定期的に大きな物資をアレで運んでんだよ。魔法袋には入らねぇからな」

「あぁ……なるほど」

村の中を見ると、宿の前に停《と》まった馬車から冒険者達が木の樽《たる》を下ろして宿屋の中に運びこんでいるのが見えた。

確かにあの樽が入る魔法袋はあまりない気がする。魔法袋は口の大きさ以上のモノは入らないしね。

しかし、こうやって馬車で物資を運んでいると考えると、やっぱりこの五階村の物価が高いのは納得《なっとく》するしかない。馬車を守っている冒険者だってCランクだろうし、拘束《こうそく》時間を考えるとそれなりの金額が支払われるはずだし。

「ところであの馬、ちょっと大きくないですか？」

「ありゃあDランクモンスターのワイルドホースだ。普通の馬じゃこんな場所には来れねぇよ」

確かにそうかも。ということは、あれは従魔か。

従魔の存在は知っているけど、今までに見た記憶《きおく》はあまりない気がする。確か黄金竜《りゅう》の爪には従魔を持っている冒険者がいるという話は聞いた気がするけど、結局それを見ることはなかった。

でも、あのワイルドホースって大きさ以外はほぼ普通の馬だし、気付かなかっただけかも。

「従魔ってあんまり見ませんよね？」

「そりゃあ手間もかかるしよ。あんな大きなのは一般人が持てるようなモノじゃねぇ——って、喋ってねぇで早く入りやがれ！　金貨もう一枚取るぞ！」

「すみません！」

ダッシュで門をくぐる。

なんだか高校時代に遅刻《ちこく》しそうになったことを思い出す。……あんまり良い思い出じゃないな。

しかしやっぱり大きな従魔を持つのは大変なんだろうね。

仮にあのワイルドホースを飼ったとして、あれを置ける宿屋は限られているだろうし。乗らない時に預けておく場所が必要になる。しかし信用出来る相手じゃないと預けるのは怖い。本来は様々な場所を転戦するような冒険者にこそああいった騎獣《きじゅう》は適しているのだろうけど、新しい町に行く度《たび》に大きな従魔を入れられる獣舎が併設してある宿屋を探したりするのは面倒だろうし、小さな村にはそんな宿がなくて困るかもしれない。

機動力は上がるかもしれないけど、行動力は下がりそうな感じだよね。

「……いや、それより」

もしシオンが黄金竜みたいな大きさになったらどうしようか？　同じ聖獣なんだから可能性としては有り得るぞ！

想像して少し冷や汗《あせ》が流れる。

今はまだ小さいから宿にも持ち込めるし、どこでも公爵邸《てい》ですら持ち込んだけど、これが黄金竜サイズになると獣舎がどうこうの話じゃなくなるよね？　そもそも町に入れるかどうかの問題だよね？　明らかに目立ちすぎて色々と詮索《せんさく》されることは間違いない。流石にそれはアウアウすぎてセフトを通り越しスリーアウトチェンジだ。

やっぱりシオンが成長する前に力を得ないとマズいか。

……いや、それって僕が力を得てどうにかなるような話なのだろうか？

仮にAランクになってもダメな気が……。

「まぁ、それは追々考えていきますかね……」

そして翌日。

朝から村を出る。

「よしっ！　行きますか！」

「キュ！」

本来なら魔力ポーションを使い切ったのでアルッポの町に戻るのだけど、今回はこの五階を見て回ろうと思う。

四階のグールはターンアンデッドを使わなくても勝てるようになったので、同じCランクの五階のモンスターとも戦えるはず。なのでそろそろ五階を見ておきたい。

五階村から湖を時計回りに歩く。

青い空。緑の森。湖からは朝靄が立ち、幻想的で素晴らしい景色が広がっていた。

もしここがダンジョンでなければピクニックでもしたい気分だ。

いや、この世界では町の外に出てピクニックなんてダンジョンでなくてもありえないのだけどね。

でも、最近は腐《くさ》った連中との付き合いしかなかったので心が洗われる気分だ。

「凄い景色だね」

「キュ！」

冒険者ギルドにあった地図によると、この五階は大きな湖を中心に周囲を『C』字形に陸地が取り囲むようになっている。そして『C』の書き始めの部分に六階へ向かう裂け目があり、書き終わりの部分に四階への裂け目と五階村がある。

昔は五階村から湖を時計回りにグルっと一周して六階に向かっていたそうだけど、五階村が出来た後に『C』の字を『O』にするように橋が架《か》かってショートカット出来るようになったらしい。なので六階まではすぐに行けるとか。

これぞまさにチート行為《こうい》。完全に製作者の意図を無視したそのルート。ダンジョンを作った存在がいるならブチ切れ必至だろう。

逆に言うと、特にそういった存在からの嫌がらせを受けていないのだから、このダンジョンにはダンジョンを自由に操《あやつ》れる『ゲームマスター』のような存在はいないのかもしれない。

それから暫く湖沿いを進んでいるとマギロケーションで人の姿を捉《とら》えた。

一人、二人、三人……全部で四人かな。

彼らは地面に膝を突《つ》き、なにかをしている。

森の中からそれらを静かに探《さぐ》っていくと、どうやら大きなカエルを解体しているようだった。

「あれは……アシッドフロッグか？」

この階にいるカエルはアシッドフロッグだけだし、間違いないだろう。

彼らの中の一人の男が割かれたアシッドフロッグの腹の中を慎重に探り、一つの小さな臓器を取り出した。すると横で見ていた男が腰のポーチからガラスのようなキラキラしたなにかを取り出して──

「おいっ！　なに見てやがる！」

周囲を警戒していた男がこちらに気付いたのか、叫び声を上げた。

慌てて「すみません！」と言いつつ進路を変えて湖を離《はな》れる。

そして彼らがこちらを追いかけて来ないことをマギロケーションで確認し、大きく息を吐いた。

「はぁ……」

やっぱり外で他の冒険者に近づかない方がいいや。

でも、このダンジョンで他の冒険者がやっていることは、どうしても気になっちゃうんだよなぁ……。

そこから暫く歩くとマギロケーションに反応があった。恐らく大きさや形からしてアシッドフロッグだ。

ゆっくりとそちらに近づいていき、目視した後、魔法を放つ。

「神聖なる光よ、解き放て、白刃《はくじん》《ホーリーレイ》」

右手から放たれた虹《にじ》色に輝く白刃が光線のように飛翔《ひしょう》し、アシッドフロッグの横っ腹に突き刺さった。

「ゲゴッ！」

ジタバタと足掻《あが》いているアシッドフロッグにダッシュで近づき、その頭にミスリル合金カジェルを叩きつけて絶命させる。

アシッドフロッグはピクピクと痙攣《けいれん》した後、動きを止めた。

「うわっ……」

アシッドフロッグの横っ腹の穴から血色の謎の液体が地面に流れ出て地面にドボッと広がった。周囲に血の臭いとは違うツーンとした嫌な臭いが漂っていく。

確かアシッドフロッグには弱い毒があると書いてあったけど、それかもしれない。

「……まいったな」

臭いけど腐った野郎《やろう》共よりマシだ。

でも、ホーリーレイで倒したのは間違いだったかもしれない。内臓を損傷させるような傷をつけるべきじゃなかった。

こういう特殊《とくしゅ》なモンスターの倒し方とか解体方法は冒険者ギルド等にも資料がないことが多く、基本的には冒険者から冒険者に受け継《つ》がれる形で伝わっていくらしい。なので知っている冒険者に聞くしかないことが多いみたいだし、地域ごとにモンスターの種類も違うから地域ごとに情報収集する必要があるっぽい。

と、考えていても仕方がないので、とりあえずアシッドフロッグをひっくり返して腹側を上に向け、ナイフでアシッドフロッグの腹に切れ目を入れていく。

基本の解体方法はマッドトードと同じでいいと思うけど、皮がマッドトードより弾力《だんりょく》があって切りにくい。これから高ランクモンスターを相手にしていくなら解体用のナイフもミスリル製とかに変えた方がいいのかもね。今使ってるゴブリンが持っていたナイフだと流石にここいらが限界なのかも。

ナイフの先端《せんたん》でアシッドフロッグの腹の中の魔石を探っていくと、ナイフに硬質《こうしつ》な反応があった。

魔石を取り出そうとナイフを引き抜くと、ナイフの先端が黒く変色していた。

「うおっ！　水よ、この手の中へ《水滴》」

慌てて水魔法でナイフの先端を洗う。

「……って普通に水滴の魔法使えてるし」

最近レベルアップしまくったおかげで生活魔法はオリハルコンの指輪がなくても使えるようになっていたらしい。

「……とりあえず水洗いするか」

アシッドフロッグの体内に水滴の魔法で水を送り、毒の濃度《のうど》を薄めてから魔石を取り出して、指と魔石を水洗いする。

「これは大変だ……」

それから森の中を進んだり、苔《こけ》むした岩場を迂回したり、また湖の近くを歩いたりしながら数時間ダンジョンを歩いた。

「なるほどね」

湖の側《そば》にあった大きな岩に登って周囲を見渡し、遠くに見える五階村との位置関係から大体の場所を把握する。

おおよそではあるけど、どうやら一周の四割ぐらい来ているっぽい。しかし、これ以上進むと日がある内に帰れなくなるかもしれない。勿論、上手く湖を一周出来ればグルっと村まで戻ってこれるだろうけど、どこかでイレギュラーな事態が起こって時間をロスすると失敗してしまう。

「今日はここぐらいで戻ろうかな――っと」

そう考えていると、マギロケーションに一つの反応があった。その反応は森の中をズンズンとこちらの方向に進んでいる。

急いで戦闘態勢を整えて岩の上に伏《ふ》せて様子を窺《うかが》うと、ついに森の中からソレが現れた。

「……オーガか」

身長は二メートル以上で筋骨隆々《きんこつりゅうりゅう》。前に五階村に襲撃に来たオーガより少し濃《こ》いめの緑色の肌で額には角が一本生えている。

オーガはこちらに気付いていないのか、湖の側まで歩いていくと、周囲を見渡してから湖の中にジャブジャブと入っていった。そして膝ぐらいまでの水位の場所で止まり、持っていた大きな棍棒を両手で握り、大上段にかまえる。

「……あいつ、なにをしているんだ?」

オーガのよく分からない行動に攻撃することすら忘れて見入ってしまう。

見る限り周囲には湖と岩しかない。こんな場所でなにをするつもりなのか、まったく想像がつかない。

謎に包まれながら暫く様子を見ていると、オーガは突然、湖に棍棒を振り下ろした。

周囲にゴンッという大きな音が響《ひび》く。

どうやら湖の底にある岩に棍棒が当たったようだ。

僕がいる大岩にまで振動《しんどう》が伝わってきそうな大きな音だった。

「……あれってオーガ、だよね？」

オーガってあんなに強そうだったっけ？　あれに勝てるのか？　なんだか今はアレとは戦いたくないような気がする。

そう考えている内にオーガはまた棍棒を振り上げると、また水面に叩きつける。

水飛沫《みずしぶき》が舞《ま》い、大きな音が響く。

しかしなにも起こらない。

そうしていると、オーガは何故かいきなり怒《おこ》り始め、雄叫びを上げなら何度も何度も連続で水面に棍棒を叩きつけだした。

「ウォォォォォォォ！」

その異様な行動に、背中に変な汗をかく。

なんだアレは？　意味が分からない……。

誰かに仲間外れにされた腹いせなのか、湖に親でも殺されたのか、オーガは湖で暴れ続ける。

既にこちらの戦意はゼロにまで下がり、得体の知れない恐ろしさだけが増していく。

するとオーガはジャバジャバと陸地に戻ったかと思うと、湖の方に思いっきり助走をつけて飛び込んだ。そして着水の瞬間、棍棒を水面に叩きつける。

ドンッと大きな音と共に水飛沫が上がり、オーガが雄叫びを上げる。と、同時に水面に浮かび上がるモノがあった。

「あれは……魚？」

大きさは三〇センチか四〇センチぐらい。ここからではよく見えないけど形は魚で間違いない。

「ウォォォォー！」

オーガが大きな雄叫びを上げ、水面に浮かぶ魚を握りしめると頭からガブリと噛《か》み千切る。そしてボリボリと骨ごと咀嚼して呑《の》み込み、次に尻尾《しっぽ》の部分を口に入れ、それもボリボリと咀嚼して呑み込んだ。

オーガはそれで満足したのか、湖から出てノッシノッシと森に帰っていった。

「……もしかして、魚を捕《つか》まえていたのか？」

そういえばそんな漁が地球にもあったような……。はっきりとは思い出せないけど。

しかし、マギロケーションで湖の中の魚らしき生物の反応には気付いていたけど、あの魚って食べられるのか……。いや、オーガには食べられても人間には食べられない可能性もなくはない。

というか、よくよく考えてみると、この五階村の人ってどうしてこの湖の魚を食料にしないのだろうか？　もしかすると、食べられないから？

「う～ん……」

◇　　◇　　◇

五階村とカエルハンター

Cランク冒険者パーティ『カエルハンター』の朝は早い。

太陽が上ると同時に起床《きしょう》。軽く身だしなみを整えた後、宿の一階にある酒場に集合し、それから全員で狩りに出掛ける。

そう。アシッドフロッグ狩《が》りだ。

このアルッポのダンジョンの五階にはアシッドフロッグというモンスターが生息している。

その表皮はヌメヌメとした毒に覆《おお》われていて、攻撃するだけでも武具を腐食《ふしょく》させてしまう。そして口からその毒を発射する毒飛ばし攻撃も厄介で、多くの冒険者から避けられているモンスターだ。

しかしそんな嫌《きら》われモンスターを好んで狩る変わり者冒険者もいる。

それこそが、彼ら『カエルハンター』なのだ。

カエルハンターの男達は四人でダイヤ形のフォーメーションを組み、五階村から西へ進んでいく。

無駄口《むだぐち》は叩かず足音も出来るだけ出さないように慎重に歩く。

五階村から西側のエリアは、以前は六階へと続く道として使われていたらしいが、冒険者ギルドが東側に橋を架けて裂け目までショートカット出来るようにしてからはほとんどの冒険者が立ち入らなくなった。なのでこちら側はモンスターがほとんど間引かれなくなり、稀にとんでもない状況を生み出すことがあって、油断出来ない場所になっているのだが――

「！」

先頭を歩いていたリーダーがなにかに気付いたのか立ち止まり、左手をサッと上げる。すると他の三人も無言でスッと立ち止まる。

長年、このエリアで一緒に狩りを続けているベテランパーティならではの連携《れんけい》だ。

リーダーは顔だけで振り返り、指を一本立てて前方を指す。そして後ろを歩いていた男に目で合図を送る。

後ろにいた男が背負っていた巨大な木製のタワーシールドを取り出して構え、リーダーの前に出て、その男を先頭にした三角形のフォーメーションに変わる。

それから、ソロリソロリとフォーメーションを崩さないように全員で前進していくと、目の前に巨大なカエル――アシッドフロッグが現れた。

「ゲコッ！」

アシッドフロッグが男達に気付いたようで、大きな声を上げ、挨拶代わりか口から毒液を飛ばしてくる。

が、それを先頭の男がタワーシールドで受ける。

タワーシールドはジュワッと煙《けむり》を噴《ふ》き出すが、問題なく全てを防ぎきった。

「今だ！」

リーダーがそう叫んだ瞬間、全員が一気に加速し、アシッドフロッグに殺到。至近距離から木製の棍棒を叩きつけた。

「グゲッ！」

そこからは所謂《いわゆる》『タコ殴り』というヤツで、程《ほど》なくしてアシッドフロッグは動かなくなったのだ。

リーダーがアシッドフロッグを棍棒で軽く突き、本当に死んでいるか確かめる。

「……ふぅ」

そうして全員が武器を下ろした。

ここで一息入れたいところ——だが、しかしゆっくり休んでいる時間はない。アシッドフロッグ狩りはここからが重要だからだ。

リーダーはアシッドフロッグの死体の前で片膝を突き、背中のリュックを下ろして中から道具を取り出していく。

その間にタワーシールドの男は、タワーシールドに付着したアシッドフロッグの毒液を水で洗い流し、ボロ布で拭き取っていて。残りの二人は分厚い手袋を装着し、アシッドフロッグをひっくり返していた。

そしてリーダーは道具の中から小型のナイフを取り出して、アシッドフロッグの腹を一気に縦に切り裂く。

周囲に漂う酸味のある臭いがキツくなり、思わず男達は目を細める。

リーダーは右手でナイフを握ったまま、分厚い手袋をした左手をアシッドフロッグの腹の中に突っ込み、中から黒っぽい色をしたパンパンに膨らんだ臓器——毒袋を取り出した。

「大量だな」

「あぁ」

リーダーは毒袋を慎重にナイフで切り離す。

そして横から差し出されたガラス瓶に中身を移し替えていった。

これが、アシッドフロッグ狩り。

アシッドフロッグは厄介なモンスターではある。しかし、適切に処理すればリターンは大きいモンスターなのだ。

アシッドフロッグの毒液攻撃を確実に安全に受け止め、次の毒液を浴びせられる前に接近して迅速に倒しきる。

勿論、毒袋を傷付けないように刃物《はもの》は厳禁。それに毒液の保存にはガラス瓶が必須《ひっす》だし、ガラス瓶の運搬《うんぱん》のためにも魔法袋は必要。

こうして採取されたアシッドフロッグの毒液は錬金術師に高値で売れる。

しかし細かい採取方法が決まっていたり特殊な道具が必要で専門的な狩りなため、この依頼が表に出ることは少ない。錬金術師に認められた専門的な技能を持つ一部の冒険者だけがこの依頼を受けることが出来るのだ。

恐らく多くの冒険者はアシッドフロッグの毒液が高値で売れることすら知らないだろう。

と、森の奥からガサッという不審《ふしん》な音がした。

「おいっ！　なに見てやがる！」

見張りをしていた男の声に全員がそちらを振り向く。

木々の向こう側に白いローブを着た少年のような顔立ちの若い冒険者が見えた。

一瞬で頭が戦闘モードに切り替わりそうになる、が——その少年は「すみません！」と謝《あやま》りながら森の奥へと消えていった。

「見られたか？」

「あぁ、だが……」

男はその後の言葉を呑み込む。

Cランク冒険者とは概《おおむ》ね『パーティでCランクモンスターに対処出来る実力』ということ。

この五階はCランクモンスターが闊歩するエリアで、Cランク冒険者パーティで挑《いど》む場所なのだが、そこをソロで難なく歩くとなるとCランク以上の実力があるか、実力以上のモンスターでも対処出来る隠し玉があるか、もしくは――

「ただの馬鹿《ばか》か……いや」

どちらにせよ、自分から関《かか》わらない方がいいだろう。と男は考え、アシッドフロッグの脚《あし》を切り落とす作業に入った。

そうして彼らは狩りを続け、そんな少年のことなど忘れかけた頃。

「ウォォォォォォ！」

遠くでなにかの叫び声が響いた。

その瞬間、全員が体を低くして身を隠す。

リーダーは全員に目で合図を送り、声のした方向――湖の方へソロリソロリと地を這《は》うように向かっていった。

ゆっくり、一歩一歩、慎重に。

そして木の幹に身を隠すように湖の方を確認する。

「……アレは」

リーダーの目に映ったのはオーガ。それもただのオーガではなく、その上位種。オーガソルジャーか、下手をするとそれ以上かもしれない。

リーダーの頬《ほお》に冷たい汗が流れた。

ダンジョンに湧くモンスターは基本的に固定されている。例えばこの五階ならCランクモンスターのアシッドフロッグとオーガ、それにスライムしか出ないはずだが、稀に上位種が出ることもある。それが今なのだ。

「チッ！　厄介な」

そう毒づき、リーダーは退却《たいきやく》を決定する。

アレがなんであれ、Cランクパーティの彼らには対処不可能。大人しく退散するに限る。

そうして彼らカエルハンターはその日の狩りを終え、五階村に帰ることになった。

行き以上に慎重に歩き村に戻ると、まずは冒険者ギルドでオーガの上位種について報告しておく。

「西の森でオーガの上位種を見た。気を付けた方がいい」

「そうかい。また近い内に襲撃がありそうだな……」

髭面の五階村ギルドマスターはそう言って少し考え、言葉を続ける。

「よしっ！　村の連中には俺から注意しておく。ご苦労だったな、カエルハンター」

「いや、俺達は――」

リーダーがなにか言う前にギルドマスターは引っ込んでしまった。

「……」

彼らは微妙な顔をしつつ、冒険者ギルドを出て宿屋に向かう。

宿屋の一階にある酒場にアシッドフロッグの脚を売却することも彼らの重要な仕事なのだ。

酒場に入ると、まだ仕込み中らしい酒場のマスターが彼らを出迎える。

「おぉ、待ってたぜ！　って……今日は少ないんだな」

「あぁ、色々あってな」

今日はオーガの上位種が出たので早めに切り上げているため、いつもより数が少ないのだ。

酒場のマスターは袋の中からアシッドフロッグの脚を取り出し、触ったりひっくり返したりして吟味《ぎんみ》していく。

ひとしきりチェックした後、マスターは大きく頷《うなず》いた。

「だが、質は良い。処理も完璧だ。相変わらず良い仕事してるな、カエルハンター」

「いや、だから俺達は――」

「代金はいつも通り宿のカウンターで受け取ってくれ。おいっ！」

「へいっ！」

マスターの一声で仕込みを手伝っていた若い男がナイフを置き、宿屋の方にバタバタと走っていった。

「……」

「……」

「……」

「……」

カエルハンターの四人は無言で酒場の端っこにあるテーブル席に移動し、座る。

と、マスターがカップを四つ持ってきてテーブルの上に置いた。

「お疲れさん。俺からの奢りだぜ！」

「……あぁ」

リーダーが気の抜けた返事をすると、マスターは「ゆっくりしていけよ」と言ってカウンターに戻っていった。

四人は、テーブルの上に置かれたカップを見つめる。

「……」

リーダーがカップを手に取り、中の葡萄酒をグイッと呷った。

そしてポツリと呟く。

「俺達は――」

――さて、冒険者の『名』とは、自ら名乗って喧伝《けんでん》していかなければ広まらないものだ。

名が広まらないまま時が過ぎ、顔だけが広まっていくようになると、あることが起きる。

そう。呼び名に困った周囲が勝手に名を決めて広めてしまうのだ。

周囲の多くの人々がそれぞれ勝手に名を想像して付け、それぞれがそれぞれの名で呼んでいる内に周囲の人々の間で勝手にすり合わせが行われ、それを指し示すに一番相応しい名が勝手に選定され、統一されて本人が知らないところで勝手に決まってしまう。

黒い服を着てるパーティは『黒衣の――』と呼ばれ。顔が怖い冒険者は『――のオーガ』と呼ばれ。アンデッドを相手にしすぎて腐臭《ふしゅう》を漂わせている冒険者は『――のゾンビ』と呼ばれたりするのだが。

そんな謎現象の被害者が今、ここにもいたりする。

「俺達は――『カエルハンター』じゃないんだがなぁ……」

通称《つうしょう》『カエルハンター』こと『痛恨《つうこん》のメイス』のリーダー『オリバン』のその言葉は、彼ら以外の誰にも届かず、密かに葡萄酒の中に消えていった。

◇　◇　◇

「マスター。湖に魚が沢山泳いでるのを見たのですが、魚って食べられないのですか？」

あれからなんだかんだありつつ村に戻り、いつもの宿を取り、いつもの酒場で夕食を食べながらマスターに聞いてみた。

「……さてな。食べたことがねぇから分からねぇよ」

「それって、これまで誰も魚を捕《と》ってこなかったってことですか？」

「まぁ、食料がなくなって困った時は、なんとかして食べようと思ったことはあるがな」

酒場のマスターは「海の近くの町じゃ魚を捕って食べるらしいけどよ、ここいらじゃそんな道具もなければ捕り方知らねぇしよ」と続けた。

つまり、この辺りの地域には元から魚を食べる文化がない感じだろうか。要するに元々そういう習慣がないから積極的に魚を捕って食べようという意識がないと。食べたことがないから味も分からないし、美味《おい》しいかも分からないし、特に食料とは見てこなかったと。

なるほど……。地球でも海沿いは魚を食べる文化があるけど、内陸部だとあまりそういった文化はないっぽいし。それに、この世界にはモンスターという名の『無限に湧いてくる肉』があるからね。手間がかかって捕れる量が少ない魚を捕る必要性が地球より薄かった可能性もある。

「ふむふむ」

前に寄ったことがある港町ルダのことを思い出してみる。

確かあの町では漁業が盛《さか》んで、宿でも魚料理が出ていた。港で漁を軽く見学したけど、船を出して網《あみ》でどうこうして魚を捕っていたはず。つまり、魚を食べる文化がある地域は存在しているし、魚を捕る方法を知っている地域も存在しているけど、モンスターのおかげで人の往来が少なく、文化的な交流が少ないので情報や文化が伝わっていない感じだろうか。

「となると……」

これはちょっと面白《おもしろ》いかもしれない。

冒険者から情報を得る対価。お金では買えない価値のあるモノ。灯台下暗《もとくら》しとは言うけれど、案外近くに転がっていたかもしれない。

「ちょっと、釣《つ》ってみますかね？」

◆　◆　◆

翌日、朝から宿を出る。

村の出口に向かって歩いていると、家と家の間の小道の奥で皮を干している人が見えた。

「……アシッドフロッグかな？」

なめし革《がわ》を作っているのだろうか？　もしかすると、それがこの村の産業の一つなのかもしれない。

色々と細かいところまで見ていくと、こうやってまだまだ新しい発見があって面白いね。

それから村を出て四階に入り、三階野営地で一泊してアルッポに戻ると冒険者ギルドで魔石を換金し、その日は大人しく寝ることにした。

翌日、朝から買い出しに向かう。

今日はいつもより色々と回る予定だ。

いつものように町の南側で保存食を買い足しつつ鍛冶屋に向かった。

「すみません。やってますか？」

「おう、お前さんか。ミスリル合金カジェルの調整か？　そいつはめったなことでは歪《ゆが》まねぇとは思うがな」

確かにミスリル合金ということもあるし、単純にただの金属棒でもあるので、槍を使っていた時のような調整作業や研《と》ぎ直しが一切《いっさい》必要ないのはこの武器の魅力《みりょく》だと思う。武具の価格は初期費用だけでなくランニングコストも重要だと改めて感じる。

「今回はちょっと作ってほしいモノがありまして」

「ん？　製作依頼か？　だが、お前さんの意見を参考にして作ったアレは既に出来てるぞ！」

「え？　いや、アレって――」

言い終わる前に店主は横の棚《たな》からソレを取り出し、カウンターの上にゴトンと置いた。

「ミスリル合金オーガメイスだ。お前さんの『魔法との相性《あいしょう》が良い武器が欲しい』という意見を参考に作ったぞ！」

「却下で」

野球のバットに棘《とげ》を付けたような形で青白い銀色。以前この店で見た、鬼ケ島《おにがしま》で所持してたら桃《もも》太郎《たろう》に虐殺《ぎやくさつ》されそうな見た目のアレをミスリル合金で作ったブツ。

どうしてあの意見からこれが出来上がるのか？　これのどこに需要《じゆよう》があると思ったのか？　そもそも僕はこの店の商品作りに意見を出したつもりはないが？

「なんだ、買わねぇのか。今度こそ冒険者の意見を取り入れた最高の武器が出来たと思ったのによ……」

なんとなく、ミスリル合金カジェルなんてモノがこの店で生まれた理由が分かった気がするわ……。

まぁいいや。

「実はこういうモノを作ってほしくてですね」

「ん？　なんだこれは。なにかを引っ掛けるような構造になってんな……」

事前に宿で描いてきた釣り針の絵を見せて説明していく。

「これは魚を釣る道具です。ここをこうして――」

「なるほど。ここの部分は――」

細かい形の説明を終えた後で大きさや材質を指定する。

「大きさは指の先ぐらいのモノから指一本分ぐらいまで。大きさを変えて複数、作ってください。それと錆《さ》びないように材質はミスリル合金でお願いします」

「いいぜ。だがこれじゃあ高くなるぜ。……そうだな、金貨一〇枚は考えといてくれよ」

う～ん……。材質が材質だし、すべて職人の手作りだろうから、それぐらいは仕方がないかな。

「分かりました。それで、いつまでに作れます？　可能なら明日の朝に小さいのを一つは欲しいのですが」

「そうだな……まぁ大丈夫だろ」

「ではそれで」

「前金は金貨三枚だ」

指定された前金を店主に払って店を出た。

次の店を探しながら町を歩いていく。

釣り針は注文したし、後は釣り糸を買いたい。けど、これはちょっと難しいかもしれない。現代の釣り糸はほぼ化学繊維《せんい》だったイメージ。普通に服に使われているような繊維の糸では耐久性《たいきゅうせい》が怪しいし、水に濡らすのもあまり良くない気がする。糸は当然、存在するのだけど、条件に合う糸があるかは分からない感じだ。

竿《さお》とか浮きとか重りなどについては今回は保留にしよう。これらを作るとなると色々と手間がかかりそうだし、竿なんかは長くなるので出し入れしていたら魔法袋の存在をバラすようなモノだしね。それに当たり前だけどリールみたいな複雑なモノも作れないだろう。

色々と考えながら、見付けた服屋に入る。

比較的大衆的な店なのだろうか、派手な服はあまりなく、実用的な服がハンガーなどにかけられて並んでいた。

店の奥には店員らしき女性と黒いローブを頭からかぶった男がいて、カウンターを挟んでなにかを話している。なので店の中の商品を眺《なが》めながら待っていると、黒いローブの男性が「期日までに作っておけ」と言って店から出ていった。

女性店員の顔は少し緊張《きんちょう》しているようにも見える。

あの黒いローブ、錬金術師かな？

この町に初めて来た時に門で見た錬金術師や、いつも魔力ポーションでお世話になっている錬金術師。そしてこの錬金術師。錬金術師にも様々な人がいるとは思うけど、やっぱり全体的に見ると偏屈《へんくつ》な人が多くて町の人々とは少し距離がある気がするね。

「すみません、ちょっといいですか？」

「はい」

錬金術師が店から去ったので女性店員に話しかけた。

「実は糸が欲しくて。出来れば水に強くて丈夫で細い糸が欲しいのですが」

「ん～……ウチは素材の卸《おろし》売《う》りはやってないんだけど……」

あ～、服屋にとって糸は素材だよね。確かに地球でも服屋で糸や布は売らないか……。

「そこをなんとか！　ちょっと糸が必要になりまして……」

「はぁ……今回だけですよ？　余ってるホーンスパイダーの糸なら売ってもいいけど、モンスター素材だし高くなりますよ？」

「分かりました」

すると女性店員は店の奥から木の板に巻かれた半透明《はんとうめい》の白い糸を持ってきた。

見た感じ、糸は細いし色も白い。この感じだと長さ的にも十分足りそうだ。

「そうね、これで金貨一枚なら売ってもいいわ」

「……そこそこしますね」

「専門の冒険者が集めてきたモノを撚《よ》り合わせて糸にして、粘着物《ねんちゃくぶつ》を取り除く加工も必要だし手間がかかってるの。細くて頑丈《がんじょう》だから普段は高級品を縫《ぬ》う時だけ使うんだからね」

高い気もするけど冒険者が一つ一つ手作業で集めているとなると、それなりの価格は出さなければ冒険者が持って帰ってこなくなるし妥当《だとう》かもしれない。逆に言うと、その価格を出してでも買いたいモノということだし品質は信用出来るかも。

「耐久性はどうです？　水にも強いですか？」

「柔軟性《じゅうなんせい》もあって耐久性も高いわ。水洗いしても丈夫なままだから水にも強いと思う」

「少し引っ張ってみてもいいですか？」

「かまわないわ」

彼女《かのじょ》から糸を受け取り、少し糸を出して両手で強く掴《つか》み、左右にググッと引っ張ってみる。綿などの普通の糸とは違い、少し伸びたような感覚があり、少し力を入れてみても引き千切れなかった。

これなら釣りぐらいは耐《た》えられるだろう。カジキマグロみたいなモンスターを釣るのは流石に無理そうだけど、別に湖のヌシ釣りに行くわけでもないし、海の男になって漁で食っていくわけでもないし、無人島で釣った魚しか食べられません生活をするわけでもないし、問題ないだろう。もっと強い糸探しは追々やっていけばいい。

「分かりました、買います」

女性店員に金貨一枚を渡して糸が巻かれた木の板を受け取った。

「商談成立ね。それと返品は受け付けてないから」

「分かってますよ」

そう返して店を出る。

これで糸と針の目処《めど》が立った。とりあえず最低限の釣りは出来るはず。魚の餌《えさ》に関しては、この町に『魚用の餌』なんて気の利いたモノが売っているとは思えないので現地調達でいいだろう。

それから錬金術師の店に行って魔力ポーションを注文した。

いつもは三〇本買っていたけど、今回は一五本に数を減らしてある。

もうグールは普通に戦っても勝てるようになってきたし、ターンアンデッドの成功確率もかなり高くなってきたので前よりは数が必要なくなっている。それにそろそろ黒字化させないとマズいしね。

錬金術師の店から戻る途中、いつものように教会に寄ることにする。

ダンジョンからこの町に戻る度に教会で祈りを捧げているけど、現時点では特に大きな変化はない。

意味があるのかないのか……。まぁ、ちょっと祈りを捧げただけで効果が表れるなら誰でも大僧《だいそう》正《じょう》になって、この世は坊主《ぼうず》だらけになっているだろう。気長に考えよう。

そんなことを考えつつ教会の前に来ると、奥の礼拝堂の前で一人の子供が聖騎士に詰め寄っているのが見えた。

「お願いします！」

「残念だが無料の治療《ちりよう》は順番待ちだ。治療を受けたがっている民《たみ》は沢山いる。順番は変えられん」

「そんなの待ってたらお母さんが死んでしまう！」

「規則は規則だ」

「ぐっ……」

聖騎士と言い合いをしていた子供が泣きながらこちらに走ってきて、僕の横を通り過ぎて走り去っていく。

その時、チラッと見えた彼の顔に見覚えがあった。

「……あの子は、アドル？」

ダンジョンの一階で冒険者が残したマッドトードを解体していた子供の一人だった気がする。

確か最近、ダンジョンでは見掛けなくなっていた子だ。

「……」

教会の方を見て、そして走り去るアドルを見る。

……やっぱり、放っておくわけにも……いかないな。

袖《そで》触れ合うも他生の縁《えん》という言葉はあるけど、多少なりとも知ってしまっていて、自分にそれを助けられそうな力があるのなら……やっぱり無視するのは簡単ではない。というか単純に『その後』のことを考えてしまうと寝覚めが悪いんだよね。

また教会の方を見ると、さっきの聖騎士は顔色も変えず、ただ扉の横に立ち続けていた。

「……」

それを横目で見ながらアドルを追った。

暫く走っていると、ようやくアドルの背中を発見する。

アドルは一軒の店の前まで来ると、その扉を勢いよく開けて中に走り込んだ。

速度を落とし、歩いてその店に近づくと――

「出ていけ！　貧乏人《びんぼうにん》に用はない」

店の中から男の怒声《どせい》が響いてくる。

「お願いします！　薬をください！　お金はいつか払いますから！」

「煩《うるさ》い！　出ていかんか！」

店の中からアドルが勢いよく蹴《け》り出され、続いて黒いローブの男が出てくる。

「店の前からとっとと失《う》せろ！　貧乏人が！」

錬金術師の男は吐《は》き捨てるように言うと、店の扉をバタンと閉めた。

青い空の下、いつもの町の風景が広がっていて、そこに一人の少年が倒れている。

周囲を歩いている通行人は誰一人こちらを気にかけない。精々、一瞬チラリと目をやるだけだ。

「……」

これが……この世界……なんだろうな。

今まで治安が悪い地域には近づかないように気を付けていたから、あまりこういうモノは見てこなかった。しかし、これが現実なのだ。ただ僕が見てこなかっただけで、今まで通ってきた町でも似たようなことはあったのだろう。

「……大丈夫？」

アドルの隣に片膝を突き、彼に声をかける。

「……お兄さん？」

「とりあえず場所を移そう。ここは人も多い」

アドルを立たせ、町の南側に向かって歩く。

そして彼から事情を聞いていった。

「お母さん、前からずっと調子悪かったんだけど、最近は立てなくなっちゃって、今日は朝になっても起きてこなくて……」

「その……お母さんが調子悪くなった原因って分かる？」

「たぶん、仕事で怪我して、それから……」

仕事で怪我をして、治療も受けられなくて、それが因《もと》で体を壊したということだろうか。

「だから教会で治療を受けるためにお金を貯《た》めてたんだけど……」

それが間に合わなかったと……。

改めてこの世界の現実を思い知る。怪我をしてもお金がなければ適切な治療を受けられないし、治療が受けられないと普通に命に関わることもある。そういう世界なのだと。

「原因は怪我、なんだよね？　だったら……治せるかもしれない」

「えっ！　本当！」

「絶対に治せると約束は出来ないけど……。これでも、旅のヒーラーだからね！」

僕の持っている回復魔法は、傷を治すホーリーライトやヒールと、状態異常を治すホーリーウインドがあるけど、これらがどこまでの傷を治せるのかは分からない。怖くて実験も出来ないしね。

だから約束は出来ない。

「お兄さん、お願いします！　お母さんを治してください！」

◆　◆　◆

アドルに連れられ町を東側に進んでいくと、建ち並ぶ家々が少しずつみすぼらしくなっていった。いつもなら絶対に入らないエリアに近づいているのだろう。

「ここ！」

そう言いながらアドルが一軒の家に入っていく。

その家はこの地域の家にしてはマシな佇まいで、隙間《すきま》なんかもない普通の家っぽかった。

「お邪魔します」

アドルに続いて家の中に入る。

家の中は殺風景で、暖炉《だんろ》があってテーブルとイスがある、それだけの部屋だった。

アドルが家の中を進んでいくので、それに続いて奥の部屋に向かうと、ベッドに女性が寝ているのが見えた。

その女性は見た感じ三〇歳前後。頬はこけ、顔色は悪く、長い髪《かみ》からもツヤが失われているのが分かる。恐らくこの人がアドルの母なのだろう。

「お母さん……」

アドルの呼びかけにも、その女性は応えない。眠ったままだ。

「アドル。傷はどこにあるの？」

そう聞くと、アドルは女性の足元を隠しているシーツを遠慮《えんりょ》なくガバッとめくり、女性のスカートもガバッとめくった。

「ちょっ！　いきなりめくるのは――」

と言いかける前に女性の右太腿《ふともも》に目が移る。

そこは大きな裂傷《れっしょう》の痕《あと》があり、傷自体は塞《ふさ》がっているものの、そこを中心として太腿の半分ぐらいが黒く変色していた。

「これは……酷《ひど》い」

僕はそんなに医療には詳しくないけど、黒い部分が壊死《えし》していることは分かる。

しかし幸か不幸か、この傷が原因なら恐らく治療は可能だ。ヒールではダメだろうけど、ホーリーライトならいける。

ミスリル合金カジェルを両手で握って前に出し、意識を集中させていく。

そして無詠唱で魔法を発動させた。

――神聖なる光よ、彼《か》の者を癒《いや》せ《ホーリーライト》
魔法が発動し、女性に光が降り注ぐ。

そして太腿の傷に光が集中していき、やがて光が消えると足の黒いシミが消えていた。

ただ太腿にある大きな裂傷の痕は残ったまま。ホーリーライトでは古い傷までは治せないのだろう。

――神聖なる風よ、彼の者を包め《ホーリーウインド》
念の為にホーリーウインドで状態異常の回復もしておく。

するとこころなしか女性の顔色が良くなり、呼吸が安定したような気がした。

「ふぅ……」

恐らく、これで成功したはず。後は彼女の生命力に賭けるしかない。

まだ目を覚まさない彼女を見ながらそう思う。

「お兄さん……どうなったの？」

「あぁ、成功した……と思う。後はお母さんが目を覚ましたら美味しいモノでも食べさせてあげて」

そう言いながら、さっき見たこの家の台所を思い出す。

確か台所にはマトモな食材はなかった。恐らくアドルが最近ダンジョンに入ってなかったのはお母さんを看病するためで、その間、仕事は出来てなかったはず。

「……まぁ、仕方がないか」

財布《さいふ》の中から銀貨と銅貨をいくつか抜き、アドルに握らせた。

もう乗りかけた船だし。せっかく回復魔法で治したのに栄養失調で体調を崩したら元も子もない。

そうなってしまうと全てが無駄になる。

「こ、こんなの貰えないよ！　俺が代金を払うつもりだったのに」

「なら出世払《ばら》いでいいよ。今はお母さんに食べさせることを優先してあげてね」

出世払いでいい、なんてカッコいい言葉、いつか使ってみたかったけど、こんな異世界で使うことになるとは。

「お兄さん……。ありがとうございます」

「あぁ、気にしなくていいって……」

その真《ま》っ直《す》ぐな瞳《ひとみ》と感謝の言葉に気恥《きは》ずかしくなってしまい、なんとなく天井《てんじょう》を見上げた。

◆　◆　◆

翌日。朝から錬金術師の店で魔力ポーションを受け取って、それから鍛冶屋に向かう。

昨日はアドルの母親を治したけど、彼女は眠ったまま目覚めなかった。なのでそのまま帰ってきたのだけど、彼女はちゃんと回復したのだろうか？

まぁ、僕はやれるだけのことはやった。後は彼女の回復力に期待するとしよう。

「おはようございます」

店の扉を開けて挨拶すると、いつもの親方とは違う若い男性がカウンターに立っていた。

朝はこの人が担当なのかもしれない。

「昨日、親方に頼《たの》んでたモノがあるんですけど、出来てます？」

「あぁ、出来てるよ」

そう言いながら彼が出してくれたのは二センチぐらいの青白い釣り針。

注文通り、針の先にはカエシが付けられているし糸を通す穴もある。これなら上出来だろう。

一つ手に取って確認してみる。

針の太さは一ミリもないぐらい。しかし軽く力を加えてみても曲がるような感じはしない。

やっぱりミスリル合金で作って正解だったと思う。この細さだと普通の鉄では強度的に心配だったのだ。

この店で使われている鉄がどういったモノなのかは分からないけど、これまで様々な武器屋とかで見てきた限りでは、地球で釣り針に使われているような頑丈で錆びにくい鉄が作れるとは思えなかった。

「確認しました。それじゃあこれは貰っていきますね。残りを受けとれるのは大体七日ぐらい先になりますけど、大丈夫ですよね？」

「あぁ、それも親方から聞いている。作って置いておくからいつでも取りに来てくれ」

鍛冶屋を出てダンジョンに潜る。

いつものように一階、二階、三階と抜け。三階で一泊してから四階を抜けて昼過ぎには五階に到着した。

レベルが上がったからか、この階に慣れたからか、四階を抜ける速度が格段に上がっている。

「う～ん……時間もあるし、釣りでもしようかな」

このまま五階村に入ってしまうと外に出にくくなってしまう。

この五階村は入村する度にお金を取られるボッタクリ仕様だからだ。

……まぁ、どこかのネズミの国のように一日中出入り自由になるパスとかを発行してたら管理が面倒すぎるしね。そこは仕方がない。

湖を時計回りに西に進み、適当な場所を探しながら餌になりそうなモノを見付けていく。

「……アレにするか」

適当に歩いているとマギロケーションに引っかかるモノがあった。

ミスリル合金カジェルを握りしめて一気に加速。木々の間を高速ですり抜け、一気にその脳天に叩きつける。

「グェゴ！」

手に伝わってくる、なにかを砕《くだ》いたような感触《かんしょく》。

アシッドフロッグはピクピクと痙攣しながら地面に伏している。

今回は打撃武器で倒したのでヤバい液体は漏れていない。アシッドフロッグはこうやって倒すモノなのだろう。やっぱりアシッドフロッグだけでなく、このダンジョンは全体的に打撃武器が正解なのかもしれない。

アシッドフロッグの腹を割いて魔石を取り出し、脚の肉を取り出す。そして肉を一センチ角ぐらいの大きさに切り分けていく。

「こんなモノでいいかな？」

それらの即席の『餌』を持って湖の近くに移動。そして良さそうな場所を探す。

すると湖の中から岩がいくつも飛び出しているような場所を見付けたので、その手前で仕掛けを作っていく。

といっても、糸と針をドッキングするだけだけど。

背負袋から糸と針が入った袋を取り出し、その中から糸を取り出す。そして針も……。

「……」

案の定、釣り針が袋に刺さって大変なことになっていた。

やっぱりプラスチック製の釣り具ケースが欲しいけど、そんなハイカラなモノは存在しない世界なので、アルッポに戻ったら木製の入れ物でも探すとしよう。

どうにかこうにか針を取り出して糸を通し、針の先端にアシッドフロッグの肉を装着する。

「よしっ！　とりあえずこれでやってみよう！」

木の板から糸を五メートル分ぐらいほどき、それを纏めて手に持って岩の上をピョンピョンと渡って奥の岩の上に乗る。

その音と衝撃《しょうげき》で周辺の魚が逃げていくのが見えた。

「……魚が戻ってくるまで待つか」

岩の上に片膝を突き座り、音を立てないようにして待つ。

そして暫くして魚が警戒を解いたころ、数メートル先に釣り針を投げ入れた。

ポチャンと湖に落ちた釣り針はゆっくりと沈《しず》んでいく。

冷たい風が湖上に吹き、水面が揺れる。

釣り針が湖底につかないようにゆっくりと糸を巻いていくと――

「来た！」

指先にピンピンと反応した瞬間にグッと合わせて糸を引く。

「乗った！」

針が上手くかかったようで、糸がグイグイ手に食い込んでいく。

それをゆっくりと手繰《たぐ》り寄せ、足元まで引いてきたところで湖から引き上げた。

「よしっ！」

「キュ！」

シオンも嬉しそうに声を上げる。

ビチビチと跳《は》ねる魚を岩の上に置き、よく観察していく。

そんなに魚に詳しいわけじゃなかったけど、形は鮭《さけ》……というよりマスに近い感じ。大きさは三〇センチぐらいで肉厚。体には斑点《はんてん》のような模様があり、太陽が反射して緑っぽい色に輝いている。

「ん～……ダンジョンにいるマス……。ダンジョンマスって感じかな？」

ダンジョンマスターではなく、ダンジョンマスだ。

この魚に正式な名前があるのか分からないけど、とりあえずそう呼んでおこう。

しかし、ある程度は予想していたけど、意外と簡単に釣れてしまった。どこかの噂で聞いた話だけど、人がいない地域の野生動物は人間を怖がらないとか、釣り人がまったく来ない場所の魚は警戒心が薄くてよく釣れるらしい。恐らくそういうことなのだと思う。

「よしっ！　どんどん釣ろう！」

そうして釣りを続け、一時間もしない間に合計四匹のダンジョンマスを釣り上げた。

もっと続ければもっと釣れるだろうけど、これ以上は釣っても処理出来ない。これぐらいの量が丁度良いだろう。

「う～ん……」

とりあえず湖で魚が釣れることは確かめられた。

次は実際に食べられるかどうか、だよね？

例えば一部のフグのように全身に毒がある魚だって存在しているはずだし。バラムツのように、食べられるけど食べたら全てがシモから流れ出る便秘知らずな魚もいるかもしれないし。オニオコゼのように毒針さえ除去すれば食べられる魚もいるかもしれない。

さて、この魚はどんな魚なのだろうか？

まぁ、オーガが食べてたんだし恐らくは大丈夫だと思うけどね。

「とりあえず捌いてみよう」

魚を捌いた経験は少ないけど、大体のやり方は覚えている。

な〜に、とりあえず腹を割いて内臓を出しとけばいいのさ！

ナイフで魚の腹を割り、内臓をブチブチッと引っ張り出す。

「次は……。ん〜、そのまま塩焼きでいいかな？」

今はそれぐらいしか調理法がないしね……。

脂《あぶら》ののった白身魚を甘辛《あまから》く煮付《につ》けた魚の煮付け。ほんのり甘酸っぱいシャリに合わせられたマグロ。いつかそんなモノが食べられるようになれば嬉しい。けど、魚の煮付けはともかく、寿司《すし》は寄生虫とか怖すぎだし、もう二度と食べられないかも。

そう考えると少し寂《さび》しい気持ちが湧いてくる。

恐らくもう二度と、日本のあの飽食《ほうしょく》とも言える食文化は体験出来ないのだろう。

そういった日本の食を再現していくことを目標の一つに加えてもいいかもしれない。でも……。

「そもそも、根無し草の冒険者生活では制限が多いしなぁ……」

こうやって釣った魚だって今ここで食べるしかないのだ。

調理器具だって色々と持ち運ぶのは難しいし、加工しようにも時間がかかる作業は難しい。

四匹全ての内臓を抜き、全体的に塩をまぶしていく。

「燻製《くんせい》……とか出来ればいいけど……」

燻製が出来ればこのダンジョンマスも日持ちするし、乾燥ファンガスみたいに保存しておいて別の機会に使えるかもしれない。

でも、それは難しいのだ。

日本にいた頃、自分で燻製が作りたくなって燻製器から手作りしたことがあった。ダンボールの箱で作る簡易的なヤツだ。そしてチップを買ってきて実際に作ってみた燻製を保存しようとして――腐らせたことがある。

後から調べると、そういった簡易的な燻製の作り方ではほとんど保存性は上がらないということが分かった。どうやら本来の燻製とは一ヶ月の単位で燻《いぶ》し続ける必要があるらしく、その時、素材に熱が通らないように煙を冷却する大規模な設備が必要だとかなんとか。

そんなモノを冒険者が宿屋に作るわけにもいかない。もし仮に作ったら、ブチ切れた宿屋の親父の頭から出る煙でこちらが燻製にされるだろう。

……いや、そもそも簡易的な方の燻製設備でも冒険者生活では大きすぎて持てないか。あんなものを所持するなら背中に燻製器を背負って冒険者をしなくてはならなくなるぞ。二宮金《にのみやきん》次郎《じろう》じゃあるまいしさ……。

「それは流石にね……」

周辺から枯《か》れ木や倒木《とうぼく》を集めてきて火を点《つ》けた。

「火よ、この手の中へ《火種》」

うん。生活魔法は本当に便利だ。

焚き火を前に腰を下ろし、何本か丈夫そうな枝を見繕《みつくろ》ってナイフで一方を尖《とが》らせていく。そして魚の口から尖った方を突っ込んだ。

「あ〜っと……どうするんだっけ？」

確か前にテレビとかで見た感じだと、魚を波打たせるように曲げて刺していたような……。

ちょっとよく分からないので試行錯誤しながら刺していく。けどあまり上手くはいかなかった。

まぁ、これは要練習ってところかな。そのうち上手くなるでしょ……。

ちょっと不格好な形で串刺しになっている魚を焚き火の横の地面にぶっ刺し、適度に回して全体的に満遍《まんべん》なく焼いていく。

そして二〇分か三〇分ぐらい経《た》った頃、魚がこんがりと焼き上がった。

途中、魚を刺している木の枝が燃えて折れるというアクシデントもあったけど、とりあえず完成だ。

まぁ最初だし、こんなものかな。

「さて、と……」

「キュ！」

シオンが『もう待ちきれねぇぞ！』と言うようにダンジョンマスに飛びかかろうとしているのを手で制す。

「ちょっと待って」

「キュ？」

シオンが不満そうな顔になった。

「これが本当に食べられるか分からないからさ、念の為にね」

「キュ……」

焼けたダンジョンマスを皿に取り、皮を剥《む》いてから身の部分を軽く舌に当てる。

舌先に若干の塩味を感じた気がした。

「……」

確かこんな感じだったような……違ったっけ？

昔、どこかで見たドキュメンタリー番組でやっていたサバイバル知識。初めて見た物体が食べられるかどうかを自らの肉体で男識別する方法だ。

よくあるローグライクゲームでやるアレだね。名前不明で効果も不明なアイテムを識別したいけど方法がないし、アイテムが一杯でもう持てない。仕方がないから頭カラッポにしてとりあえず口に放り込んで識別しようとするけど——大体は毒になるかレベルが下がって後悔《こうかい》するヤツ。

いや、違うか……。

えぇっと、確かまず皮膚《ひふ》で触れてみて、異常がなければ舌に当て、異常がなければ少量を口に含《ふく》んでみて、異常がなければそれを呑み込む。それから暫く様子を見て、体に異常が出なければ食べてOK的な感じだったと思うけど、うろ覚えでどこまで合っているのかは分からない。

曖昧《あいまい》だけど念の為にやっておこう。まぁ流石に今回はそんなに酷いことにはならないと思うけど。なったらなったで魔法で解決すればいいしね。

暫く様子を見て身の部分を少量だけ口に含んでみる。

白身魚特有の淡白な身。若干の脂身。少し癖のある風味。

悪くはない。

特に異常は感じられないので呑み込んで暫く様子を見てみる。

「……大丈夫、かな？」

　某《ぼう》サバイバル番組によると、毒などの有害物質があると肌がただれたり、舌や口の中が痺《しび》れたり、胃が熱くなったりといった異常が出る場合があると言っていた気がする。勿論、これで全ての有害物質を識別出来るわけではないだろうし、ごく少量でも死に至る猛毒《もうどく》ならアウトだけど。

　焼きダンジョンマスに大きくかぶりつき、ゆっくりと味わっていく。

「うん、旨いな」

　塩と動物性の旨味がガッツリと合わさって普通に旨い。贅沢《ぜいたく》を言うならスパイスかハーブで臭みを少し消したいところだ。

「キュ！」

「あっ、忘れてたわけじゃないから！　シオンも食べていいよ！」

　許可を出すとシオンはガツガツと食べ始めた。

　そもそもシオンが食べられると思っているのなら安全なのでは？

　ほら、野生の勘《かん》というか動物の嗅覚《きゅうかく》というか、聖獣の不思議なパワーというかさ。この前も美味しい乾燥フルーツを見付けてたし。

　……いや、シオンに野生なんてないか。

　焼きダンジョンマスを食べ終え、火の始末をした後、大きく深呼吸する。

　目の前には大きな湖が広がっていて、澄《す》んだ空には大きな山脈。周囲には青々とした木々が風に揺れ、サラサラと音を奏《かな》でている。

「やっぱりここは……いいね！」

もしここがダンジョンの中でなくモンスターが少ない場所なら貴族や金持ちの避暑地《ひしょち》や別荘地《べっそうち》になっていたのではないかと思うぐらい環境が素晴らしい。

もし叶うなら、ここにロッキングチェアを置いてゆっくりと昼寝でもしてみたい。

まぁ、ここで実際にやったらオーガの昼飯になるんだろうけど……。

「そろそろ戻ろうか」

そうはなりたくないので後片付けをして五階村に向かう。

それにしても、午後はゆっくりとリフレッシュ出来た。次回もここまで早く来れるように頑張ろうかな。

ダンジョンマスが入った腹も問題なさそうだし、恐らくダンジョンマスは食べられると判断しても問題ないと思う。今後はダンジョンマスの活用方法も考えていきたいけど、頑張っても塩漬《しおづ》けか一夜干しぐらいしか今は思い付かない。

これは追々、考えていくとしよう。

五階村に向かって森の中を進み、村の近くまで来たところで四階側の裂け目の方から馬が走ってくるような音が聞こえた。

森から出てそちらの方を見ると、五頭の馬とそれに乗った五人の姿が見えた。

馬……いや、あれはワイルドホースか。普通の馬より一回り大きいし、普通の馬ではここまで入ってこれない。

彼らはそこそこのスピードで村の前まで来ると、そこでスピードを落とし、そのまま門から村の中に入ろうとする。

「待て。入るなら入村料を払ってもらおうか」

いつものように村の門番をしていたヒボスさんが彼らの行く手を阻《はば》み、入村料を要求した。

すると一団の中から大柄《おおがら》な男が前に出てくる。

「貴様！　道を遮るとは無礼だぞ！」

男は馬上でそう吠《ほ》えた。

なんだか分からないけど良くなさそうな状況なのは分かる。

門から少し離れたところで止まり、出来るだけ目立たないように草むらに隠れた。

「無礼だろうが関係ない。この村は冒険者ギルドの管轄《かんかつ》だぞ。入村料を払わないヤツは通さねぇよ」

「ほう……。貴様、我々とことを構える気か？」

大柄な男はワイルドホースを下り、一歩一歩ヒボスさんの方に近づいていく。

そしてその右手が腰の剣《けん》に伸びた。

それを見たヒボスさんは一瞬驚いた顔をした後、すぐに苦虫を噛み潰《つぶ》したような顔をする。

これは……どうなんだ？　どうすればいいんだ？　助けに入る？

……いや、無理だ。会話の内容的にあの一団は貴族とか身分が高い人のような気がする。それにあの男……。

「強い……」

雰囲気とか動きとかからして、恐らく。

あれは人に理不尽《りふじん》な言い掛かりをつけて襲おうとして返り討《う》ちに遭《あ》うような典型的な雑魚《ざこ》キャラじゃない。普通に実力者だ。

辺りが緊迫《きんぱく》した空気に包まれる。

……どうする？　ここで僕が出ていってもなんとか出来るような気はしない。

それは分かっているけど……しかし。

「やめたまえ」

そう、声がした。

馬に乗った一団の中、ローブのフードを深くかぶり顔が見えなかった一人がそう言いながらフードを外して顔を見せた。

「……あれは」

前にも見たはず。確かアルメイル公爵の五男で、冒険者ギルドへの登録時にいきなりCランクになった人だ。

貴族も貴族。この国では上位十数人に入る身分の人物だろう。

彼は乗っているワイルドホースをゆったりと前に進めると、腰のポーチに手を入れてなにかを掴み取り、それを地面に放った。

ここからでも聞こえるジャラリという音で僕にもソレがなにか分かる。お金だ。お金が入った袋。

それも、あれが全て金貨なら五階村の入村料よりもかなり多い額の。

「これでいいだろう」

公爵の五男はそれだけ言って、馬を前に進める。

それを見たヒボスさんは道を譲《ゆず》り、軽く頭を下げた。

「ふんっ……」

大柄な男が不機嫌《ふきげん》そうに馬に跨り、公爵の五男を追う。

そして他の者がそれに続いた。

「やれやれ、もう少し紳士《しんし》的に収めることを覚えたまえよ」

「ポーリ様……。はっ！　以後、気を付けます」

「まったく……。殺すのもいいが、誰がその事後処理をすると思っているのだ？」

「はっ……」

公爵の五男と大柄な男がそう話しながら村に消えていった。

それを聞きながら背中に冷たいモノが流れ、尻餅《しりもち》をつく。

なんて……ヤバい奴らなんだ……。これが一般的な貴族というヤツなのか？　それとも高位貴族限定なのか……。

ダリタさんとかシューメル公爵家の人々との関わりが長かったおかげで感覚が麻痺《まひ》していたかもしれない。やっぱり、あんな貴族に目を付けられたら終わりだな……。

草むらから出て門に向かう。

ヒボスさんは公爵の五男――ポーリが投げ捨てた袋を拾い上げ、紐《ひも》を解いて袋を開いている。

「……大丈夫ですか？」

「ん？　あぁ、なんとかな。……命拾いしたぜ。あいつら、フードを深くかぶってて貴族と気付かなかった。……ったく、どこの貴族だ」

そう言いつつヒボスさんは袋の中を見る。

「あれはアルメイル公爵の五男らしいですよ。ほらっ、この前、いきなりCランクになった」

「なにっ！　アレがか……」

ヒボスさんは「ちっ！　面倒なヤツが来やがった」と吐き捨てるように続けた。

そして手に持っている袋をこちらに差し出す。

「見てみろよ」

「えっ？」

ヒボスさんの手の中にある袋を覗いてみると、中には金貨が詰まっていた。全部で四〇枚か五〇枚はあるだろうか？

「……凄いですね」

「あいつらにとっちゃこれぐらいはした金なんだろうぜ。結構なこった」

僕はなにも返せる言葉がなく、ただ彼らの背中が消えていく村の中を見つめるしかなかった。

◆　◆　◆

翌日。今日も四階で狩りをしていく。

「神聖なる光よ、彷徨える魂を神の元へ《ターンアンデッド》」

グールが地面に崩れ落ちた。

ポケットから紙と鉛筆を取り出して〇の記号を書き入れる。

「かなり成功率が上がってきたね」

正確なところまでは分からないけど、現時点では八割に近い成功率だと思う。

女神の祝福も二四回で、ターンアンデッドがなくてもグールと普通に戦えるところまで来ている。良い感じに成長していると思うし、既にこの階は問題なくなっている。さて次は……。

と、マギロケーションに反応があった。

「お、次のお客さんだ！」

「キュ！」

素早くグールの処理をして次の敵に向かう。

そして森の中を慎重に移動し、木の後ろに隠れながら敵を観察する。

森の中に佇んでいるのは……スケルトン。どうやら剣は持っていないタイプのようだ。

エレムのダンジョンにいたスケルトンはほぼ同じ見た目だったけど、ここのスケルトンには個体差がある。服装などの見た目にも差があるし、武器を持っていたりなかったりするし、持っていても種類は様々だ。それにスケルトンだけでなく、ここではグールやゴブリンでさえ個体差がある。

実に個性的。今の時代、個性は重要な要素だ。個性がなければ就職も出来ない。無個性なスケルトンは入ダンジョン試験で弾かれているのだろう。

「スケルトンだな。よしっ！　シオンの出番だ！」

「キュキュッ！」

スケルトンなら特に問題はない。

素早く接近し、ミスリル合金カジェルでスケルトンの片足をすくってバランスを崩す。

僕はシオンが倒しやすい環境を整えるだけ！

「シオン！」

「キュ！」

僕の左肩にいるシオンはそう鳴くと、いつものように輝く水の玉を――ん？

いつもとは違ってシオンが大きく口を開けると、顔の前に魔法陣が展開した。

そしてその魔法陣から青い閃光《せんこう》がほとばしる。

「キュー！」

その可愛《かわい》らしい咆哮《ほうこう》と共に直径一〇センチぐらいの青い閃光がスケルトンの頭を撃ち抜いた。

「は？」

「キュ！」

スケルトンはガシャガシャと崩れ落ち、シオンは『どんなもんだ』と言わんばかりに声を上げる。

「……って、ブレスかよ！」

◆　◆　◆

「マスター、葡萄酒で」

「はいよ」

酒場で夕食と葡萄酒を注文してカウンター席に座る。

そしてテーブルに置かれた葡萄酒を飲みながら今日の狩りについて考える。

まさかシオンがブレスを吐けるようになるなんて……。あの黄金竜のブレスって黄金竜がドラゴンだから吐いているのだと思ったけど、違ったのだろうか？　まぁ同じ聖獣である黄金竜が吐けるのだからシオンが出来てもおかしくないのか？　……よく思い出してみると黄金竜が吐いたブレスと似てるよね？　色と大きさが違うだけで。

黄金竜のブレスは白色で、シオンは青色。ということは、黄金竜は光属性でシオンは水属性なのだろうか？　シオンは聖水という『水』を作れるし。

「う～ん」

また一口、葡萄酒を飲む。

しかし今日の狩りは楽しかった。

シオンがブレスを吐けるのが面白くて、ついつい自分では戦わずに『ゆけっ！　シオン！』の一声だけで戦闘は全て任せるスタイルに変更《へんこう》し、モンスターを捕獲《ほかく》出来る謎ボールが欲しくなるぐらい楽しんだ。

でも、あのブレス――とりあえずウォーターブレスと呼ぶけど――の威力はズルい。まさか頭とか急所に当たればグールでも一撃で倒せるなんて……。

……そう考えると僕のクォーターエンジェルも普通の人間よりは優遇《ゆうぐう》されているのかな？　まぁターンアンデッドでグールを簡単に葬《ほうむ》る僕も誰かのことをズルいとか言えたものじゃないか。

そう考えながらシオンを撫《な》でる。

「これからどうしようか……」

無言で目の前に置かれたいつものスープを手元に引き寄せ、食べていく。

塩味だけはしっかり効いている相変わらずの味で、代わり映《ば》えしない。

このまま安定している四階でレベル上げを続けるか、それとも六階に行くべきか……。

五階でレベルを上げるという選択肢はない。あまりメリットを感じないからだ。なので進むなら一つ飛ばして六階。そこならターンアンデッド戦術が通用するので僕の特性を活《い》かせる。

今はまだ四階でも十分レベルは上がるけど、ペースは確実に落ちてきている。普通ならこのタイミングで先に進むなんてリスクは取らないけど、ターンアンデッドという『最強の矛《ほこ》』があるからモンスターはやり方さえ間違えなければ確実に倒せちゃうし、欲が出ちゃうんだよなぁ……。

でもせっかく黒字化が見えてきたのに六階に行ったらまた大幅《おおはば》赤字になるんだよね……。

そう考えながら葡萄酒を飲み干した。

「マスター、もう一杯」

「はいよ」

そうこうしていると、酒場の入り口から数人の足音が聞こえてきた。どうやら団体さんが来たらしい。

少し気になってそちらを横目で確認してみると……ポーリ達がいた。

その姿を他の冒険者も確認したようで、一瞬で酒場が静まり返る。

彼らはそんな酒場の空気などお構いなしにズンズンと奥まで歩いてきて、奥にある席の前に立つ。

「どけ」

門の前でヒボスさんに斬《き》りかかろうとした大男がそう言うと、そこにいた冒険者が「あぁ……」と小さく言い、その場から消えていった。

あいつら、なんでここに来たのだろう？　昨日は来なかったのに……。

「おい、酒をもってこい。それと肉だ」

「分かりました」

大男の命令に酒場のマスターが丁寧《ていねい》に応え、葡萄酒を用意していく。

そんな中、何人かの冒険者がそそくさと酒場を後にする。

どうやら余計な騒動《そうどう》に巻き込まれたくないのだろう。

ぶっちゃけ僕も関わりたくないので早く部屋に帰りたいけど……さっき葡萄酒を注文したばかり。

仕方がないので葡萄酒を飲み続ける。

そうしていると次第《しだい》に酒場に音が戻り始めた。沈黙《ちんもく》に耐えられなくなった冒険者達が喋り始めたのだ。

それでも、その中で遠慮なく喋っているのはポーリ達だけで、必然的に彼らの声がよく耳に入ってきた。

「ここにはこんなモノしか置いてないのか」

「ダンジョンの中ですから、我慢してください」

ポーリの言葉に魔法使いっぽいローブを着た女性が返す。

彼らの関係性はよく分からないけど明確に上下関係があることは分かる。

どうせだし、ここで彼らの話から情報を得てやろうか。

「明日からは六階に行く。手筈《てはず》は整っているな?」

「はっ、五階村に駐留《ちゆうりゆう》している従士団を使えるよう話は付けてありますし、物資も公爵家から順次輸送されてくる予定となっております」

ポーリは満足そうに頷いた。

なんとなく『ズルいよなぁ……』と思ってしまう。

……なんだか、彼らのダンジョン探索って本格的……というか、公爵家全面バックアップというかさ……。凄いサポートが付いている感じがする。まぁ、ズルさに関しては僕が他人をどうこう言えないけどね。

ポーリは木製のコップを高く掲げ、ギラギラとして野心溢れる目で言葉を放った。

「私が、このダンジョンをクリアする」

その掲げられたコップに他の四人がコップをカツンとぶつけ、五人は軽く頷きながら葡萄酒を呷った。

その光景に周囲の何人かの冒険者が少し驚いたような顔をする。

「……」

なんだろう……。なんとなく彼には負けたくない。そう思った。

冒険者に登録してすぐにCランクになったとか。彼の人を人とも思わない態度とか。圧倒《あっとう》的に恵《めぐ》まれた彼の環境とか。それらが全部、積み重なって負けたくないという気持ちになっている。

別に彼より先にダンジョンをクリアしたってしょうがないかもしれないけど。もし仮に僕が先にクリアしたとしても、彼にそれを見せつけることは出来ないだろうけど。

それでも――

「負けたくないな」

そう思った。

やっぱり、少し六階を見ておこう。そしてそれから判断するとしよう。

第三章　六階へ

CHAPTER 3

その翌日。村を出て北東へ進む。

この五階は湖を囲むように『C』の形に陸地があり、それに橋を架《か》けることで四階から六階までショートカット出来るようになっている。そしてその中間に村を作ることで、四階、五階、六階を狩《か》り場とする冒険者《ぼうけんしゃ》が日帰りで狩りが出来る環境《かんきょう》を作り上げた。なので五階村はこのダンジョンで重要拠点《きょてん》なのだ。

周囲を確認《かくにん》しながら林の中を進んでいく。

こちら側は人の往来が多いのか、幅《はば》が二メートルぐらいの道が出来ていた。おかげで分かりやすくてありがたい。

でも、これを見ると五階を西に進む本来のルートの寂《さび》れ具合がよく分かるね。

暫《しばら》く林の中の道を歩いていると、幅が二〇メートル以上ある川に木製の橋が架かっているのが見えた。

「これが例の橋か」

簡易的な橋かと思ったけど、予想以上にしっかりしていて少し驚《おどろ》く。

でも、これならモンスターなどが多少乱暴に使っても壊《こわ》れないだろう。

橋を渡《わた》って対岸に着き、そのまま道沿いに歩いていくと、木と木の間から六階へ向かう裂《さ》け目が見えてきた。

持ち物を改めて確認し、最後の準備をしていく。

冒険者ギルドなどの情報によると、ここから先はモンスターのランクがまた一つ上がってBランクになる。

つまり、ランクフルトで僕《ぼく》やCランク冒険者などが束になっても正攻法《せいこうほう》では敵《かな》わなかったグレートボアと同じランクのモンスターがいる。

モンスターのランクは、モンスターの体内にある魔石《ませき》の大きさから判断しているだけなので全《すべ》てのBランクモンスターが同じように強いということではないらしいけど……。やっぱりグレートボアとの戦いを思い出すとちょっと考えてしまうところはある。

首を振《ふ》り、それを打ち消すように一歩踏《ふ》み出した。

「……よしっ！　行くぞ！」

「キュ！」

裂け目を抜《ぬ》けると、そこは今までの階層とは打って変わり、枯《か》れた木々が立ち並び、地面にはほとんど草がない荒《あ》れ地だった。

「なんか、ちょっと雰囲気《ふんいき》が……」

これまで森を中心とした世界だったのに、いきなり荒れ地になって……なんだか世界が変わったような感じがする。

それにこれでは身を隠《かく》せるような場所があまりない。

「……まぁ、とりあえず一体、倒《たお》してみましょうかね」

マギロケーションを展開しながら慎重《しんちょう》にモンスターを探すことにした。

ギルドで描《か》き写した地図をポケットからゴソゴソと出して開く。

ここは他の階とは違《ちが》っていて『森』や『川』等の地形を示すようなモノはなにもなく『剣《けん》の岩』とか『大樹の枯れ木』とか、ランドマーク的なモノが地図に描き込《こ》まれていた。

この地図を描き写した時にも疑問に思っていたけど、ようやく意味が分かったかもしれない。要するに六階全体が代わり映《ば》えしない荒野《こうや》で、地図とするには特徴《とくちょう》がありそうな岩などを描き込むしかなかった感じだろう。

「じゃあ……『剣の岩』でも目指してみようかな」

とりあえず近場にある目印に向かうことにして、地図の北側へ歩く。

最初の目印までの所要時間でこの階の大体の大きさを把握《はあく》しておきたい。

その時間によっては……色々と考え直すことが生まれるのだけど――

「いた！」

小高い丘《おか》の向こう側に一体のモンスター。

やっぱり見えないのに分かるってのは本当にチートだと思う。このマギロケーションがなければ、いくらターンアンデッドがあっても、このダンジョンでの狩りは成功していなかっただろう。僕のターンアンデッド狩《が》りの本質は『敵に気付かれないこと』にあるからだ。

現時点では勝つことが難しい相手にも気付かれないように密《ひそ》かに接近し、ターンアンデッド一閃《いっせん》で葬《ほうむ》り去ることが出来る。相手は自分が死んだことすら気付かないだろう……。

って、思考が完全にアサシンなんだが！　ここで高笑いでもすれば完全に悪役だ……。

などと考えつつ、慎重に音を立てないように乾燥《かんそう》して草も生えていない丘を上る。

ゆっくり、ゆっくり、一歩一歩。

額にジワリと汗《あせ》が浮《う》かぶのが分かる。

ここでモンスターに気付かれて襲《おそ》いかかられると……危険だ。

流石《さすが》に一撃《いちげき》で殺《や》られることはないと思いたいけど、焦《あせ》って戦闘《せんとう》中にターンアンデッドを上手《うま》く使えなければ終わってしまう。それぐらいのリスクを背負《せお》ってここにいる。

「……」

腹這《はらば》いになって丘の上から顔だけ出し、向こう側を見た。

そこにいたのは赤黒い骸骨《がいこつ》。

全身、血で濡《ぬ》れたかのような赤色。兜《かぶと》や盾《たて》や鎧《よろい》も赤黒なら骨まで赤黒い。

「不気味すぎるだろ……」

アレの名はブラッドナイト。アンデッド系モンスターでBランク。この六階に出る唯一《ゆいいつ》のBランクモンスターで、他にはスライムしか出ない。

名前からして分かるように、ナイト型モンスターで剣による攻撃をしてくる。つまりスケルトンの上位互換《ごかん》のようなモノだ。しかし、だからこそ逆に怖《こわ》い。正攻法で戦うのに強いということは単純に身体能力が高いということだし。

　さて……じゃあ、始めますか。

　魔力を腹の奥《おく》から引っ張り出し、右手に送る。

「《ターンアンデッド》」

　詠唱《えいしょう》を破棄《はき》し、発動句だけで魔法を発動。

　しかし魔力が抜けるだけでなにも起こらない。失敗。

「《ターンアンデッド》」

　もう一度、ターンアンデッドを使う。

　しかし失敗。

「《ターンアンデッド》」

　次こそは！　と願いながら放ったターンアンデッドは白い光の輪を生み出しながら発動し、ブラッドナイトをあちらの世界へ連れて行く。

　そしてブラッドナイトは、まるで操《あやつ》り人形の糸が切れたようにグシャリと地面に崩《くず》れ落ちた。

「勝った……」

　丘を滑《すべ》り下り、崩れたブラッドナイトを見つめながら呟《つぶや》く。

　なんか、こう……不思議な気分になる。

　思えば僕が明確に『強くなろう』と思った最初の理由は同じBランクのグレートボアだった気がするのだ。

　グレートボアにまったく歯が立たず、偶然《ぐうぜん》持っていた麻痺《まひ》ナイフで上手く切り抜けられたけど、ただただ町で普通《ふつう》に暮らしているだけでもあんなとんでもないモンスターに襲われるという事実に気付いてしまい、強くなる必要性を感じたし、あの麻痺ナイフがなければ甚大《じんだい》な被害《ひがい》が出ていたであろう事実に震《ふる》えた。

だからこうやってBランクモンスターをあっさりと倒せてしまっていることが、なんだか感慨《かんがい》深い。

「まぁ、全てはターンアンデッドのおかげなんだけど」

そう。ターンアンデッドがなければブラッドナイトには勝てていない。

僕はまだまだグレートボアには勝てない。

「よしっ！　ターンアンデッドがなくてもブラッドナイトに勝てるよう頑張《がんば》るぞ！」

「キュキュ！」

そう、決意を新たにブラッドナイトの遺留品を剥《は》ぎ取っていく。

……暗殺からの良さげなことを言いつつ死体漁《あさ》りとは……どんどん職業が盗賊《とうぞく》っぽくなっている気がしないでもないけど、気にしないでおこう。

「兜……は魔法袋《ぶくろ》に入らないから回収出来ないし、鎧も無理。剣は……折れてるし！　下級ポーションを持ってるって書いてたけど持ってないな……こいつろくなモノ持ってないぞ！」

「キュ！」

気にしないでおこう。

それから『剣の岩』を目指して進み続け、またブラッドナイトをターンアンデッドで倒す。

「はぁ……」

やっぱりまだ緊張《きんちょう》する。早くレベルを上げないとね……。

ブラッドナイトに近づき、死体を漁っていく。

鎧を外して胸の魔石を取り、腰《こし》のベルトにある剣とポーチを外して確かめる。

「剣……は使えるかな？」

鞘《さや》から抜いた剣は両刃《りょうば》の直剣で、恐《おそ》らくは鉄製。錆《さび》や刃こぼれはあるけど研《と》げばまだ使えそうな気はするし、持って帰って武器屋にでも売れば多少の値段にはなるだろう。しかし――

「これを大量に持って帰ったら魔法袋がバレるんだよね……」

結局はそこがいつもネックになる。

僕もそこそこは強くなってきたので、そろそろ魔法袋の存在がバレても問題ないかもしれないけど、まだ少し怖い。

今は僕の見た目が若いからただの低ランク冒険者だと思われて、襲う価値もないと判断されて変に狙《ねら》われるようなことはないけど、魔法袋という貴重なアイテムを持っていると知られたら僕のこの見た目は逆にデメリットになってしまう。与《くみ》し易《やす》い低ランク冒険者が魔法袋を持っていると思われると厄介《やっかい》だ。

「その危険を冒《おか》してまで拾う価値はない、か」

錆《さ》びた剣を捨て、ポーチの中を見るとガラス瓶《びん》が一つあった。

「おっ、これがポーションか」

そのガラス瓶は透明《とうめい》。直線的な形状で少し飾《かざ》り彫《ちょうこく》刻も入っていて、やっぱり今のこの世界で作れるモノとは思えない形になっていた。

そしてその中に入っているのは薄《うす》い赤色の液体。量は錬金術師《れんきんじゅつし》の魔力ポーションの半分ぐらいだろうか。

少しチャプチャプと振ってみる。

「……これがポーション、なんだよね？」

真っ赤なアンデッドが持っていた薄い赤色の液体。そう考えると嫌《いや》なイメージしかない。でも、情報からすればポーションで間違いない。しかしこの階でポーション以外が出ないとは言い切れない。

とりあえず自分で飲んでみるのは控《ひか》えておいて、先に錬金術師とかに確認してみよう。

そうしてブラッドナイトから魔石とたまにポーションをいただきつつ荒野を進み、やがて目的地の『剣の岩』に到着《とうちゃく》した。

そこは小高い山の上に剣や槍先《やりさき》のように尖《とが》った形状の岩が見える場所で、地図の中にあった簡易的な絵とも一致《いっち》している。

とはいっても僕が写したモノなので、この地図の絵はオリジナルより微妙《びみょう》な絵なんだけど……。

「こんなことになるなら、もっと精密に写しておけばよかったかも……」

次にアルッポの冒険者ギルドに行った時に描き直す方がいいかもね。

「さて……それよりも」

山の上、剣の岩の横から空を見上げると、太陽が真上に上がろうとしていた。

また地図を見てこの場所を確認すると、まだ地図の四分の一ぐらいしか進めていなかった。

つまり、このまま進み続けても夜までに全体の半分も進めない可能性が高い。

「これは、予想以上に広いのかも」

六階はこれまでの階より明らかに広い。ということは、この階を踏破《とうは》するには野営が必須《ひっす》になる。

「……」

Bランクモンスターが闊歩《かっぽ》するフィールドで野営？　しかもアンデッドは夜に活動が活発になるのに？　それって無理ゲーじゃない？　ソロではキツすぎる……というか、パーティでもキツい気がするぞ。Bランクパーティなら Bランクモンスターを倒せるだろうけど、夜は交替《こうたい》で見張りをするから戦力は落ちるはずだ。

それに三階の野営地や五階村であったように、大量のモンスターが一気に襲ってくるあの現象がここで起これればパーティでもひとたまりもない。

「う〜ん……」

まぁ、この問題にはどこかでぶち当たると思ってはいたんだ。話に聞く限り、六階からは冒険者が少なすぎて複数パーティが集まるような野営地は生まれないし、当然ながら五階村のような村もない。そうなると僕みたいなソロの冒険者は一人で野営をしなければならなくなる。

そんなことが可能なのだろうか？

「……まぁ、無理だから冒険者はパーティを組むんだろうね」

それでも、野営向きな守りやすい場所があったり、なにか可能性があるかもと淡《あわ》い期待を持っていたけど、実際に六階に来てみるとそんな気持ちが薄れていくのが分かる。

「なにか考えないとな……」

そう考えていると、遠くの方からドドドドッと地響《じひび》きのような音が聞こえ始めた。

「なんだ！」

慌《あわ》ててその場に伏《ふ》せて周囲の様子を窺《うかが》うと、僕が来た方向から馬に乗った一団が猛《もう》スピードで接近してきた。

数は一〇……いや、それ以上。

彼《かれ》らは僕がいる山の麓《ふもと》をスピードを落とさず抜けていく。

それを観察していると、その中に見知った顔を見付けた。

「公爵《こうしゃく》の五男……か」

ポーリという名の公爵家の五男。彼らが五階村に来た時は彼を含《ふく》めて五人のパーティだったはずだけど、今は人数が倍以上に増えている。

よく観察すると、馬上の数人の鎧が五階村で見た公爵家の従士団の鎧と似ている気がする。つまり、従士団を大量に引き連れて六階に入ってきた？

これまで他のダンジョンでもあんな大人数で挑《いど》む人は初めて見たかもしれない。

「うぉっ！」

彼らが通り過ぎた後、それを追って一〇体ぐらいのブラッドナイトがアンデッドとは思えないような凄《すご》いスピードで現れた。

体が緊張ですくみ、一気に変な汗をかく。

クソッ！　トレインだ！　今、あの数のブラッドナイト達《たち》に気付かれたら確実に死ぬ。あんなの、今の僕が相手に出来るわけがない！

山の上で身を隠しながら、奴《やつ》らが通り過ぎてくれるのを待つ。

一秒一秒、まだかまだかと頭を抱《かか》えながら、骨や金属がこすれ合うカチャカチャという音が通り過ぎることを願う。

それから何分待っただろうか？　気が付くと、奴らの音は全て消えていた。

ゆっくりと顔を出し、周囲を窺う。

見る限りブラッドナイトの姿はない。

「はぁ……」

大きく息を吐《つ》き、仰向《あおむ》けに寝転《ねころ》がる。

ほんと、やってくれるな……。

タイミングが悪ければ本当に死んでいてもおかしくない。彼らは僕にブラッドナイトをなすり付けても屁《へ》とも思わないだろうし。たまたまこの山に登っていたから避《さ》けられたけど、山の下にいたら高確率でアウトだった。

「それにしても、ゲームでも厄介だったけど現実ではもっと厄介だな」

モンスターを引き連れて移動する行為《こうい》はゲーム用語で『トレイン』と呼ばれていて、しばしば範《はん》囲《い》攻撃でのレベル上げに使われたりしたけど、自分で集めたモンスターは自分で処理するのがマナーだった。自《みずか》ら処理し切れなければＰＫ――プレイヤーキルを疑われることもある。何故《なぜ》なら実際に嫌がらせで他人にモンスターをなすり付けて殺そうとするプレイヤーがいたからだ。この方法はＰＫが出来ないＭＭＯＲＰＧでもＰＫを可能にするから厄介だったりするのだけど……現実にこうやって遭遇《そうぐう》すると本当に洒落《しゃれ》になっていない。

「帰ろうか？」

「キュ……」

　そうして山を下り、五階村を目指した。

◆　◆　◆

「ヒボスさん、一つ聞いてもいいですか？」

「なんだよ」

　初の六階探査を終え、五階村の宿屋の酒場で一杯《ぱい》やっているとヒボスさんが来たので聞いてみることにした。

「ヒボスさんって確か七階まで行ったんですよね？　どうやって七階に行ったんです？」

「七階、ねぇ……。親父《おやじ》、酒だ」

「はいよ」

　ヒボスさんは少し考えるような素振《そぶ》りを見せ、そして言葉を続けた。

「ありゃあよ、若気の至りってヤツだな」

「若気の至り？」

「あぁ、あの頃《ころ》はまだ若くてよ、俺《おれ》達のパーティがどこまでやれるのか確かめたくなった」

　マスターが葡萄酒《ぶどうしゅ》が注がれたカップをヒボスさんの前に置く。

「だから無理に七階まで突《つ》っ切ったんだがよ、夜はブラッドナイトに襲撃《しゅうげき》されてマトモに寝れねぇしよ。大変なんてもんじゃねぇ。そこまでやって七階に辿《たど》り着いても安定して休める環境を作れなきゃ長期滞在《たいざい》は出来ねぇからな。割に合わねぇよ」

「なるほど……」

「まぁ、俺らみたいな普通の冒険者じゃ六階の日帰り出来るエリアまでが限界ってこった」

そう言ってヒボスさんは葡萄酒を呷《あお》った。

やっぱり、六階はモンスターが強すぎて野営には向かないんだろうね。

「それじゃあ、七階とか八階で狩りをする冒険者ってどうやってるんです？　話を聞く限り難しそうですけど」

「人数だよ、人数。最低でも二パーティ以上でチームを組んで、順番に休憩《きゅうけい》出来るようにするしかねぇ。……まぁ、それはそれで難しいんだがよ」

「そうなんですか？」

「実力があって、ダンジョンの中で完全に背中を預けられるぐらい信用出来る相手を探す必要があるからな。簡単じゃねぇよ」

つまり、この先の攻略には複数のBランク冒険者パーティが協力する必要があると……。今の僕には絶望的にも感じる話だな。僕ではそんな人数を集められる気がしないし、そういった協力関係にある集まりに今から僕だけパッと参加出来るとも思えない。

ふと、六階で見たポーリの一団を思い出した。

確か一〇人以上の大人数で爆走《ばくそう》していたけど、あれは自らのパーティと実家の従士団を使って人数を確保して七階を目指していたからあの人数になっていたのか。

う〜ん、やっぱりズルいよね。

「ところで、こうやって話を聞かせてもらってますけど、情報の見返りの話はしてないですよね？」

「あぁ？　お前、俺が見返りがなきゃなにも話さねぇヤツだとでも思ってんのか？」

「いや、えぇっと……」

「そうじゃねぇんだよ、そうじゃ。俺達冒険者は情報屋じゃねぇんだぜ。馴染《なじ》みのあるヤツとなら世間話ぐらいするだろうがよ」

「あぁ……。そうですね、確かに」

なんとなく言葉にはしにくいけど、ヒボスさんが言いたいことは分かった気がする。

結局は人と人の関係性なのかもしれないね。

◆　◆　◆

それから数日間、慎重に六階で狩りを続け、女神《めがみ》の祝福が二七回になり、魔力ポーションも尽《つ》きたのでアルッポの町に戻《もど》ることにした。

いつものように五階村から出て四階を通り、三階野営地で野営をしてから翌日、地上へ向かう。

やっぱりこの移動時間が長すぎて無駄《むだ》だなぁと感じるけど、魔力ポーションに使用期限があるから仕方がないし、現状では魔力ポーションを消費し続けながら狩りをした方が効率が良いのだからしょうがない。

もしここがアンデッドダンジョンではなく普通のダンジョンだったならターンアンデッド戦術が使えないので話は変わってくるのだけど。

などと考えていると一階に到着。ダンジョンを出た後の段取り等を考えながら入り口に向かっている時、ふと思い付いたことがあった。

「……というか、Bランク魔石って売っても大丈夫《だいじょうぶ》なのかな？」

僕がBランク魔石を売るということはBランクエリアを攻略しているということで、しかも僕の場合ソロで攻略していることになる。しかもしかもついこの前、Cランクになったばかりなのにだ。

「う～ん……」

流石にペースが異常すぎる……か？

ついこの前、ダムドさんと話した時にCランクエリアに入ることを驚かれたばかりなのに既《すで》にBランクエリアに入ったとなると、ちょっと……いや、ちょっとどころじゃないぐらいおかしい気がするぞ。それに実際のところターンアンデッドで勝てているだけで、今の僕にはBランク相当の力はないはず。Bランクエリアにソロで入っていることを知られて悪目立ちし、僕に注目が集まってそのあたりを調べられると余計に怪《あや》しく感じられるだろう。

せめてBランクエリアに入ってもおかしくない程度の実力を身に付けた後でないと変に勘《かん》ぐられるかもしれない。

そう考えると下級ポーションも売れないか……。

下級ポーションは五階村でアルメイル公爵の従士団が買い取っていたけど、あのポーリの父親でもあり、シューメル公爵と対立する可能性があるアルメイル公爵の利になることはしない方がいい気がして今まで売ってこなかったけど、これからも売らない方がいいかもしれない。

まぁ現時点ではお金には困ってないし、とりあえず暫くの間、Bランク魔石は魔法袋の奥に眠《ねむ》らせておこう。

別にお金が必要になった時に換金《かんきん》しても遅《おそ》くはないよね。

今の僕は着実に強くなっている。順調にレベルも上がっているし、ダンジョンの攻略も順調すぎるぐらい順調だから、むしろこうやって早すぎる攻略ペースを隠すことを考える必要すらある。今はポーリにダンジョン探索《たんさく》で先を越《こ》されているけど、このペースなら逆転も普通にあるはず。話を聞く限りこのダンジョンは何十年もクリアされていないみたいだし、彼らもそんなに簡単にはクリアは出来ないはずだしね。

そう考えながらグッと拳《こぶし》を握《にぎ》りしめ、目の前に掲《かか》げた。

ダンジョンクリアという一つの目標がついに見えるところまで来た。そういう感覚がある。

思えば南の村で夢見たこの世界での冒険。古代遺跡《いせき》にダンジョンクリアにアーティファクト。あの時はまだまだ先の話だと思っていたけど、今はその一つがすぐそこに見える。

まだ少し気が早いけど、やっぱり嬉《うれ》しい。

「まぁ、僕は一歩ずつやっていくさ！」

そうすればいつかはダンジョンをクリア出来るはず。このままこのダンジョンで頑張っていればいつかはね。

ということで、ダンジョンから出て、今日はギルドに寄らずに宿屋で部屋を取り、ベッドにシオンを置いてから僕もその横に寝転がる。

「さて、これからのことについて整理しよう」

まず、レベル上げは今まで通りターンアンデッド戦術でなんとかなる。

順調にレベルを上げていけば、やがてBランクモンスターとも戦えるようになるはず。

ここまでは問題ない。

「問題はその先、かな」

ダンジョンの六階に入ることは出来たけど、七階に進むには高ランクモンスターが闊歩する場所で安全に野営する方法を考える必要がある。勿論《もちろん》それは七階だけでなく、その先の八階や九階に進むためにも必須だ。

そしてもう一つは八階や九階の情報。出来ればそれを集めておきたい。

とは言うものの……。

「こういう情報って、どうやって集めるんだろうね……」

「キュ……」

勿論、これまで情報が欲《ほ》しければ冒険者にお酒を奢《おご》って話を聞いたりしたし、五階村ではそれなりの代価を払《はら》って情報を聞いたりもした。でもそういう情報って知ってる人がそれなりにいて比較《ひかく》的《てき》機密度が低い情報だったと思うのだ。

ヒボスさんに代価を払って聞いた情報にしても結局は知ってる人がそこそこいる情報で『出来れば広めたくないけど、代価を払うなら教えてもいい』『他のヤツが喋《しゃべ》ってしまってそいつが代価を受け取るぐらいなら、むしろ俺が喋る』程度のレベルの情報だから彼は話したのだろうし。しかし八階や九階は本当に一部の一流冒険者しか情報を持っていないはずで、情報収集は難しい気がする。

「……情報屋でもいればいいんだけど」

そもそも情報屋ってどこにいるんだ？　まずそこから分からないんだよね。

イメージ的には酒場とかにいそうな気がするけどさ。

まぁ地元の冒険者に聞けば知ってる人はいそうだけど、そういう裏稼業《かぎょう》のヤツとコンタクトを取って僕が変に興味を持たれて逆に僕が調べられる側になるかもしれないのが少し怖くもあるし。

まぁ情報に関しては追々考えるとして、今は野営についてだろう。これがなければ六階の奥にすら進めない。

野営を安全に行う方法。王道なのが仲間だ。しかしこれは今の僕には色々とハードルが高い。僕のこのダンジョンの攻略を支えているのが誰《だれ》にも話せないターンアンデッドという魔法だからだ。

とすると、どうするか？

「アテがまったくない……わけじゃないんだけどね」

ベッドから起き上がり、魔法袋からランタンを出す。主にロウソクを中に入れるタイプのモノ。エレムで買ったやつだ。

中にロウソクがセットされていることを確認し、魔法を発動する。

「神聖なる炎《ほのお》よ、その静寂《せいじゃく》をここに《ホーリーファイア》」

指先に現れた小さな白い炎をロウソクの芯《しん》に当てるとロウソクに白い火が灯《とも》り、辺りを蛍光灯《けいこうとう》のような乳白色に照らした。

ホーリーファイアでロウソクなどの可燃物に着火するとホーリーファイアの効果を持った白い火を灯すことが出来る。持続時間は大体一時間程度。ここまでは前に調べたので分かっている。

ホーリーファイアはどうやら聖火のようなモノらしく、モンスターはこれを嫌《きら》う傾向《けいこう》にあり、特にアンデッド系モンスターには効果が大きい。つまりこのホーリーファイアの火を長く持続させる手段を見付ければ、ダンジョンの中でも安全に野営を出来る可能性が高いと思う。特にここのダンジョンはアンデッド系のダンジョンなので効果は大きいはずだ。

「問題はこれをどうやって持続させるか……」

そう、色々と考えを巡《めぐ》らせながらその日は眠りについた。

翌日、朝から買い出しに向かう。

しかし普段とは違い、今回はホーリーファイアの実験のために必要なアイテムを揃《そろ》える目的もある。

いつもの買い出しをしつつ、いくつかの道具屋を巡って複数種類のロウソクとランタンの燃料になる油などを購入《こうにゅう》していく。

実験には時間がかかりそうなので、これからはダンジョンを攻略しながら夜にゆっくりと実験をしていく予定だ。

そうして鍛冶屋《かじや》で釣《つ》り針の残りを受け取り、いつもの錬金術師に魔力ポーションを注文し、教会で祈《いの》ったり町を散策したりした。

「よしっ！　これから忙《いそが》しくなるぞ！」

◆　◆　◆

そんなこんなで幾日《いくにち》かの時が経《た》った。

「……ダメかぁ」

「……キュ」

ベッドに倒れ込むように寝転がりながら呟く。

整理しておこう。

あれからダンジョンに潜《もぐ》りながらホーリーファイアについて様々な検証を行った。女神の祝福は三四回になったものの、しかし検証については満足出来る結果は出ていない。

まずロウソクや油の成分によってホーリーファイアの持続時間が変わるか試《ため》したけど、ほとんど変化はなかった。ほぼ誤差レベルと考えていいだろう。まだこの町にある素材で試しただけだから確定していいのかは分からないけど、現時点ではそういう結果になっている。

そしてロウソクなどに浄化《じょうか》をかけておくと効果時間が少し延びた。正確な時間は分からないけど、大体一時間にプラスして一〇分から二〇分程度だろうか。最初はその結果に興奮したけど、浄化を重ねがけしても効果はなく、それ以上の時間延長は困難だった。

現時点での僕の認識。ホーリーファイアの効果時間が切れると白い火が消えるのではなく『白い火から普通の火に戻る』という現象と合わせて考えて、恐らくだけどホーリーファイアは火という物理現象を生み出しつつ火に聖なる力、神聖力とかを付与《ふよ》する的な魔法なのではないかと考えている。この世界にもあるバフ系の魔法も使うと効果が体に付与され一定時間効果が持続するし、そういう感じのモノなのではないだろうか。

もし、ホーリーファイアが『聖火』という火とは別のモノを生み出す魔法だったなら、ホーリーファイアの効果が消えると同時に聖火そのものが消えるはず。しかし実際には聖なる効果だけが消えて普通の火は残る。

とすると……。

「神聖力的なナニカを補充《ほじゆう》し続ければホーリーファイアは持続する」

その可能性が高いのでは？　と思った。

もしそうならば、考えられる手段が一つある。

「魔道具、か……」

そう、魔道具は魔石や人の魔力を使って魔法を発生させる装置。その中にはコンロのように魔石の中の魔力が続く限り火を持続させる魔道具も存在する。

つまり、神聖魔法の魔道具を作ればホーリーファイアの聖火を持続させることが出来るかもしれない。

ベッドから勢いよく飛び起き、両手を突き上げた。

「よしっ！　明日はアルッポに戻ろう！」

そうして翌日。朝から村を出て、一泊《ぱく》二日でアルッポに戻った。

「ん～……」

アルッポへの裂け目を抜けたところで大きく伸《の》びをする。

やっぱりなんとなく地上に戻ってくると解放感があって落ち着く気がする。ダンジョン内の方がこんな町の雑踏《ざつとう》の中より自然が多いのに不思議なもんだよね。

「よしっ！」

気合いを入れて早速《さつそく》、いつもの錬金術師の元に向かう。

町を北に進み、教会を通り過ぎた先にある店の扉《とびら》を開ける。

「すみませ〜ん」

「おっ？　あんたか。今日も魔力ポーションか？　準備は出来てるぞ」

「いえ、今日は魔道具を買おうかと思って」

そう言いつつ店内の棚《たな》を見ると、ポーションやらの陶器《とうき》の瓶の横によく分からないアイテム類が並んでいた。

細長い棒のようなモノとか、四角い箱のようなモノとか、複雑な形をしたモノとか色々とある。が、その用途《ようと》はほとんど分からない。

「それで、どんな魔道具が欲しいんだ？」

「あぁ、そうですね……とりあえず火が出る魔道具を見せてください」

「となると……これだな」

店の奥から出てきた店主が棚から木製の棒のようなモノを取り出した。

長さは二〇センチぐらいで、直径は四センチ程度の円柱形。これを握って全力疾走《しっそう》した後、誰かに『ハイッ！』と渡したらその人も全力疾走しそうな見た目だ。

店主がその棒の端《はし》を軽くひねると、その部分がカチッという音と共に外れ、中から赤色の細めの棒のようなモノが出てきた。

「こうやって蓋《ふた》を外し、逆側からFランクの魔石をはめると先から火が出る仕組みだ」

店主はそう言いながら蓋があった側とは逆側の端をこちらに見せた。そこには小さな楕円形《だえんけい》で奥ほど狭《せば》まっている窪《くぼ》みがあった。

大きさ的にはFランク魔石より少し大きいぐらい。どうやらここに魔石をはめればいいらしい。

「ちょっと点《つ》けてみてもいいですか？」

「いいぜ、魔石をそっちで用意するならな」

「……そこはサービスじゃないんですか？」

「おいおい、Ｆランク魔石だってタダじゃないんだぞ」

仕方がないのでさっきダンジョンの一階を通る時に倒したゴブリンの魔石を魔法袋からゴソゴソと出し、店主から受け取った魔道具の尻《しり》に魔石をはめた。

すると逆側の赤色の細い部分の先端《せんたん》からいきなり火の玉がボッと現れる。

魔石をはめている手の力をそっと抜くと、魔道具から魔石がコロッと抜け落ちて火の玉が消えた。

「……そういう仕組みか」

ライターとか懐中《かいちゅう》電灯みたいに燃料を入れておいてスイッチ一つでオンオフを切り替《か》えるような便利なギミックはなく、単純に燃料になる魔石を入れると効果が出るだけらしい。

日本でこんなライターを売ったら即《そく》どこかに訴《うった》えられそうな仕様だ。

「で、お値段は？」

「金貨五枚でいいぞ」

「……思ったより安いですね」

魔道具って最低でも金貨で一〇枚とかの単位のモノだと聞いていた気がするけど、想像以上に安い。こんな値段ならもっと前に買っておけばよかったし、便利なんだから多くの冒険者に広まっていてもいい気がするけど。

「こいつは俺の自信作なんだがな、イマイチ人気がなくてな。売れないんだ」

「……」

「本体は木工職人に円柱形に削《けず》り出させ、発動部分を保護するために蓋も付けた。中の機構部もミスリル合金を使い、発動部分の先端にはブラッドナイトの指の骨を――」

「それが原因だよ！」

思わずツッコんでしまった。

先端の赤色の部分、なにかに似てると思ったら人の指の骨だ！　そりゃ気味が悪くて誰も買わないよね……。

「なにを言う。錬金術師なら効果を出すために最適な素材を使うものだ。そもそもダンジョンのブラッドナイトが本当に人の成れの果てであるかは――」

「あー……やっぱり錬金術師って変わった人が多いんだ」

喋り続けている彼に金貨五枚を渡し、火種の魔道具を受け取って店を出た。

ブラッドナイトの指の骨はやっぱりちょっと気味が悪いけど、今はそれよりも大事なことがある。なによりもホーリーファイアの実験に最適な素材かどうかが重要なのだ。

今は時間がないので教会には寄らず、急いでいつもの宿屋に向かい、部屋を取ってその中に入る。

「ふ～……よしっ！　早速実験だ！」

◆　◆　◆

「……ダメかぁ」

「キュ……」

ベッドに倒れ込むように寝転がりながら呟く。

あれから数時間、火種の魔道具でホーリーファイアを使えないか色々と試してみたけどダメだった。

魔道具の火にホーリーファイアを接触《せっしょく》させてみたり、魔道具を持ちながらホーリーファイアを発動してみたり、浄化をかけてみたりなどなど全てダメ。

「……そもそも発動部分にブラッドナイトの骨が使われてるのってどうなんだろ？」

アンデッドの骨って邪悪《じゃあく》な感じがするし、それのおかげで失敗している気がしないでもない。

もっと普通の素材で作られた火種の魔道具ならあるいは……。

「いや、そういう次元の話ではない」

なんとなくだけど、そんな気がするのだ。

そもそも僕はこの魔道具がどういう原理で動いているのか知らない。なにをどうすれば、なにがどうなるか、そこを知るには錬金術の基本を知る必要がある。

「となると、アレしかないよね……」

「キュ？」

以前、錬金術師ギルドで見たアレだ。気は進まないけど他に思い付かないし、ホーリーファイアの持続化計画のヒントとなりそうなモノはそれしか思い付かない。

そうして翌日、朝一番に錬金術師ギルドに向かう。

作りの良さそうな重い扉を開けると、前にも見た光景が広がっていた。

ここの錬金術師ギルドのトレードマークになっている黒いローブを着た老若男女《ろうにゃくなんにょ》に冒険者っぽい男がちらほら。掲示板《けいじばん》には『オーガの血』や『ワイトの肝《きも》』など、相変わらずあまり受けたくない依頼《いらい》が貼《は》り出されている。

それらを軽く確認しながらカウンターに向かい、受付嬢《じょう》に話しかける。

「すみません。錬金術の入門書が欲しいのですが」

「はい！　錬金術師希望者さんですね！　初級錬金術師入門、金貨五〇枚になります！」

「たっか！　いや、前は金貨三〇枚でしたよね！」

そう指摘《してき》すると受付嬢は一瞬《いっしゅん》「チッ」と舌打ちした。

「あー……そういえばサービス期間は終了《しゅうりょう》したんですよ。でも、今回は特別におまけして金貨四〇枚でお譲《ゆず》りいたします！」

こいつ、足元見てやがる！

絶対にこちらから『欲しい』と言ったから値段を釣り上げたんだ！

「いやいや、流石にそれは高すぎじゃないですか？　元は金貨三〇枚ですよね？」

「はぁ……本当に今回だけですよ？　金貨三五枚です」

「いや、金貨三〇枚でしょ？」

「三五枚です」

「三〇――」

「三五枚です」

「……」

ぐぐぐ……ここでさらなる駆《か》け引きをするべきか否《いな》か……。帰る素振りを見せて相手を慌てさせるのがよくある手。しかしそこで相手が乗ってこなければ終了。僕には『別の店で買うわ』的なカードは切れない。何故ならこの本はここでしか売ってないっぽいからだ。この町の本屋はいくつか見て回ったけど、錬金術の本は不思議と見なかった。

……どうする？

「……じゃあ三五枚で」

「ありがとうございま〜す！」

金貨三五枚を支払い初級錬金術師入門を受け取った。

受付嬢はカッコに笑いが入りそうな笑顔《えがお》で金貨を数えている。

まぁ、今回は引き分けってことで……。

なんとなく錬金術師へのヘイトを溜《た》めながら背負袋に本を入れたところで思い出す。

「そういえば初級錬金術師入門を買ったら乳鉢《にゅうばち》をプレゼントしてくれるはずでは？」

「サービス期間は終了したので、ないです」

「……」

くっそ……。まぁ、目的の本は手に入れたし今回はこれでいいや。

よしっ！　気を取り直して、明日から錬金術の勉強だ！

錬金術師ギルドを出たところで拳を握りしめ、気合いを入れた。

◆　◆　◆

それからどれだけの時間が経っただろうか。

大きな岩の上に胡座《あぐら》をかき、釣り針に水で少し戻した乾燥肉を引っ掛ける。そして糸の丁度良い場所に水に浮く木の枝を軽く結び付け、軽くクルクルと振り回し湖の中に投げ入れた。

ポチャンと着水したそれを見ながら片肘《かたひじ》をつき、ため息を吐《つ》く。

こうして湖と向き合っている時間が一番落ち着く。こちらの世界に来てから一番なのは勿論、もしかしたら地球での時間を合わせても一番かもしれない。そう思うぐらいにこの場所は良い場所だった。

勿論、たまにモンスターが来るので安心してはいられないけど。……そう考えると地球より落ち着けるってのはないのかな。

……などと、どうでもいいことを考えてしまうぐらい、この場所は僕に心の安らぎを与《あた》えてくれている。

「はぁ……なにが初級錬金術師入門だよ」

脚《あし》の上で丸まって寝ているシオンを撫《な》でながらそう呟く。

あの本は、とにかく分かりにくかった。そして内容も薄かった。あれで錬金術が使えるようになるとはちょっと思えない。

よくある『授業が分かりにくい教授の教科書』だ。回りくどい言い方に、どちらとも取れる言い回し。無駄に長く引き延ばしただけで内容がない。クーリングオフ制度でもあれば返品したいけど……残念ながらこの世界にはそんな制度はない。

「おっと」

また一匹《ぴき》、ダンジョンマスが食いついた。

素早《すばや》く糸を手繰《たぐ》り寄せて釣り上げる。

ここの魚はどうやっても釣れてくれるから楽しい。

腰から抜いたナイフでダンジョンマスを締《し》め、腹を割《さ》いて内臓を出す。そしてまた針に餌《えさ》をつけて湖に放《ほう》り込む。

ポチャンと湖に落ちた針を見ながら、また僕も思考の湖に落ちていく。

緩《ゆる》やかな風がヒュルリと吹《ふ》き、首元を冷やす。

「寒い時期になってきた、ね」

季節は既に秋に入っている。

そんな季節まで頑張ってきて、順調にレベルは上がって女神の祝福は三七回になった。そろそろブラッドナイトとも物理で戦えそうな可能性を感じるところまで来た。つまりそろそろ七階八階を目指してもいい頃だけど、野営問題が解決出来なければ先に進むのは難しい。せめて七階まで行けたなら、ここで手に入るという下級魔力ポーションで魔力ポーションを自給自足出来るはずなので、町に戻る頻度《ひんど》を減らせてもっと効率アップ出来る可能性がある。けど、今はそれも無理。

「……」

やっぱり、残ってるのはあの方法しかないんだよね。

僕にとっての最後の頼《たの》みの綱《つな》。

糸を左手に持ち替え、右手で魔法を発動する。

「わが呼び声に応《こた》え、道を示せ《サモンフェアリー》」

いつものように立体魔法陣《じん》が目の前に出来上がり、そこからリゼが現れた。

「こんにちは！」

「うん、こんにちは」

「キュ！」

いつの間にか起きてきたシオンも元気に挨拶《あいさつ》している。

「今日はダンジョンの中で呼んでみたんだけど、大丈夫だった？」

僕がそう聞くと、リゼは首を傾《かし》げながら「うん？」と言った。

どうやらよく分からないらしい。でも恐らくダンジョンの中でも問題はないのだろう。もしかするとダンジョンそのものについてすらよく分かっていないのかもしれないが。

「……実は、今日はちょっと聞きたいことがあってさ」

「どうしたの！」

「あのね、どうやったら僕がこのダンジョンをクリア出来るのか、分かるかな？」

そう聞くと、彼女《かのじょ》はまた首を傾げながら少し考え、答えを出した。

「う～ん……分かんないよ！」

「分か……らないか」

そうか……。いや、これは……僕の聞き方が悪かったのかな？　ダンジョンのクリアという様々な要素が絡《から》みそうなモノを聞いても答えを言葉にするのは難しいかもしれない。もう少し具体的に、狭《せま》い範囲のことについて聞くべきかも。

「あ～……じゃあさ、僕はどうやったらダンジョンで野営が出来るか分かるかな？」

「……分かんないよ」

これでも範囲が広すぎるのだろうか？

顎《あご》に手を当て考えていく。

それならもっと具体的な……そうだな、魔道具のことについて聞いてみるのはどうだろうか。

「じゃあさ――」

更《さら》に質問を続けようとリゼの顔を見て――後悔《こうかい》した。

彼女はうつむき、悲しそうな顔をしていた。

僕は目を閉じて、大きく息を吸い、そしてゆっくりと吐き出した。そして気持ちを整える。

そうなんだ。そうだった。僕はこの魔法、サモンフェアリーが道を示してくれると分かっていても、出来るだけ『その用途』で使いたくない、という想《おも》いが頭にずっとあった。

サモンフェアリーは、リゼの予知は恐らく――完全ではない。

彼女は、全てが見えているわけではない。見えるモノだけ見えている。僕がどう聞いたって彼女に分からないことは分からない。

薄々そうじゃないかと感じてはいたんだ。

もし、彼女の予知に頼《たよ》って、頼って、頼って、頼りきって。そして重要な場面で彼女が僕の問いに答えられなかったら？

僕はその時、どんな顔をするのだろうか。そしてその僕の顔を見たリゼはどんな顔をするのだろうか。

彼女は期待に応えられなかった自分を責めるかもしれない。僕の力になれなくて悲しむかもしれない。

なんとなくずっと、そんな怖さが漠然《ばくぜん》とあったのだけど……。その答えがここにある。

僕は今――どんな顔をしていた？

「……ごめんね」

リゼが小さく呟いた。

そのか細い声に思わず左手で目を覆《おお》う。するとその手をシオンがバシンッと叩《たた》く。

シオンにまで叱《しか》られるとは……情けないもんだ。

「いや、リゼは悪くない。僕が悪いんだ。無理なことを聞いて、ごめんね。……そうだ！　アルッポの町で買った乾燥フルーツがあるんだ！　皆《みんな》で食べよう！」

「……うん！」

「キュ！」

背負袋から乾燥フルーツを取り出し、ようやく笑顔を見せてくれたリゼと一緒《いっしょ》に湖畔《こはん》で食べた。

やっぱり誰かに勝手に期待して勝手に失望するなんて良くない。そんなことはするべきじゃない。

彼女が道を示してくれなくても、それで彼女に失望するのはやっぱり違う気がする。たとえサモンフェアリーがそういう魔法であったとしても、リゼは魔法じゃない。リゼはリゼなのだから。

そう思いながら広がる湖を見つめ、乾燥フルーツを口に放り込んだ。

◆　◆　◆

「お疲《つか》れ様です。この後、一杯やりませんか？」

「お前から誘《さそ》ってくるなんて珍《めずら》しいじゃねぇか。いいぜ、もう今日は終わりだからよ」

釣りを終え、リゼと別れ、五階村の門前で門番をしていたヒボスさんに大量の魚を見せながら聞くと二つ返事でＯＫを貰《もら》えた。

「で、そいつは湖の魚か？　食えんのかよ？」

「食べられますよ。僕はもう何度も食べてますしね」

そう返すとヒボスさんは顎に手をやり少し考える素振りを見せる。

「しかしいいのか？　お前がたまに湖の周辺でコソコソやってたのは知ってたがよ。高ランク冒険者から情報を仕入れるために秘密で用意してたんだろ？」

……まぁそうなんだよね。ダンジョンマスの一夜干しとかを対価に高ランク冒険者から七階八階の情報が得られたらいいな～と思ってたんだけど、六階で足踏《あしぶ》みするしかない状態だしさ。それに釣り針とか湖の魚が食べられるという情報もそろそろ広まってきてもおかしくないと思うし、そうなってしまったら対価としての価値はない。

でも一番大きいのは、ダンジョンをこれ以上、奥に進む方法が見付からず、モチベーションが落ちてきていることだ。今はダンジョン攻略に全てを賭《か》ける！　というよりは誰かと飲みたい気分なんだ。

「……まぁ、今はそういうのより、パーッと飲みたいかなって思いましてね」

「そうかい。そうだな……それじゃあ酒場の親父にそれ、焼いてもらうか。何匹か融通《ゆうずう》したらやってくれるだろ。酒は俺が奢ってやるから今日は飲もうぜ」

「おっ！　太っ腹ですね！」

そんな話をしながらお金を払い、村に入って酒場に向かう。

その時、なんとなく横をチラッと見ると、従士団の詰所《つめしょ》の壁《かべ》に貼られた『ダンジョン産下級ポーション　金貨六枚買い取り　アルメイル公爵家従士団』の紙に目が留まる。

なんとなく違和《いわ》感がある気もするけど、そうでもない気もする。

「……気の所為《せい》かな」

そう思いつつ酒場に向かい、ヒボスさんの交渉《こうしょう》によって酒場のマスターにダンジョンマスを焼いてもらうことになった。

「そうですそうです、塩はかけすぎと感じるぐらいで」

「これぐらいか？」

「あっ！　それぐらいで」

「火は弱火なんだな？」

「はい」

そんな感じにマスターに焼き方を伝授しながら焼いてもらっていると、酒場全体に川魚の焼ける良い香《かお》りが充満してきて、周囲の視線が一気にダンジョンマスに集まってくる。

「……おい親父、俺にもそれ一つくれよ」

「親父！　俺にもだ！」

「これはそっちの客のモノだぜ。食べたけりゃそっちと交渉しな」

マスターがそう言いながらこちらに顎をしゃくると、魚に集まっていた視線が全てこちらに向いてきた。

やっぱり普段はカエルが昼飯であり、メインディッシュであり、前菜であり、つまみでもあるこの村の住人からすると、カエル以外の食材への食いつきは半端《はんぱ》ない。

「おう、一匹頼むぜ！」

「俺にもくれよ！」

「私はその魚をスープに入れてほしいかも」

沢山《たくさん》の冒険者達が集まってきて魚を要求してくるが、多すぎて対処出来ない。

さて、困ったぞ……。

「まぁまぁ落ち着けよ。皆も知っているだろうが、こいつは最近頭角を現してきている期待の若手冒険者だ。しかし今は行き詰《づ》まっているらしくてな。どうだ？　こいつが魚を振る舞《ま》ってやる代わりにお前らの話を聞かせてやる。これでどうだ？」

ヒボスさんはそう言った後、僕に「お前もそれでいいよな？」と聞いた。

事後報告じゃないか！　とは思うけど、僕にとっては願ってもない提案だ。ここにいる高ランク冒険者の話はダンジョン攻略を抜きにしても聞いてみたい。

……しかし、僕が『最近頭角を現してきている期待の若手冒険者』だって？　しかも『皆も知っている』って、僕のことはどこまで把握されているのだろうか？　最近はBランク魔石も売らないように気を付けて実力を隠す方向で動いていたんだけど……。

まぁそれは追々調べるとして、とりあえず了解しておく。

「ええ、それでいいですよ。皆さん、よろしくお願いします！」

「おぉ！」

「話が分かるぜ！」

と、そんな感じで宴《うたげ》が開かれ、僕は先輩《せんぱい》冒険者達から話を聞くことが出来た。

「ギルドにある六階の地図ではこの岩が中央に描かれているが、実際にはもっと東にズレている。実はこっちの大樹の方が中央に近いから、これを目指した方が早く七階に着ける」

「なるほど！」

「面倒《めんどう》だから誰もギルドに指摘してないだけで、ここの高ランク冒険者なら全員知っている情報だ。ダンジョンの深い階層の情報はこういった間違いもあるから気を付けるんだな」

「ありがとうございます！」

背負袋から取り出した紙と鉛筆《えんぴつ》で情報を書き留めていく。

六階は目印も少ないので完璧《かんぺき》に地図を描くのは難しいとは思うけど、人の出入りが少ない深い階層の情報に関してはギルドの情報にも間違いがある可能性があるとしっかり記憶《きおく》しておこう。

「最近は公爵家の動きが妙に活発でな」

「ほうほう……」

「教会も聖騎士《せいきし》の数が増えてきてやがる。どうなってんだか……」

「へー……」

とりあえずメモしていく。が、これがどう使えるのかは分からない。

「八階に潜られている、という話ですけど、八階が突破《とっぱ》出来ない理由はどこにあるんです？」

「まぁいいか……。それはな――」

などなど……。ダンジョン以外の話。様々な話を楽しく聞くことが出来た。

それは確実に僕の糧《かて》になっている。けど、やっぱり少し虚《むな》しさを覚える部分がある。

いくつかのパーティからは軽く勧誘《かんゆう》があったけど、現状それは断るしかなかったし。しかし今の僕はソロでこれ以上、ダンジョンの奥には進めそうにない。

なのに本来なら欲しかったダンジョンの奥の情報を色々と聞けてしまった。

そういった虚しさだ。

そうこうしている内に宴も終わりに近づき、いくつかのパーティが上の階に消え、残りのパーティがグダグダとテーブル席で飲み続けている中、カウンターでヒボスさんと二人でジョッキを傾《かたむ》けていた。

「今日はありがとうございます。おかげで色々な情報が聞けましたよ」

「おう。いいってことよ。……だが、その様子じゃあ、まだ悩《なや》みは解決してねぇようだな」

「……そう見えます？」

「そりゃ顔に書いてあるからな。まぁ、話せる話なら聞いてやってもいいぜ」

いつもより酔《よ》った頭でヒボスさんの言葉を聞き、カウンターに突っ伏《ぷ》した。

アルッポの町に来て、ダンジョンに入って、この村に来て、僕はそれなりに頑張ったんだけどなぁ、とか。これからどうしよう……とか。色々な言葉が頭に浮かんでは消えていく。

そしてポロッと本音が漏《も》れる。

「このまま頑張れば、いつかこのダンジョンをクリア出来るかも、なんてちょっと本気で考えてたんですよね」

僕のその言葉を聞き、ヒボスさんはグッと葡萄酒を飲み干した。

「親父、もう一杯」

「はいよ」

ヒボスさんはマスターから葡萄酒を受け取ると、それを片手でクルクルと回し、カップ内に渦《うず》を描きながら言葉を続ける。

「まぁ、その歳《とし》で、しかもソロで六階に入る奴なら本当にいつかこのダンジョンをクリア出来たかもな」

「そうですか……って、六階……いや、なんでそれが！」

僕が六階で狩りをしていることは誰にも言ってないんだけど！

「おいおい、俺を誰だと思ってんだ？　ずっとこの村の門を守ってんだぞ？　五階で狩りをする奴や四階で狩りをする奴は村から出て西に向かうんだ。東に向かう奴は大体六階に向かうことが多い。そしてお前は最近ほとんど東に向かっていた。簡単な話だろ？」

なるほど！　いやいや、待て待て感心している場合じゃないぞ。

「……ちょっと待ってください。東に向かう奴は『大体六階に向かうことが多い』ということは、全てが六階に向かうわけじゃないんですよね？」

「そうだな。俺も確信はなかったぜ。さっきのお前の反応を見るまではな」

「……」

はぁ……カマかけてきたのか。

やっぱりお酒が入った席でこういった頭と気を使う話はするべきじゃない。シラフなら流石にこんなモノには引っかからないのに……。まぁ、僕が六階に行ってるということは現時点では出来れば隠したい情報だったけど、別にバレてもそこまで大きな問題はない情報だ。僕が本気で隠したい情報はこんなモノじゃないわけで、ソレがバレてないなら問題ない、大丈夫だ。

「まぁそう怒《おこ》るなよ。これは俺が門番だから分かっただけで、他は誰も気付いちゃいねぇよ」

「……ならいいですけど」

そうして暫く沈黙《ちんもく》が続いた後、ヒボスさんは口を開く。

「だがな、もしお前がこのダンジョンをクリア出来るとしても――止《や》めておけ」

ヒボスさんはそう言って葡萄酒を呷った。

「どういう……ことです？」

「……お前はこのままじゃ『気付く』前に先に進んじまいそうだからよ、教えておいてやるがな。このダンジョンは……クリアされると――消滅《しょうめつ》する」

それを聞いた瞬間、心臓がドクンと跳《は》ね、様々な情報が酔った頭の中を駆け巡る。

「えっ……」

クリアするとダンジョンが消滅する？　それは初耳だけど、つまりどういうことだ？　それでどうなる？

ヒボスさんが『止めておけ』と言うなら、それと関係あるはずで。ダンジョンが消滅するとなにかの問題が起きるはずで。しかしその問題は想像しきれないぐらい無数にあるはずで……。

色々とありすぎて考えが一瞬ではまとまらない。

「このダンジョンはアルメイル公爵家の重要な資金源だ。ダンジョンがクリアされるとそれを全て失う。後は分かるだろ？」

「……」

「だからよ、それに気付いた冒険者は、アルメイル公爵に目を付けられないように慎重に動く」

そう言ってヒボスさんは葡萄酒の入ったカップをクルクルと回した。

「いや、ちょ、ちょっと待ってください！　ちょっと疑問が多すぎて頭が追いつきません！」

このダンジョンはクリアされると消滅する。それは分かった。そして、そうなるとアルメイル公爵家が困ることも理解した。だからダンジョンのクリアがマズそうなことも。それはかなり厄介な話で大問題なのだけど。しかし、だとすれば様々な疑問が湧《わ》いてくる。

なので暫く軽く頭を整理して疑問をぶつけてみた。

「まず、さっき話を聞いた冒険者の中には既に八階まで攻略してるグループがいましたし、彼らは明らかにダンジョンのクリアを目指してましたよね？　彼らはまだ気付いてないってことですか？」

「いや、あいつらは特別だ」

「特別？」

「奴らはゴラントンに拠点を持つクランの『ゴラントンの剣』だ。グレスポ公爵の後援《こうえん》を受けている。アルメイル公爵も表立っては奴らの行動を制限しにくい」

なるほど……。この国の三公爵の内の一つ、グレスポ公爵の後ろ盾《だて》があるからアルメイル公爵でも手を出せないのか。……いや、そうなるともっと疑問が出てくる。

「この国の三公爵は仲が悪いのでは？　この地でグレスポ公爵の後ろ盾なんて意味があるんですか？　むしろ目の敵《かたき》にされそうですけど」

僕だってむしろ逆効果だと思って黄金竜《りゅう》の爪《つめ》のバッチを外してるんだしさ。

「普通なら、な」

「普通なら、とは？」

「教会が言うにはダンジョンは魔王が作ったらしい。だから教会は積極的に潰《つぶ》そうとしてんだ。いくら公爵でもダンジョン攻略を邪魔すれば魔王の仲間扱《あつか》いされかねん」

「なるほど」

整理しよう。

アルメイル公爵は金のなる木であるこのダンジョンを維持《いじ》したい。

教会は魔王が作ったとされるダンジョンを破壊《はかい》したい。

グレスポ公爵はアルメイル公爵の資金源になっているこのダンジョンを破壊したい？

冒険者達はどこかの後ろ盾がないとダンジョンのクリアが出来ない。しかしダンジョンクリアは冒険者の憧《あこが》れ。

冒険者ギルドは……まだよく分からないけど、収入源であるダンジョンの維持を望んでいるのかも？

ダンジョンは地域の経済を活性化させる。ダンジョンから出るアイテムは貴重だし、金になるし、食料にもなる。それはエレムの町を見ていても感じていたけど。特にこのダンジョンの場合、硬貨《こうか》が直接出るのでもっと非常に重要な意味を持つのかもしれない。

つまりこのダンジョンは、無限に湧き出る金鉱山のようなモノ。本物の金鉱山はいつかは枯れるけど、ここから湧き出るお金は恐らく無限。……まぁ、実際にどうかは分からないけど、そう思われている気がする。

それに軍事では必須っぽいポーションもここで手に入る。それも大きいはず。

それらの恩恵《おんけい》がダンジョンのクリアで全て消える。その影響《えいきょう》は計り知れない。

……なんてこった。ダンジョンのクリアで名声を得ようと考えていたけど、この感じだと名声以上にアルメイル公爵からの恨《うら》みを多く得そうだ。

そんなオマケはいらないんだが？

しかし、だとすれば、大きな疑問が残る。

「では、公爵家の五男はどうしてここにいるんです？　彼は確か『このダンジョンをクリアする』と宣言していませんでした？」

そう。あのポーリとかいう公爵家の五男は、確かにここでダンジョンをクリアすると宣言した。

公爵がこのダンジョンを維持したいのなら、彼の言葉は公爵家とは真逆。その意図が分からない。

僕の質問にヒボスさんは大きく息を吐き、葡萄酒を呷ってから答えた。

「……そこが分からねぇんだ。だから怖《こえ》ぇ。公爵がおかしくなってダンジョン攻略を始めたのか。それかあの五男が公爵とは別で動いてるのか。ここの冒険者の悩みの種だな」

なるほど……それでか。

確かあの時。ポーリがダンジョンをクリアすると宣言した時、周囲の冒険者達が驚いた顔をしていた。

まさか公爵家の人間が『このダンジョンをクリアする』なんて言うとは思わなかったんだ。

しかしポーリの意図が分からない。まさか本人に聞くわけにもいかないし、確かめようがない。

が、そんなことより重要なことは……。これでダンジョンクリアは詰《つ》み、ってことだ。

もう僕がこのダンジョンをクリア出来そうな要素がない。

「諦《あきら》めるしかない、か……」

思わず言葉が漏れる。

ダンジョンのクリアは目標の一つだったけど、こうなると諦めるしかない。悔《くや》しいけど、今の僕にはこれが限界。

でも、このダンジョンが僕にとって物凄く旨《うま》いことは変わらないし、当面はここで粘《ねば》るのが正解だよね。残念だけど、ここは他の冒険者と同じように、目立たないように公爵の顔色を窺いながらレベルを上げよう。

「親父、もう一杯」

「こっちも一つ」

「はいよ」

速いペースで葡萄酒を飲み干していく。

こんな日は飲まないとやってられないわ！

「まぁ、諦めるのが正解だぜ。ダンジョンのクリアは冒険者なら一度は夢見るが、そんなこと誰にでも出来るもんじゃねぇ。ほとんどの冒険者が夢は夢としていつかは諦めるもんだ」

「……ヒボスさんも、ですか？」

なんとなく、そんな悪い質問をしてしまっていた。

夢を諦めるように言われ、少しカチンときたのかもしれない。

ヒボスさんは「そう、だな……」と小さく言い、葡萄酒を呷る。

「昔『アルッポの栄光』というパーティがいた。奴らは破竹の勢いでこのダンジョンを攻略していき、遂《つい》に九階まで到達した。奴らならこのダンジョンをクリア出来る。誰もがそう思ったはずだぜ」

「……」

「だがそれまでだった。奴らは九階に到達した後すぐ、公爵の依頼でどこかに行っちまって……そのまま帰ってこなかった。そうなってから俺達はようやく気付いたわけだ。公爵はこのダンジョンを守るためならどんな手段でも使うってな」

「……その冒険者の失踪《しっそう》にアルメイル公爵が関《かか》わっていると？」

「奴らの中には家族をこの町に残してる奴もいたんだぜ？　それがあの日からいきなり消えちまったんだ」

つまり、このダンジョンをクリアしそうな冒険者が現れると公爵に消されると、この町の冒険者達は疑っているということか……。証拠《しょうこ》なんて存在しないだろうから断言は出来ないけど、状況証《じょうきょう》拠的には恐らく間違いないと。

「とにかく、そんなモノを見ちまったら諦めもするってもんだ。そうだろ？」

「……そうですね」

なんかもう、完全に終了だね。これは。

僕がダンジョンクリアを目指して良さそうな理由が一つもなくなった感じ。

今の僕が公爵家と争えるとは思えない。公爵家が九階に行くようなパーティをどうにか出来る力があるのなら、僕にどうこう出来るはずがない。

無理&無理で無理無理無理。

なんだかやる気がなくなって、カウンターテーブルに突っ伏した。

「……でも、そこまでしてダンジョンを守ったのに、公爵の五男はクリアしようとしてるんですよね？」

話を聞けば聞くほど、そこが分からなくなる。

「……もしかするとよ、アーティファクト……かもな。……いや、ないか」

「ん？　アーティファクトですか？」

起き上がってヒボスさんの方を見ると、彼は少し考えるような顔をしてから話を続けた。

「いや……。ダンジョンをクリアするとアーティファクトが手に入る……らしいからな。だがどんなアーティファクトが手に入るかは分からねぇ。当たればデカいが、ハズレたら公爵の損がデカすぎる。流石にやれねぇだろう」

「へぇ……」

アーティファクトかぁ……。僕も手に入れてみたいな～。

黄金竜の巣で手に入れたアーティファクト『真実の眼《め》』は強制的にシューメル公爵に売却されてしまったし、やっぱりああいったしがらみがあると個人でアーティファクトを手に入れるのは難しいんだよね。

まぁ、あのアーティファクトは僕が持っていても使い道がなかったからいいんだけど。
……とにかく、僕が夢を見る時間は終わったのだ。それは間違いない。

閑章　彼女達と魔王

INTERMISSION

「ねぇ。本当にここが魔王城《まおう》……なの？」

目の前にそびえ立つ大きな城を見上げながらカノンがそう呟《つぶや》いた。

クアンルンガという黄金色をした竜《りゅう》に乗って辿《たど》り着いた魔王城は人っ子一人おらず荒《あ》れ果てていて、城門の周囲は雑草に覆《おお》われ、壁《かべ》が崩《くず》れたまま放置されている場所もある。確かに魔王がいそうなぐらい不気味だけど、これでは魔王城というより幽霊《ゆうれい》城だ。

「ここが魔王城で間違《まちが》いありません。そうよね？」

ルシアーナがそう言うと、横にいる司祭服を着た男――ケニオスが「はい。間違いなく」と答えた。

「皆《みな》、聞いてくれ」

先頭に立っていたマサがそう言いながら振《ふ》り返る。

「私達はついに、魔王城に辿り着いた。後はその魔王を倒《たお》すだけだ。私達の……使命を果たそう！」

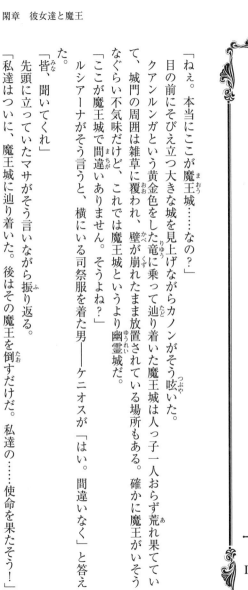

「勇者様！　頑張《がんば》りましょう！」

「……」

マサの言葉にルシアーナが応《こた》えるが、他のメンバーは誰《だれ》も口を開かない。いつもは陽気なたぬポンですら、なんともいえない顔をしたまま無言を貫《つらぬ》いた。

それは魔王城を目の前にした緊張《きんちょう》からなのか、別のなにかなのか。分からないが、カノンの中には渦巻《うずま》くモノがあった。

「……私達の使命」

カノンはポツリと呟いた。

マサが当たり前のように発した『使命』という言葉がすんなりとは入ってこなかったのだ。

「では行こう！」

そんなカノンを余所《よそ》にマサは魔王城の城門を開け、城の中に入っていった。

それに続き、全員が恐《おそ》る恐る門の中の闇《やみ》に足を踏《ふ》み入れていく。

仕方がないのでカノンも皆の後を追って城の中に入る。

もはや後戻《あともど》りは出来ないのだ。


城の中は荒れ果てていて、やっぱり人もいなければモンスターも魔族も見ない。ただの荒れ城のようだった。

ボロボロにはなっているが豪華《ごうか》そうな赤い絨毯《じゅうたん》や、複雑な図形が彫《ほ》り込《こ》まれた大理石の柱だけが、かつてこの場所が豪華絢爛《けんらん》な城であったことを残している。

そんな城の中を一行は進み、大広間にあった大きな階段で二階に上がり、暫《しばら》く進んだところでルシアーナが立ち止まった。

「お待ちください」

「？」

全員の視線がルシアーナに集まる。すると彼女《かのじょ》は杖《つえ》を両手で握《にぎ》りしめ、呪文《じゅもん》を詠唱《えいしょう》した。

「それは新たなる世界。開け次元の扉《とびら》《ホーリーディメンション》」

するとルシアーナの持つ杖の先の水晶玉《すいしょうだま》が白く輝《かがや》いたかと思うと、彼女の前に一辺が二〇センチぐらいの四角い光の板のようなモノが現れたのだ。

「なっ！」

「なんだそれ……」

「聖女様、それは……」

驚《おどろ》く周囲を気にせず、ルシアーナはその光の中に手を突《つ》っ込んだ。

「おっ、おい……」

「えっ……」

その光景を横から見ていたカノンは息を呑《の》む。

ルシアーナの手が消えたのだ。四角い光の中に。

横から見ると角度的にその不思議さがよく分かった。

「勇者様、これを」

「これは？」

ルシアーナは光の中から手を引き抜《ぬ》き、中から取り出したガラス瓶《びん》をマサに手渡《てわた》した。

「聖水です。特別な」

「聖水、ですか」

「魔の者は聖なるモノに弱いはずです。なので特別に用意したのです！」

ルシアーナのその言葉を聞き、ケニオスは手で目を覆う。

その様子からして、この聖水が本当に特別なモノなのだとカノンは感じた。


それから更《さら》に城を奥《おく》に進み、渡り廊下《ろうか》を抜け、階段を上り、一際《ひときわ》大きな扉を抜けた先。そこにそれはいた。

「魔王！」

いきなりマサが聖剣《せいけん》を引き抜いて叫《さけ》んだ。

その声の先にいたのは、男。全身を黒い鎧《よろい》に包み、精悍《せいかん》な顔つきの男だった。

見た目は人間と大差ないように思える。額に一本生えている角以外は。

「魔……族？」

鈴木《すずき》がそう呟いた。

と同時にマサが聖剣を振り上げて魔王に突撃《とつげき》。

「うぉぉぉぉ！」

「ふんっ！」

ガンッという音と共に魔王の剣とマサの聖剣がぶつかった。

「なにをしているのですか！　勇者様を援護《えんご》しないと！」

ルシアーナのその言葉に全員が魔王に向かって動き始め、二度三度ぶつかり合う。

そして――

「魔王！　これでもくらえ！」

マサが懐《ふところ》から取り出したガラス瓶の栓《せん》を抜き、中の聖水を魔王にぶちまけた。

魔王はその聖水をモロにかぶり――嘲笑《あざわら》う。

「ククク……魔王、ね。お前ら人間は、本当に変わってねぇんだな」

そう言いながら魔王は腕《うで》を振り、聖水を軽く払《はら》う。

魔王に変化は見られない。

聖水が効いた様子はない。

ルシアーナを見ると、彼女もそれに驚いているようだった。

「魔王って……」

カノンはそう呟き、自分が魔王についてほとんど知らないことを痛感した。

ただ、魔王とは悪の王で、倒すべき存在で……。

「私は……」

カノンは言葉を止める。

それから暫くして、魔王は倒れた。

呆気《あっけ》なく、マサの聖剣に貫かれ、絶命した。

「やったぞ！」

「よっしゃ！」

「勇者様！」

皆が喜びの声を上げる中、カノンは魔王の亡骸《なきがら》を見下ろす。

「私は――」

第四章

天から差し込む一筋の光

CHAPTER 4

それから数日後。いつものように六階で狩《か》りをして五階村に戻《もど》ってきた。

なんだかんだありつつ僕《ぼく》の生活は変わっていない。やっぱり僕にとってこのダンジョンが美味《おい》しいことには変わりがないし、今日もアンデッド相手にウマウマしている。

あの頃《ころ》の夢とやる気に満ち溢《あふ》れてベンチャー精神を持った僕はもういないが、高給取りのエリート社畜《しやちく》サラリーマンの僕はここにいる。もはや夢はないけど、高効率高経験値だしそれでいいじゃん！　的なね。これはこれで幸せなモノですよ、はい。

今日は非番なのかヒボスさんではない門番に金貨一枚を払《はら》って村の中に入り、いつものように宿に向かおうとしたところで公爵《こうしやくけ》家従士団の建物の壁《かべ》が目に入る。

そこに貼《は》られていた紙には『ダンジョン産下級ポーション　金貨八枚買い取り　アルメイル公爵家従士団』と書かれていた。

「金貨……八枚？」

前に見た時はもっと安かったはず……だよね？　どうしてこんなに値上がりしてるんだ？

不思議に思いつつ宿に向かい、部屋を取ってから酒場に入る。

すると雰囲気《ふんいき》がいつもと違《ちが》うように感じた。なんだかこう、緊張《きんちょう》感があるような……。

「なにかあったんですか？」

顔馴染《かおなじ》みの冒険者《ぼうけんしゃ》を見付けて聞いてみる。

「いや、なにかがあったわけじゃねぇが……ポーションの買い取り価格が上がってただろ？　それがキナ臭《くさ》いんじゃねぇか、って話になってる」

「……キナ臭い、ですか」

冒険者の男は周囲を少し窺《うかが》う様子を見せ、そして囁《ささや》いた。

「あぁ、戦争じゃねぇか、ってな」

戦争？　今、このタイミングで？

「……それってアルメイル公爵がグレスポ公爵か……シューメル公爵に仕掛《しか》けるって話ですか？」

「まぁ、戦争ならそうだろう。あそこはこの前、一発やりあって疲弊《ひへい》してるしな」

また、か……。どうなってるんだこの国は。いくらなんでも仲が悪すぎでは？　よく今まで国として成立出来てたな……。だけど彼《かれ》が言ったように理由としてはありそうだ。戦争で疲弊した両公爵に横槍《よこやり》を入れる。確かにチャンスだろう。

……僕は、どうすればいい？

すぐに国から脱出《だっしゅつ》する？

だけど、僕も一応は黄金竜《りゅう》の爪《つめ》に所属しているのだし、アルノルンに戻ってシューメル公爵に知らせるべきか？　いや、彼らなら僕が知らせなくても、それぐらいの情報ならすぐに手に入れるだろう。

今はちょっと判断出来ない。とりあえず情報収集のためにも一旦《いったん》アルッポに戻るべきか。

そう考え、あまりお酒も飲まずにすぐに寝《ね》ることにして、翌日。五階村を出て四階に入り、三階の野営地で一泊《ぱく》してさらに翌日、アルッポの町に戻ってきた。

裂《さ》け目を抜《ぬ》けてすぐ目にしたいつも通りのアルッポの町にちょっと安心する。

なんとなく、戻ってきたらこの町が変わってしまっているのではないかと思ってしまっていたんだ。

時刻は既《すで》に夕方の少し前。もう遅《おそ》くなってきているけど、今回は今から物資の買い足しに行くことにする。

足早に広場を抜けて市場に向かい、いつものお店を中心に品物を物色していく。が……。

「……ちょっと高いな」

詳《くわ》しくデータを取っていたわけではないので正確な価格は分からないけど、主に食料品を中心にどの商品も少し値上がりしている気がする。

「すみません。これ、ちょっと高くないですか？」

「あぁ？　これが適正価格だよ！　最近よく売れるからな！」

少しキレかけた店主をなだめ、食料品を中心に物資を買い込《こ》んでいく。

店主らの反応や町の雰囲気からすると、一般人《いっぱんじん》レベルではまだ戦争ムードという感じにはなっていないっぽい。しかし、商品が値上がりしているということは、一部の誰《だれ》かが『ナニカ』の理由で商品を買い込んでいる可能性が高い。

「……さて」

状況的《じょうきょう》に、行動を起こすなら今だろう。

今ならまだ国外に脱出することも出来そうだし、アルノルンに戻ることも可能。

もし仮に戦争が始まるとすると、人の行き来が制限される可能性があるし……。それに僕なんかはシューメル公爵側に見られてもおかしくない立場だから、万が一のこともあり得る。

でも、僕にとってこのダンジョンは二度とないかもしれない大チャンス。可能な限り留《とど》まってレベルを稼《かせ》ぎたいのが本音。

「どうしたものか……どうすればいいと思う？」

「キュ？」

いつもは僕の言葉を理解しているような顔をするのに、こういう時には動物のような顔をするんだから……。いや、動物なんだけど。

とりあえず今日はもう遅いから休もう。そして明日、もう少し情報収集をしてから判断しよう。

◆　◆　◆

翌日。朝から情報収集をしていく。

まずはいつもの鍛冶屋《かじや》に行って、ミスリル合金カジェルの調整がてら話を聞いてみることにした。

「ん？　最近どうだって？　そりゃあ絶好調だぜ！　いつもより武具が売れまくってるからな！

そうだ！　あのオーガメイスも売れたんだぜ！　やっぱり見る目がある奴《やつ》はいるもんだ！」

「なるほどなるほど……。あのオーガメイスまで売れるとなると、相当な武具不足って感じですか」

「ははっ！　……どういう意味だ、おい」

あの桃太郎《ももたろう》に討伐《とうばつ》されそうな見た目の武器ですら売れるとなると、予想以上に武具不足は深刻なレベルになっているのかもしれない。いや、もしかするともっと単純に金属不足なのかも？

店主に礼を言って店を出て、錬金術師《れんきんじゅつし》の店に向かう。

「最近の景気か？　良いぞ。属性武具の製作依頼《いらい》も増えてるしな」

「なるほど……」

「あぁ、だから魔力《まりょく》ポーションの製作にはいつもよりかなり時間がかかる。必要なら早めに言ってくれ」

「分かりました」

店主に礼を言って店を出た。

そうか、そうなるか……。こうなると暫《しばら》くは『魔力ポーションガブ飲み作戦』が難しくなるかもしれない。となるといつものような狩りがしにくくなる。

それにしても、彼らには『これから戦争になるぞ！』という空気感がない。つまり、まだこの町ではそこまで大きな兆候はない、ということだろうか。もしくは戦争なんてただの杞憂《きゆう》で終わるのかもしれない。

「……判断が難しいな」

やっぱり下々《しもじも》の我々が手に入れられる情報から上の人らが判断するモノを予想するには限界があ

る。

ささて、どうしようか、と考えながら帰り道を歩いていると、教会の中に人だかりが出来ているのが見えた。

「なんだろう？」

気になったので教会の敷地《しきち》に入って様子を窺ってみる。

人だかりを掻《か》き分けて前に出てみると、群衆の前にいたのはキレイに整列した白い鎧《よろい》を着た騎士《きし》達《たち》。聖騎士だ。

その数は一〇、二〇……いやもっといるだろう。

これからなにが起こるのだろうか？　と考えていると、一人の聖騎士がこちらを向き、声を上げた。

「皆《みな》の者、聞けぃ！」

その声に、周囲で騒《さわ》いでいた群衆が静まり返る。

「我々、テスレイティア様を信ずる聖騎士団は永きにわたり魔王と戦ってきた――」

彼の長い演説を要約すると、魔王によって人類が今まで苦しめられてきたけどそれを教会と聖騎士が救っている的な話だった。それ自体はよくある話というか、自《みずか》らの団体の功績を喧伝《けんでん》する的な演説だったのだけど、彼の次の言葉に僕は驚《おどろ》きを隠《かく》せなかった。

「ようやく時は来た！　我々は、このアルッポの魔王のダンジョンを――消滅《しょうめつ》させる！」

その瞬間《しゅんかん》、彼の後ろにいた聖騎士達が拳《こぶし》を振《ふ》り上げ「オォー！」と叫《さけ》ぶ。

彼らの気迫《きはく》に圧倒《あっとう》され、誰もが言葉を失っている中、群衆の中から誰かが「聖騎士団！　万歳《ばんざい》！」

と叫んだ。すると次第《しだい》に群衆の中からまばらに拍手《はくしゅ》がおき、それが大きなうねりとなって群衆に伝播《でんぱ》していった。そして彼らは熱を帯びていく。

それが頂点に達した時、演説をしていた聖騎士が手を前に掲《かか》げた。すると群衆はゆっくりと静まっていく。

「我々がダンジョンに打ち勝てるのか、不安に思っている者もいよう。しかし！　心配する必要はない！」

演説している聖騎士が振り向くと、後ろに控《ひか》えていた聖騎士が前に出て、豪華《ごうか》そうな宝箱をうやうやしく両手で掲げた。

聖騎士はその箱を開け、中から丸い物体を取り出す。

それは人の拳ぐらいの球体で、太陽の光を浴び、輝《かがや》いていた。

「とくと見よ！　これは聖なるオーブ。闇《やみ》の者共を退ける、神より授《さず》かった聖遺物《せいいぶつ》だ！」

聖騎士がそう叫ぶと、群衆の中から「おぉ……」といった感嘆《かんたん》の声が漏《も》れる。中には地面にひれ伏《ふ》して崇《あが》める者や、両手を握《にぎ》って祈《いの》る者もいる。周囲は異様な空気に包まれていく。

「今回、この魔王のダンジョンを消滅させるため、聖女ミラアリア様より借り受けた！　これがある限り、我々聖騎士団に敗北の文字はない！」

聖騎士がそう叫ぶと、群衆がドッと沸《わ》き上がった。

まるで人気アイドルのライブのような熱狂《ねっきょう》。それがあの玉にはあるのだ。

「チッ！　クソッ！」

ふいにそんな声を聞き、声の方を見ると、少し離《はな》れた場所に公爵の五男、ポーリがいた。

彼は踵《きびす》を返しながら横の男に「おいっ、例のアレを急がせろ！　時間がないぞ！」と言い放ち、そのまま門の外に消えていった。

どうして彼がここに？　と不思議に思いつつポーリを見送りながら周囲を観察し続けると、確かに群衆は熱狂しているように見えるけど、全《すべ》ての人が熱狂しているわけではないことが分かる。ポーリのように、苦々しい顔をしている者も多くいる。

「……そうか」

この町は既にダンジョンを中心に完成してしまっている。

ダンジョンがなくなっても町をこのまま維持《いじ》出来るとは思えない。そうなると、多くの人々の人生に影響《えいきょう》を与《あた》えるだろう。

それを望まない人は少なくない、ってことかな。そりゃこの町に家や店を持って生活して、基盤《きばん》を築いている人にとっては、その核《かく》となっているダンジョンが消えるなんて容認《ようにん》出来ないだろう。しかし――

「これはまいったな……」

聖騎士団が本当にあの玉でこのダンジョンをクリア出来るのかは分からない。

もうこのダンジョンは何十年も存続し続けているらしいし、そんな簡単にクリア出来るならどうして今になって？　という疑問があるから、あの聖騎士の話を鵜呑《うの》みにはしない方がいいとは思うけど。でも、彼らが本当にクリアしてしまうなら、僕がダンジョンをクリア出来る可能性がますます消えてしまうし、彼らによってダンジョンがなくなるなら、この町に残る意味すらなくなってしまう。

「う～ん……完全に終わりかな？」

この町での冒険者生活がね。

ダンジョンの奥《おく》に進む方法がなく。ダンジョンの奥の情報もなく、仮にダンジョンをクリアすれば公爵に恨《うら》まれ。戦争で町を離れなければならない可能性も出てきたし。ダンジョンをすぐにクリア出来そうな勢力も出てきた。

こうなってしまうと気長にレベル上げをして、公爵の対処法は後で考えよう的な方法も難しい。ダンジョンが消滅してしまうなら意味がないからだ。

でも、これで色々と見えてきたモノもある。

どうしてポーリが――アルメイル公爵家がこのダンジョンをクリアしようとしていたのか。

恐《おそ》らくだけど聖騎士団が本気になったことにいち早く気付いたからではないだろうか？

つまり、聖騎士団にクリアされてアーティファクトを取られるなら、自らの手でクリアしてアーティファクトを手に入れた方がマシ的な感じとかね。そう考えると一応の辻褄《つじつま》は合う。

今となってはどうでもいい話だけどね……。

「とりあえず、町を出る方向で考えよう」

それからどこに向かうかは決めてないけど、とりあえずはそれで良さそうだ。

そう決めて踵を返し、教会の敷地から出た――ところで思いがけない人物から声をかけられた。

「お兄さん！」

アドルだった。

「久し振りだね」

「最近、見なかったけど、どうしてたの？　実はさ、お母さんがお兄さんにお礼がしたいから家に連れて来てって言ってるんだ」

「あぁ、お母さん、良くなったんだね」

なんとなくホッとした気持ちになる。

アドルのお母さんに治療《ちりよう》は施《ほどこ》したけど、それで完全に良くなるかは自分でも経験が少なくて分からなかったしね。

「ねぇ、お母さんが絶対に連れて来てって言ってるんだ。来てよ！」

「お礼とか別にいいのに……」

とか言いつつ、アドルに押《お》し切られる形で彼の家に向かった。

前と同じ道を辿《たど》って家に着くと、アドルが勢いよく扉《とびら》を開ける。

「ただいま！　お母さん！」

「こらっ！　そんなに強く開けたら扉が壊《こわ》れるって……あら？」

「お母さん、このお兄さんがお母さんを治してくれた人！」

「まぁ！　さぁさ、上がってください。お茶でもいれますから！」

と、勧《すす》められるままに家に上がり、テーブルについた。

家の中は以前とは打って変わり、なんだか明るくなったような感じがした。

前は手入れが行き届いてない部分が目立っていたけど、全体的にキレイになって、モノがきちんと整理されるとここまで印象が変わるんだな、と思った。

「改めまして、アドルの母のララです。この度《たび》は治療していただき、本当にありがとうございました。本来ならお礼をしなければいけないのに逆にお金まで貰《もら》ったようで……。本当にありがとうございます」

「いえ、困っている人がいて、たまたま僕が助けることが出来ただけですから……」

僕の能力はたまたま神的なモノから貰っただけで、いうなれば『運が良かっただけ』とも言える。

まぁ、あの白い場所に飛ばされたことが運が良かったのかは別として……。

もし、これが生まれた時から持ち合わせた才能なら、僕もこれを『自分の能力』だと思い、得た能力を『自分の努力によるモノ』だと誇《ほこ》ったかもしれない。でも、僕はあの白い場所で自ら能力を選び、誰かにそれを与えてもらった。それが分かるからこそ、この能力のことを誇りにくいと思ってしまうのかもしれない。

「出来ればお礼をしたいのですが、あいにく家には蓄《たくわ》えもなくて……。なので夫が昔、使っていた道具の中で使えるモノがあれば貰っていただけないでしょうか？」

「いや、そこまでしていただかなくても……。あの、旦那《だんな》さんって、その……」

「はい。夫は冒険者をしていたのですが、何年も昔に依頼を受けて出て行ったきり、帰ってこなくて……。夫が残した物の内、お金になりそうなものはほとんど売ってしまったのですが、彼は『アルッポの栄光』という名の昔はそれなりに名の通ったパーティでリーダーをしていた冒険者でしたから、まだ使える物も残っていると思います」

「アルッポの栄光……」

どこかで聞いたことがあるような……。

あっ！　ダンジョンをクリアしかけて公爵に目を付けられた例のパーティか！

「その道具、見せてもらえますか！」

「は、はい！　アドル、お父さんの部屋に案内してあげて」

「うん！」

アドルの案内で家の奥側にある部屋の前に着くと、アドルが「ここだよ」と言いながら扉を開けた。

中は四畳《じょう》ぐらいの空間になっていて、壁沿いにはいくつか棚《たな》が設置されてあり、よく分からない物が並んでいる。

パッと見た感じ、剣《けん》とか盾《たて》はない。恐らくそういった分かりやすそうな物は真っ先に売られたのだろう。

だが、この部屋が例のアルッポの栄光のリーダーの部屋なら、彼らは確かAランク冒険者パーティだったはずで、もしかすると、とんでもない掘《ほ》り出し物があるかもしれない！

……が、仮にそんな物が見付かったとしても、それを貰っていくことはしたくない。こんな貧しい家から金目の物を貰っていくとか流石《さすが》に良心が痛む。

では僕がこの部屋に入った目的はなにか？　それは情報だ。

Aランク冒険者なら様々な情報を持っていた可能性がある。世界各国の情報や、魔法とか武術の情報。それに、もしかするとここのダンジョンの情報も。

そう考えて部屋の中を物色していく。

棚の中にあるロープやナイフを確認しては棚に戻す僕を見てアドルが不思議そうに首を傾《かし》げているけど、お構いなく探索《たんさく》を続ける。

手触《てざわ》りの良い布の服。頑丈《がんじょう》そうな糸。革《かわ》の紐《ひも》。鎧のパーツらしき物。剣の柄《つか》。よく分からない箱。
そして――僕の未来を変えるであろう、予想もしていなかったモノ。

『ホーリーディメンションの魔法書（神聖魔法の魔法書）』

◆　◆　◆

宿の部屋に戻ってベッドに腰《こし》を下ろす。そして背負《せおい》袋《ぶくろ》の中から魔法書を取り出した。

やっぱり手に繋《つな》がる感覚があって、これは僕が使えるモノだと分かる。

「こんなところで手に入るなんて……」

情けは人の為《ため》ならず、なのだろうか？　今回はなにか一つでも僕の行動が違っていれば、この魔法書は手に入ってなかっただろう。やっぱりあの時、助けようと思ったことは間違いじゃなかった。

改めてそう思う。あんな場所の魔法書なんてこんな機会でもなければ絶対に見付けられなかったしね。

「じゃあ、早速《さっそく》使ってみようかな」

何度味わっても新しい神聖魔法の魔法書を手に入れると感動する。そして新しい魔法を覚えても感動する。やっぱりこれがあるから楽しいんだよね。

そんなことを考えつつ魔法書をパラパラとめくって読み進め、魔法書が灰になったところで僕の中にまた一つ新たな魔法が加わった。

「これは！」

はやる気持ちを抑《おさ》えながら、とりあえず魔法を使ってみることにする。

心を落ち着かせ、静かに呪文《じゅもん》を詠唱《えいしょう》していく。

「それは新たなる世界。開け次元の扉《ホーリーディメンション》」

その瞬間、体中の魔力が全て抜け落ちるように右手に集まっていくような感覚に襲《おそ》われる。

「なっ！　ちょっと！」

なんて魔法だ！　もしかして、全ての魔力を消費するのか！

思わず膝《ひざ》を突《つ》き、必死に魔力を制御《せいぎょ》していると、右手から一気に魔力が放たれ——気が付くと、目の前に『穴』が出来ていた。

ほとんどの魔力を吸い取られ、冷や汗《あせ》をかきながらそれを見上げる。

それは『穴』とはいっても円形ではなく、キレイな縦長の長方形。大きさは丁度、宿の部屋の扉と同じぐらい。そしてその穴の中には六畳ぐらいの白い空間が広がっていた。

そんなモノが僕の部屋の真ん中に出来上がっている。これはまるで——

「ダンジョンの裂け目のような……」

見た目は全然違うけど、なにもない空間に別の次元がいきなり接続されたようなコレは、どことなく裂け目のダンジョンの入り口にあるモノに似ている。そんな気がした。

少し気になって穴の裏側を見てみると、そこには白色のナニカがあった。

白色の長方形なナニカ。

ミスリル合金カジェルで裏側を触ってみると、硬《かた》くも柔《やわ》らかくもない感触《かんしょく》が返ってくる。

どうやらこちら側からは入れないらしい。

「なるほど……」

表側に戻り、空間に出来た穴の中を見る。

その空間は全てが真っ白で、光源がないのに昼間の屋外のように光に満ちている。

「さて……」

やはり、この魔法は……。

まぁ、とりあえず中に入ってみよう。

ミスリル合金カジェルを白い空間に突っ込み、その床《ゆか》をコンコンと叩《たた》いてみる。

硬いけど金属とも陶器《とうき》とも違う不思議な感じ。少し強めに叩いても破損するような様子もない。

意を決し、ゆっくりと片足を白い空間に入れ、そしてもう片方の足も入れる。

「……特に問題はナシ、か」

裂け目のダンジョンとは違い、こちらの空間に入った時の境界を感じることもなく、空気感が変わったような感覚もない。普通《ふつう》に隣《となり》の部屋に入っただけのような自然な感覚で、宿の部屋も中から見えるし音も聞こえる。

ただ、実際には別の空間だからなのだろうけど、宿の部屋では聞こえていた周囲の雑音が小さくなり、まるで防音ルームに入った時のように感じた。

「……これは、ひょっとして、ひょっとするのか？」

◆　◆　◆

翌日。朝からダンジョンに入り、一階で軽く所用を済ませる。

それからダンジョンを出て情報収集と物資の買い込みを再開。

大量の物資を買い込みたいけど一気に買うと不自然なのでこうしているのだけど。やっぱり面倒《めんどう》ではある。

そうして太陽が傾《かたむ》きかけた頃、もう一度ダンジョンに入って一階の隅《すみ》の方にある森の中で足を止めた。

「ここでいいかな」

マギロケーションで周辺に人がいないことを確認してから呪文を詠唱する。

「それは新たなる世界。開け次元の扉《ホーリーディメンション》」

魔法が発動すると二割ぐらいの魔力が抜けていく感覚があり、目の前に白い部屋への入り口が構築されていく。

不思議なことに一回目は全ての魔力を消費したのに二回目からは二割ぐらいの消費魔力で済んでいる。とはいってもこのダンジョンに来る前の、レベルアップする前の僕ならこの消費量は少しキツかったと思う。

そうこうしている内に白い空間への扉が開かれ——その中で寝転がっていた四匹《ひき》のゴブリンがガバっと起き、こちらを向いた。

「やあ、おはよう」

そう声をかけるとゴブリンブラザーズは一斉《いっせい》に立ち上がってこちらに突進《とっしん》してくる。

うん、ゴブリンらしい行動だね。実に模範《もはん》的なゴブリンだ。

それをミスリル合金カジェルで丁寧《ていねい》に潰《つぶ》していって、白い空間から放《ほう》り出す。

「うっ……あ～、好き放題しちゃって……」

白い空間を見ると、ゴブリン達が残したであろうブリブリしたモノとかジョバジョバしたモノが散乱していて悪臭《あくしゅう》を放っていた。

それらを浄化《じょうか》でキレイにしていき、しみじみと思う。

「持ってて良かった浄化魔法！」

改めて浄化魔法様に感謝をしつつ、キレイになった白い空間を眺《なが》めて考える。

これは、来てしまった、と。

今回のゴブリンを使った実験は一つ。この白い空間の中に入れた生物がどうなるのか、だ。

今日、朝一番にダンジョンで四匹のゴブリンを捕獲《ほかく》し、白い空間に入れて空間を閉じ、それから夕方まで放置した。でも、ゴブリンは生きていた。つまり空間を閉じても中の生物に悪影響は恐らくないし、酸欠も大丈夫《だいじょうぶ》っぽい。それに幸か不幸か中の時間は停止せずに流れ続けている。

「後は、この実験だけだな……。よしっ！」

今度は僕が白い空間に入り、扉に向けて右手を掲げ「閉じろ」と言いながら念じる。

すると長方形だった扉が歪《ゆが》みながら収縮していき、やがて消え去った。

真っ白な空間に静寂《せいじゃく》が訪《おとず》れる。

ここには僕の呼吸音と布が擦《す》れる音しかない。

マギロケーションも完全に遮断《しやだん》され、この空間以外を探知出来なくなった。

よしっ。問題なく呼吸も出来るし体は正常。あとは……。

もう一度、さっきまで扉があった場所に右手をかざし、今度は「開け」と言いながら念じる。

するとなにもない空間が歪み始め、また扉が出現していく。

そうして出来上がった扉の向こう側にはさっきまで見ていた森の景色がある。

「成功だな」

外に出てそう呟《つぶや》く。

空の色からしても、時間もそれほど経《た》っていないだろう。

完全に成功だ。

この魔法があれば、恐らく安全にこの中で野営が出来るはず……。そう……出来てしまうはずだ。

「さて……どうしたものか」

人はいつも自分に可能な範囲《はんい》の中から行動を選択《せんたく》していく。

基本的には選べる選択肢《せんたくし》が多いほど可能性は広くなるのだけど、選択肢が増えるほど選択が難しくなる。

昔、どこかの偉《えら》いサッカー選手が『ＰＫを外せるのはＰＫを蹴《け》る勇気を持った者だけだ』と言っていたけど。まさに、そんな選択肢が最初から存在しなければなにも起こらないのに、選択肢が存在してしまうからこそリスキーな選択肢を選んでしまって失敗することもある。だから難しい。今の僕のように。

そう考えながらダンジョンを出て冒険者ギルドに向かう。

空が茜色《あかねいろ》に染まったこの時間帯の冒険者ギルドは冒険者が多く帰ってきていて情報収集には丁度良い。

依頼が張り出された掲示板《けいじばん》を見ると依頼価格が前より全体的に上がっている気がした。やっぱり品不足によるインフレが始まっていると考えるのが妥当《だとう》なのだろうか。

それから酒場エリアに行き、誰かから話を聞きながら一杯《ぱい》やろうかと思っていると。

「おう、久し振りじゃねぇか」

「ダムドさんじゃないですか。久し振りですね」

窓際《まどぎわ》のテーブル席で飲んでいたダムドさんに声をかけられた。

ここ最近は魔石を売ってなかったので冒険者ギルドに行くことがほとんどなく、ダムドさんと会う機会がなかったのだ。

「最近、見ないからよ、もう別の町に行っちまったのかと思ったぜ」

「あぁ……ちょっと五階村の方に用事がありましてね」

適当な言い訳をしつつ、マスターにエールを注文しようとするとダムドさんから「まぁ待て」と止められる。

「今日は俺《おれ》が奢《おご》るからよ。まぁ飲めよ。親父《おやじ》！　エールと肉だ」

「そうなんですか？　なにか僕に聞きたいことでも？」

なんだか僕がダムドさんから奢られるなんて新鮮《しんせん》な感じがして不思議だ。

と、同時に彼が僕に奢るということに少し身構えてしまう。

「そうじゃねぇよ。お前、バルテズのところの嫁《よめ》を助けてくれたんだってな？」

「バルテズの嫁……バルテズ？」

「アドルの母親だ」

「あぁ！　……まぁ、そんなこともありましたかね」

なんとなく、神聖魔法を使って治しているので正直に『はい』とは言い難く、少し濁《にご》してしまった。

「だからよ、お前と会ったら一杯、奢ってやろうと思ってな。まぁ飲めよ」

「それじゃあ、いただきます」

テーブルに運ばれてきたエールをグイッと飲む。

たまにはこんな日もいいね。色々と考えなきゃいけない問題は山積みなのだけど、こんな日があってもいい……。

「バルテズはな、良い奴だったんだ。俺達の憧《あこが》れでもあった。それがあんなことになっちまって……」

あんなこと、とは例の『失踪《しっそう》』だろうか。

「そんなあいつの大事なものを救ってくれて、ありがとよ……」

「僕は自分に出来ることをやっただけですから……」

「それでもだ」

ダムドさんがエールの入ったカップを掲げたので僕もカップを掲げ、それを互《たが》いにぶつけ合った。

ダムドさんの目には少し光るモノがあり、僕も少し思うところがあった。

ここのダンジョンの攻略《こうりゃく》は、リスキーだ。仮に上手《うま》くダンジョンをクリア出来たとしても、クリアしたのが僕だとバレるとバルテズのように命を狙《ねら》われるかもしれない。そんなクリア報酬《ほうしゅう》は流石に僕の手には余る。

……しかしここを逃《のが》すと僕がダンジョンをクリア出来るチャンスなんてもうないかもしれない。ここがアンデッドのダンジョンだからこそ、ここまで楽に攻略出来ているのであって、普通のモンスターが出るダンジョンだとこうはいかない。

お酒も入り、様々な考えが頭を過《よぎ》る。

もう完全に諦《あきら》めていたダンジョンクリアにホーリーディメンションという希望がひょっこり誕生してしまったことで欲が出てきてしまったのだ。

希望とは、人が生きるための原動力だが、時には毒にもなるのだけど……。

「そうだった。お前に渡《わた》そうと思っていた物があってな」

「渡す、物？」

ダムドさんが腰のポーチをゴソゴソと漁《あさ》り、中からクシャっとした紙を何枚か引っ張り出してテーブルの上に置いた。

「これだ」

ダムドさんは顎《あご》をしゃくり、僕に手に取るように促《うなが》す。

なのでそれを手に取り、一番上の一枚を確認していくと、そこに描《か》かれていたのは地図で、よく見ると知っているような地形があったりして――

「これって！」

「シッ！　大声を出すな」

ダムドさんが声を潜《ひそ》め、周囲を確認するように目を左右に走らせた。

そして告げる。

「それは、バルテズが最後に残した……ダンジョン最深部の情報だ」

その紙を改めて確認していく。

最初の紙は六階の情報で、それから七階、八階ときて、最後の紙には九階の情報が残されているようだった。

「九階……なんですか?」

「あいつが確認したモノはな。その先があるかは分からん」

確かに九階の情報はあるものの、情報は途中《とちゅう》までしか書かれていない。

つまりその先は自分で確かめるしかないってことか……。

でも、どんなダンジョンでも最初にクリアする人は自力で道を見付けているわけで、ダンジョンを制覇《せいは》したいならそのリスクは必ず取らなくてはならない。攻略サイトを見ながらクリア出来るのはゲームだけなのだ。

「でも、こんな情報、僕に渡してもいいのですか?」

「あぁ、構わねぇよ。それを誰かに売りたいなら、そうすりゃあいい。勿論《もちろん》、自分で使えるってんなら使えばいいが。……まぁ、それの価値なんざ、もうなくなっちまうかもしれねぇがな」

「……教会ですか?」

「それに公爵家もな」

ダンジョンがなくなってしまえばこんな情報に意味はなくなる。……だから僕に渡してもいい、ってのもあるのかもね。

「ダムドさんは、教会とアルメイル公爵家がダンジョンをクリア出来ると考えてるんですか？」

「分からねぇよ。だが公爵家が本気になったのは間違いねぇからな。もし奴らがダンジョンをクリア出来れば、公爵家は名誉《めいよ》を得て発言力も上げられる。それにダンジョンで上手く兵器系アーティファクトでも手に入ったら、この国の勢力図は……間違いなく塗《ぬ》り替《か》えられるぜ」

「なるほど」

アルメイル公爵が狙っているのはそれだろう。

個人的に、それは一番避《さ》けたい未来だ。

今の流れ的に、アルメイル公爵家はダンジョンをクリアした勢いで戦争を起こそうとしているはず。

相手は恐らくシューメル公爵かグレスポ公爵。

個人的にはグレスポ公爵にはネガティブな感情しかないけど、シューメル公爵——というよりアルノルンにいるはずの皆が巻き込まれそうで嬉《うれ》しくない。仮に標的がグレスポ公爵だったとしても、グレスポ公爵家が倒《たお》れたらこの国のパワーバランスは崩《くず》れてしまい、いずれシューメル公爵家も呑み込まれるだろう。それも嬉しくない。

「もし、アルメイル公爵家がダンジョンをクリア出来ず、他の勢力がクリアしたら……。どうなると思います？」

「そうだな……」

ダムドさんは暫く考える素振《そぶ》りを見せた後、言葉を続けた。

「ここはアルメイル公爵家の金庫みたいなモノだしな。クリア出来なきゃただ大損するだけだろうぜ。……もしかすると、他のことなんざ考える余裕《よゆう》はなくなっちまうかもしれねぇぞ」

「……」

つまり、あのポーリにさえダンジョンをクリアさせなければ、戦争は回避《かいひ》出来る可能性が？

いや、そうと言い切るには確証がなさすぎる。……が、ポーリにクリアされてアーティファクトまで確保されると一番最悪な方向に向かうのは間違いない。それは、なんとしてでも阻止《そし》したいところだけど……。

「あの、裂け目のダンジョンについて、もう少し教えてもらえますか？」

◆　◆　◆

翌日。朝から魔力ポーションの注文を入れ、ますます値段が高くなっていく食料品の買い込みを続けた。

物資の一部は宿屋でホーリーディメンション内に移動させ、買えるだけ買っている。

しかし、僕がこれからどうするのか、結論は出せないでいた。

いや、もう九九パーセントは決まっているんだ。だってここまでお膳立《ぜんだ》てされてしまったら、もう行くしかないじゃないか！　ここまで来たらやるっきゃない！

……だけどもう少し……もう少し足りないような気がするのだ。パズルのピースが。もう少しだけ。もう一つだけ。

どの冒険者を従えているようだ。

「それにしても、寒くなってきたな……ん？」

そう考えながらダンジョンの入り口の前を通ると、裂け目の前の広場に知った顔を見付けた。

その人物は高そうな装備に身を包み、一台の馬車の隣で立っていた。そしてどうやら、二〇人ほ
どの冒険者を従えているようだ。

「あの人は……」

確か見覚えがある。確か……あぁ、そうだ。……ということは、彼らはもしかして……。

そう考えていると、彼らは馬車を伴《ともな》って全員で裂け目に入っていった。

「……だとすると、だ」

これはひょっとすれば、上手くやれば、なんとかなるのか？

偶然《ぐうぜん》見付けた彼らの姿に僅《わず》かな光明を見出《みいだ》して、踵を返す。

「とりあえず、冬服……買おうかな」

そう考えて釣《つ》り糸を買った服屋に向かう。

「すみません、冬用のマントとかローブとかってありますか？」

「ありますよ。どんなモノが必要ですか？」

そう言われ、出された服を一つずつ見ていく。

一つ目は毛皮のマント。これは現在使っている布のマントより暖かそうだけど、分厚くて重く、
動きも少し制限される気がする。でも、今の装備の上からそのまま羽織れるから便利。

二つ目は前開きのローブタイプ。これを着るなら今のローブとは交換《こうかん》になるだろうか？

とりあえず、いくつか試着させてもらって長めの毛皮のマントを選び、それに手袋や靴下《くつした》なども

暖かそうなモノを用意してもらった。

「これでいいかな、っと」

と、思いつつ、隣《となり》にあったとあるアイテムを見て――ピンと来るモノがあった。

「これって……」

なんとなくだけど、これは使えるのでは？　と、ちょっと感じた。

いや、分からないけど、買っておけば使えるかもしれない。

「すみません。これも一緒《いっしょ》にお願いします」

「はい、分かりました」

そしてまた翌日。今日も食料の買い込みに走り、昼頃にダンジョン前に戻ってくると、そこには聖騎士団が整列していた。

以前見た、聖騎士団の団長らしき人物が吠《ほ》える。

「これより、この魔王のダンジョンを制覇する！」

それに合わせるように、聖騎士団の中から「オォー！」という声が上がり、群衆の中からも歓声《かんせい》が上がる。

その波はどんどん大きくなって、周囲を呑み込んでいく。

「聖騎士団！　出陣《しゅつじん》！」

その言葉と共に聖騎士団がダンジョンの中に入っていく。

総勢三〇人ぐらいの騎士が列をなして進軍する様子は圧巻で、群衆が熱狂する理由も分かる気がした。

この娯楽《ごらく》のない世界では、こういったイベントは庶民《しょみん》の娯楽なんだろう。やっぱりパフォーマンス的な要素が強いイベントでもちゃんと意味があるのだ。

「ついに、動いたか」

聖騎士団が動いた。ということは、終わりは近い。

直にポーリ率いる公爵家の軍勢も動くだろう。

僕が決断をするとすればここしかない。

「僕も……腹を決めないといけない、かな」

ダンジョンのクリアを目指すか、目指さないか。決めるとしたらここ。

でも、僕の気持ちは決まっている。

翌日。宿屋から出た後、適当な裏路地に入って魔法袋の中から黒いローブを取り出した。

これは昨日、服屋で買ってきた黒いローブ。錬金術師のローブだ。それを目深《まぶか》にかぶり、全身を隠してダンジョンに向かう。

「さて、やりますか」

第五章　その先へ

CHAPTER 5

ここからは、僕《ぼく》がダンジョンに入っていると誰《だれ》にも気付かれてはいけない。つまり隠密《おんみつ》行動をする……つもりだったけど、この真っ黒なローブを全身に纏《まと》って顔まで隠《かく》しているとなると逆に目立つから無理だ。でも、僕がダンジョンに入っていることを隠すとなると、これが一番良い気がするのだ。普段《ふだん》の姿から完全に変えることが重要だからね。

「よしっ！」

意を決して速歩きで裂《さ》け目を抜《ぬ》け、ダンジョンに進入。

若干《じやつかん》、注目を集めた気がするけど無視する。

それからできる限り人目を避《さ》け、森の中を進んで二階に入り。二階を抜けて三階の出口で野営を……せずに四階に入る。

僕の姿を晒《さら》さないようにするには共同の野営地を使うわけにはいかない。

でも、ホーリーディメンションを覚えたので、もうそういう場所は必要ないんだよね。

そうして四階を駆《か》け抜けていると辺りが暗くなってきたので野営……もといホーリーディメンションヨン泊《はく》をすることにした。

「それは新たなる世界。開け次元の扉《とびら》《ホーリーディメンション》」

少なくない魔力《まりよく》と引き換《か》えに聖なる扉が開かれた。

「……ただいま」

「キュ？」

なんとなく、口から漏《も》れた言葉にシオンが反応する。

「いや……ね。ここってさ、僕らが帰ってこれる場所じゃない？」

六畳《じよう》ぐらいの部屋の真ん中に敷《し》かれた毛皮のマントに腰《こし》を下ろしながら考える。

このホーリーディメンションの空間は、僕がこちらの世界に来てから初めて得た、本当の意味での自分だけの場所。

例えば黄金竜《りゆう》の爪《つめ》時代は自分の部屋を持っていたけど、それはやっぱり借り物感があった。

あそこではそれなりに安心して生活していたけど、いつかは離《はな》れる場所だから家具なんて買うことはなかったし、大きな物も買おうとは思えなかった。感覚としては長期滞在《たいざい》しているホテルとかウィークリーマンション的な感覚かな。

でも、ここは違《ちが》う。

ここは間違いなく僕だけの場所……。いや、家と言ってもいいかも。

ここなら自由に家具を置いてもいいし、大きな物を置いてもいい。

それに、どこに行ってもこの場所は呼び出せる。

僕はもう、いつでもここに帰ってこれるんだ。

「それにシオンもね」

「キュ？」

「ここはシオンの家でもあるってことさ！」

「キュ！」

シオンを軽く撫《な》でて部屋の中を見る。

中央の毛皮のマントと、壁際《かべぎわ》にいくつか食料が入った袋《ふくろ》が見えた。

今はこれだけの殺風景な部屋だけど、いつかは家でも建ててみてもいいかもしれない。

このサイズだと大きなモノは出来ないけど、一部屋ぐらいの小さなログハウスは造れるかもね。

そんなことを考えつつ、その日は眠《ねむ》りに落ち、数時間後。目を覚まして周囲を確認《かくにん》し、自分の体を確認していく。

「うん、問題ないな」

ゴブリンで実験はしていたけど、閉じ切ったホーリーディメンション内でも一泊ぐらいなら問題なさそうだ。

それから身だしなみを整えて黒いローブに身を包み、シオンをローブ内側のポケットに入れて右手を前に出す。

「開け」

そう言葉を発しながらイメージすると、右手の前に空間が開いていって、扉が出来た。

しかし扉の先は……。

「暗いな……まだ夜だったか」

やっぱりホーリーディメンションの欠点は、内部で過ごしていると時間帯が分からなくなることだろうね。

一瞬《いっしゅん》だけ考えるも、先に進むことを優先し、夜のダンジョンに踏《ふ》み出した。

それからマギロケーションとホーリーファイアを頼《たよ》りに暗い森を抜け、裂け目を通って五階へ到《とう》着《ちゃく》。夜の湖を眺《なが》めながら五階村に入る——ことはなく、そのまま湖の東側、六階への裂け目がある方向に進む。

今回は僕がダンジョンに入った痕跡《こんせき》は一切《いっさい》残したくない。なので五階村には寄らない。

そうして橋を渡《わた》る頃《ころ》には太陽が昇《のぼ》り始め、辺りがゆっくりと明るくなってきた。

今から思うと暗い内に四階を出発したのは正解だったかもしれない。ここは朝方になると六階へ進む冒険者《ぼうけんしゃ》がちらほら通るし、だからといってこの橋を避けては通れないからね。

橋を渡り、六階への裂け目を抜ける。

ここまでは過去最速のペース。しかし問題はこれからだ。

僕が描《か》き写した地図とバルテズの地図を取り出して見比べる。

基本的には似ているけど、やっぱり細部で違いがあった。

「まずは枯《か》れた大樹側を目指す、か」

これは他の冒険者にも教えてもらったけど、ギルドの地図は実際と少しズレている。しかしバルテズの地図はそのあたりちゃんと描かれているようで、ギルドの地図とは微妙《びみょう》に異なっている部分が多かった。

「よしっ、行こう」

気合いを入れて六階を進み、出会ったブラッドナイトは挨拶《あいさつ》代わりのターンアンデッドで沈《しず》めていると、昼頃には過去一番深く潜《もぐ》ったラインを越《こ》えていた。

ここからは僕にとって未知の領域。いつもはこのラインで戻《もど》れば、暗くなるまでに五階村に戻れていた。このラインを越えると、もう戻れなくなる。ここはそういったライン。僕がずっと越えられずにいたラインなので、少し感慨《かんがい》深いものがある。

それをいつの間にか踏み越えて、どんどん先に進んでいく。

これからは、このダンジョンに潜っていた全《すべ》ての冒険者が越えられずに、ただ眺めるだけで背中を向けたいくつものラインを全て越えていく。そう考えると感慨深さが増していく。けど、そんなモノに浸《ひた》っている場合でもない。

僕はこのダンジョンをクリアするのだから。

そうして六階を問題なく進み、翌日には七階へ向かう裂け目に到着していた。

その裂け目を抜ける。

すると代わり映《ば》えしない六階と同じような荒野《こうや》がまた広がっていた。

「さて」

改めて地図を見ていく。

この階は、基本的には六階と大差ない。ただ、出てくるモンスターがブラッドナイトだけでなく、ワイトというモンスターが増える。

ワイトは魔法使い系のアンデッドで、主に闇《やみ》属性の魔法を使ってくる厄介《やっかい》な存在だという。

「でも、ここで下級魔力ポーションをいくつか揃《そろ》えておきたいんだよね」

ダンジョンで出るポーション類は長期保存可能。なのでいくつかは確保しておきたい。

そんなことをしている間にダンジョンをクリアされてしまうと本末転倒《ほんまつてんとう》だけど、恐《おそ》らくそれは大《だい》丈夫《じょうぶ》だと思っている。何故《なぜ》ならこの先、八階からはダンジョンの難易度が格段に上がり、そう簡単には攻略《こうりゃく》出来ない魔境になっているからだ。

◇　◇　◇

アルメイル公爵《こうしゃく》家《け》従士団団長マルク・ホランドの憂鬱《ゆううつ》

「なにをしている！　早くなんとかしろっ！」

公爵家五男、ポーリ・アルメイルの怒声《どせい》が飛び、マルク・ホランドは馬の上から部下に「隊列を崩《くず》すな！　迎《むか》え撃《う》て！」と檄《げき》を飛ばした。

通称《つうしょう》『アルッポのダンジョン』と呼ばれているこのダンジョンの八階で、アルメイル公爵家のダンジョン攻略部隊は混乱の中にいた。

「ええい、視界が悪い！　おいっ！　この霧《きり》を風魔法で吹《ふ》き飛ばさないか！」

「やっています！　ですが消えません！」

ポーリの怒声にローブを着た女性がそう返す。

この八階に入ると、全てが赤黒い霧に閉《と》ざされていた。それは事前に得ていた情報で知ってはいたが、まさか馬三頭分先すら見通せないほど濃《こ》い霧だとは予想出来なかった。

既《すで》に太陽は出ている時間のはずだが、その太陽も分厚い霧に閉ざされ、頭上でわずかに赤く見えるのみ。今は光源の魔法の光でなんとかギリギリ視界を確保出来ているが、それではどうにもならない。

「ぐぁっ！」

隊列の端《はし》にいた従士が馬上でいきなり苦しみだす。

「いたぞ！　仲間に当てるな！」

マルク・ホランドはそう叫《さけ》びながら苦しんでいる従士の方に剣《けん》を向けた。

すかさず、その従士の隣《となり》にいた他の従士がなにもない空間を属性武器で薙《な》ぐと――

「オォォ！」

なにもない空間がグワンと波打ち、透明《とうめい》なナニカがその手を離した。

「今だ！　やれっ！」

その声と共に、なにもない空間に剣や槍《やり》が突《つ》き入れられ、謎《なぞ》の叫び声がしたかと思うと、地面に魔石が落ちる。

これがこの八階の試練の一つ『赤黒い霧』と、もう一つの試練の『ファントム』だ。

ファントムはBランクモンスターで、実体を持たないアンデッドである。

その姿は人の目にはほぼ見えず、魔法か魔法効果のある武器でしか攻撃《こうげき》出来ない。それでも普通はギリギリ目視出来るので戦えるのだが――この赤黒い霧の中ではそうもいかなかった。

視界が悪く、姿が見えない敵からいきなり攻撃される。最悪の状況《じょうきょう》だった。

「こんな中で次の裂け目を見付けろというのか……」

マルク・ホランドはそう小さく零《こぼ》した。

◇　◇　◇

「よしっ！」

地面に崩れ落ちたワイトのローブから下級魔力ポーションを見つけだした。

ワイトは黒っぽいローブを着たスケルトンのような姿で、木製の杖《つえ》を持っていたり短剣を持っていたりするモンスターだ。

主に攻撃魔法やデバフ系の魔法を使ってくるとバルテズの資料には書かれているけど、確認はしていない。勿論《もちろん》、マギロケーションとターンアンデッドのサーチアンドデストロイコンボで確認する前に倒《たお》してしまうからだ。

そうして七階に入ってから三日もしない内に三〇本程度の下級魔力ポーションを入手することが出来た。

こんなハイペースで狩《か》りが出来ている理由はほぼホーリーディメンションのおかげと言っていいだろう。普段は狩り場までの行き帰りの時間や雑務の時間があったり。あるいは暗くなる前に余裕《よゆう》をもって村に戻る必要があって、そもそも狩れる時間が短いという問題点をほぼホーリーディメンションが解決してくれた。つまり仕事場に寝泊《ねと》まりして起床《きしょう》後即《そく》仕事&仕事終了《しゅうりょう》後即睡眠《すいみん》という社畜《しゃちく》の鑑《かがみ》のような生活環境《かんきょう》をこのホーリーディメンションさんが実現してくれたことにより、普段の二倍三倍の狩り効率が実現したのだ！

「……あれっ？　あんまり嬉《うれ》しくない気がするぞ？」

「キュ？」

まぁそれはいいとして……だ。

バルテズの資料を見返す。

「ワイトが持っているのは下級魔力ポーションと、ローブと武器系統。それに金貨と銀貨。稀《まれ》に魔道具や魔法武具などを持っている場合がある、か」

現時点では魔道具等のレアなアイテムは見付かってない。念の為《ため》に杖とナイフは浄化《じょうか》してホーリーディメンション内にストックしているので、後でどこかに売りに行くか、売れなければ杖は焚《た》き木にでもする予定。ホーリーディメンションが使えるようになったおかげで様々なアイテムを保存しておけるようにはなったけど、モノを大量に売ると目立つから売りにくいし、安いドロップアイテムを大量に保存しておいても大変なだけな気もするから難しいところだ。

それはそうとして。

「下級魔力ポーション……試《ため》してみようかな」

バルテズの資料を見る限り、ワイトが所持しているガラス瓶《びん》の薬は下級魔力ポーションしかない。つまりこの薬は下級魔力ポーションで確定だと考えていいはず。なのでとりあえず一度はどんなモノなのか試しておいた方がいいと思う。

「ワイトが持っていた、ってのがちょっと嫌《いや》だけど……ね」

そう言いつつガラス瓶の栓《せん》を抜き、中の薄《うす》い青色の液体を口に含《ふく》む。

味はほとんどしないし匂《にお》いもない。水に近い感じだけど水ではなく、もっと軽くて不思議な感じ。それを飲み干すと体の中をスルッと落ちて胃に到着。

「おっ？」

したと同時にそれらが溶《と》けるように染《し》み渡り、体中に魔力が行き渡る気がした。

「これは、凄《すご》いな」

話には聞いていたけど、確かにダンジョン産ポーションは一瞬で魔力を回復させるようだ。

これで保存期間も長いんだから国とか有力者が確保しようとするわけだよね。あまりにも便利すぎる。

「う〜ん、時間があればねぇ……」

ホーリーディメンションがあって、時間が許されるなら一〇〇〇本でも二〇〇〇本でも下級魔力ポーションをストックしておくのだけど、今はそこまでの時間は取れない。もうそろそろ八階に進むべきだと思う。

「キュ」

「ちょっと悔《くや》しいけど先に進もうか」

そうしてようやく、僕も裂け目を通って八階に到着したのだった。

◆　◆　◆

「うわっ……」

八階に入ると赤黒い濃霧《のうむ》にいきなり包まれ、バルテズの資料を見てこれを知っていた僕でも驚《おどろ》きの声を上げてしまう。

バルテズの資料によると、この濃霧の正体は不明だけど、とりあえずマスクを聖水で濡《ぬ》らしておけば人も生きていけるらしい。

なんだか適当だけど、別に彼《かれ》らは科学者でもないんだから仕方がない。

シオンは念の為、ホーリーディメンション内に残してきた。大丈夫だと思うけど、念の為だ。

改めてバルテズの資料を思い出してみる。

八階は赤黒い濃霧に覆《おお》われていて日中でも視界が悪い。なので六階などのように目視で目印を見付けることがほぼ不可能。適当に進めば迷い続ける可能性もある。だからバルテズ達《たち》が使った手段は――

「裂け目を出て、出てきた方と反対側に進む」

地図の指示通り裂け目の裏側の方へ進むと、すぐにマギロケーションに不可視の壁が映り込《こ》む。

「これだな」

その壁の前まで進み、左手で壁を触《さわ》ってみる。

以前、触った時と同じように、硬質《こうしつ》な触感《しょっかん》が手に伝わってきた。

「ここから左手で壁を触り続けながら進むと、九階への裂け目が見えてくる、か」

そういえば、迷路《めいろ》で迷ったら片側の壁を触り続けながら進むといつかは出口に出る的な法則があったような気がする。彼らはよく考えたもんだね。

マギロケーションがあるから実際に壁を触り続ける必要はないので、マギロケーションで壁を感じながらバルテズの指示通りにただ進んでいく。

「……」

が、殺風景を通り越して不気味さと不安を感じさせる風景にメンタルを削《けず》られていくのが分かる。

それでも、ただ黙々《もくもく》と進み続ける。進み続けるしかない。

マギロケーションで周囲の地形が分かっている僕ですらここまでメンタルが削られてるのだから、他の冒険者達はどうなるのだろうか？　想像するのも怖《こわ》い。バルテズ達がここを通った時はもっと心細かっただろう。道も分からず、先になにが潜《ひそ》んでいるのかも見えず、自分がどこを歩いているのかも分からず。なにも情報がない中で、自《みずか》らの体で情報を集めながら先を目指した。僕が事前情報ナシでこんな気味の悪い場所に飛び込めるかというと……。ちょっと難しいかもしれない。

無限に続く闇の中、そんなことを考えながら歩いていると、前方から争うような音が聞こえはじめ。やがてマギロケーションに複数の反応が映るようになり、近づくとそれが大規模な戦闘《せんとう》だと気付いた。

「これは……」

目視出来ない中、慎重《しんちょう》に近づきながらマギロケーションで周囲の状況を確かめていくと全貌《ぜんぼう》が見えてきた。どうやら数十人程度の人形《ひとがた》の部隊が二つ、その場で隊列を組んで戦っているようだ。

一方は人の軍団。そしてもう一方はアンデッドの軍団。

これは間違いなく――

「デスナイト……」

◇　◇　◇

聖騎士《せいきし》団とデスナイト

「光よ！」

聖騎士団団長サグマルトはそう叫びながら聖なるオーブ——と呼ばれている『光のオーブ』を掲《かか》げた。

すると光のオーブから柔《やわ》らかい光が全方向に放たれ、周囲の赤黒い霧を打ち消していく。

と、同時に霧の中から姿を現すモノがあった。

デスナイト。そう呼ばれる存在。

真っ黒な鎧《よろい》に身を包み、大きな両手剣を持ち、兜《かぶと》の隙間《すきま》からわずかに見えている目だけが真っ赤に光っている、闇の騎士。

遭遇《そうぐう》した者に死を与《あた》えると恐れられているAランクモンスターだ。

そしてその支配下にあるブラッドナイトも大量についてきた。

「臆《おく》することはない！　隊列を立て直せ！　この『聖なるオーブ』の光が我らを導くだろう！」

サグマルトはそう言いながら、顔には出さずに心の中で罪悪感と共に悪態をつきそうになる。

もしこの光のオーブが本物の聖なるオーブだったなら、と。

「オォ！」

真っ白な剣と盾《たて》を構えた聖騎士隊がジリジリと間合いを測るように前に進んでいく。

それをデスナイトとブラッドナイトの大群が待ち構える。

サグマルトはデスナイトの方を見た。

デスナイトの赤い目がゆっくりと細められ、兜でその顔は見えないのに何故かサグマルトにはデスナイトが笑っているように見えた。

「突撃《とつげき》！」

「グァッ！」

サグマルトとデスナイトが同時に吠《ほ》える。

戦いが、始まる。

◇　◇　◇

バルテズの資料を思い出す。

Aランクモンスター、デスナイト。スケルトンタイプのアンデッドモンスターで、その身を頑丈《がんじょう》な魔法鎧で包み、強力な魔法武器を駆使《くし》して戦う高ランクモンスターだ。しかし問題はそれだけではない。

この八階に出るデスナイトはいつも大量のブラッドナイトを従えて徘徊《はいかい》しているため、真正面から戦うには複数のAランクパーティが必要になる、とバルテズの資料には書かれていた。

僕にとっては、この八階で最大の問題がこいつ。いくらターンアンデッドがあっても、あれだけの数を相手にするのは簡単ではないからね。出会ったら逃《に》げるしかないと思っていたし、最悪の場合はホーリーディメンションの中に退避《たいひ》してデスナイトがどこかに消えるのを待つしかないと考えていた。

「でも、今はチャンス……だろうね」

見えないのでどこの勢力かは分からないけど、デスナイトを引き付けてくれているのはありがたい。彼らが戦っている間に僕はここをひっそりと通らせていただこう。

出来るだけ壁際に寄りつつ、戦闘が続いている一帯を足早に避けて抜ける。

普段なら困っている冒険者がいれば助けるべきだけど、今はそんな状況ではないしね。これは仕方がない。

若干の罪悪感を覚えつつ戦闘地帯を抜け出した。

そうしてまた壁沿いに歩き続け、夜はホーリーディメンションで眠って翌日。

「《ターンアンデッド》」

発動したターンアンデッドにより、見えないけどマギロケーションには姿がクッキリと映っているモンスターがマギロケーションにも映らなくなり、地面に魔石だけがポトリと落ちた。

ヤツはファントムというBランクモンスター。以前、エレムのダンジョンで戦ったゴーストの上位種で、ゴーストよりも目視が難しく、特にこの濃霧の中では最悪に厄介なモンスターらしい。

「まぁ、僕には関係ないんだけど」

ゴーストと同じく、マギロケーションにはちゃんと引っかかるから、そこまでの問題を感じない。

本当に神聖魔法はチートだらけだと思う。

こうして順当に八階を進み続けて数日後、ようやく九階へ続く裂け目を発見することが出来た。

ついにここまで来た、という感動に浸りたい気持ちも山々だけど、実際のところ大変なのはここからなのだ。

「さて……行きますか」

気持ちを切り替《か》え、九階への裂け目を通る。

「……うっ」

と同時に鼻につく臭《にお》いに眉《まゆ》をひそめる。

目の前に広がる景色は、緑。しかし植物の緑ではない。六階から続いていた荒野のような景色はそのままに、そこに緑色をした沼地《ぬまち》がいくつも広がっていた。そしてその緑の沼地からは緑色をしたミストのようなモノが立ち上っている。

立っているだけでもそのミストの臭気《しゅうき》が鼻と目を直撃し、少しずつ痛みや気分の悪さが増していった。

「これは……想像以上ににキツいな」

魔法袋からシオンが作った聖水を取り出して頭からかぶり、残りをマスクに染み込ませてみる。

するとさっきまでの体調不良が軽減され、なんとか活動出来る程度には回復した。

「ふぅ……とりあえずは、これでいいか」

少し落ち着いたところで、何度も読み込んだバルテズの資料を思い出していく。

この九階はいたるところに毒の沼地があり、人が生活出来る環境ではなかった、と書かれていた。

なのでバルテズ達は長時間の活動が出来ず、探索範囲《たんさくはんい》を広げられずにこの階で攻略を諦《あきら》めたらしい。

そしてこの毒の対策を考えている間に例のアレがあって、彼らは姿を消した。

「……」

暗い気分を切り替えるように歩きはじめる。

バルテズの資料によると、この九階では不思議なことが一つあるらしい。

実は、この九階ではモンスターが『ほぼ』出ないという。ほぼ、というのは、どの階にも出るスライムはここにも生息しているから、だとか。つまりそれ以外のモンスターを彼らは見なかった、ということになる。

よく考えてみると、このダンジョンはよく出来ている気がする。低い階層は弱いモンスターが出て、階が深くなるごとにモンスターのレベルが上がる。まるで僕達冒険者をより深い階におびき寄せているような感覚すらある。そしてあの八階は、普通に考えると完全に僕達を殺しに来ているだろう。あんな場所、迷いの森のようなモノで、普通は迷ってしまって戻り道も分からずデスナイトに殺されるリアル脱出《だつしゆつ》ゲームみたいな状態になるはずだ。そしてこの九階。ここは人が生活出来ないような環境にして、物理で倒せない相手を搦《から》め手で殺《や》りに来ているとも感じる。

「うっ……神聖なる風よ、彼《か》の者を包め《ホーリーウインド》――ふぅ……」

清らかな風に包まれ、苦しくなっていた体がゆっくりと正常に戻っていく。

僕はこうやって強引《ごういん》にこの毒を無効化出来るけど、この階に大人数で入った人は苦労するだろう。毒への対処法があったとしても、その回数には限りがあるだろうし、人数が多ければ対処が大変になるはずだ。

「そういうのを解決する魔道具とかアーティファクトがあるなら、分からないけどね」

色々と考えつつ、定期的にホーリーウインドで体調を整え、毒の沼地を縫《ぬ》うように歩き続けて数時間。マギロケーションにおかしな反応を見付ける。

「……?」

慎重にそちらの方に歩みを進めていくと、岩山の向こう側にソレを見付けた。

それは明らかな人工物。以前、黄金竜の巣で見た神殿《しんでん》にあったような石の柱がいくつか建ってい たり、崩れた石の柱がいくつか転がっている場所。そしてその中心に石畳《いしだたみ》の広場があって、奥《おく》には地下に続く階段が見える。

それと――

「なんだ……あれは?」

石畳の広場の中央に置かれた巨大《きょだい》な肉の塊《かたまり》……いや、腐肉《ふにく》の塊。大きさは一〇メートルはある。それには皮があり、肉があり、爪があり、謎の緑色の液体が石畳に広がっていたりして、肉の合間からは巨大な肋骨《ろっこつ》のようなモノが覗《のぞ》いていたりする。腐《くさ》りすぎていて、もうほとんど原形を留《とど》めておらず、それが二足歩行なのか四足歩行なのかも分からない。

「……アンデッド、なのか?」

なんとなく、僕の中の感覚が告げている。

あれが、アンデッドだと。モンスターだと。

そもそもこの場所に来た人間はまだいないはず。つまり『誰かに倒された巨大なナニカがあの場で腐っている』とは考えにくい。

「……」

腐肉の塊の後ろ側を見る。

そこには地下に続く石造りの階段があり、あからさまに『そこになにかがあるぞ』と言っている。

「やるしかないな」

覚悟《かくご》を決め、音を立てないようにゆっくりと腐肉の塊に近づいていく。

バレないように、慎重に、ゆっくりと。

ジリジリと近づいていく。

どんなモンスターなのかは分からないけど、ここにいるということは恐らくAランクかSランクである可能性が高い。気付かれてしまうと、状況によっては勝てない可能性がある。

ゾンビよりも酷《ひど》い腐肉の臭いが鼻にまとわり付く。

寒いのに、額には汗《あせ》が滲《にじ》む。

一歩一歩、地面を踏みしめ、命を削るようにソレに近づいていく。

頭の中では『まだなのか？　まだなのか？』という言葉だけがこだまする。

ターンアンデッドの射程距離《きより》まであともう少し、あともう少し！

そして腐肉の塊が二〇メートルぐらいに近づいた時、いけそうな感覚があった。

よしっ！

――ターンアンデッド
魔法を発動する。が、失敗。

魔力だけが抜けていく。

――ターンアンデッド

失敗。
──ターンアンデッド
失敗。
クソッ！　やっぱりランクが高いモンスターは成功率が低すぎる！
漏れそうになる悪態を噛《か》み殺しながら魔法を使い続ける。
──ターンアンデッド
──ターンアンデッド
──ターンアンデッド
──ターンアンデッド！
次の瞬間、腐肉の塊の周囲を光の輪が取り囲んだ。
「よしっ！」
思わず声を上げてしまう。
しかし、腐肉の塊がいきなりガクンと動きはじめ、前脚《まえあし》が地面を掴《つか》み、脇腹《わきばら》から緑の液体が漏れ、その首がググッと持ち上がって、その先にある頭部の中、ぽっかりと空いた空白の眼窩《がんか》に赤色の光が怪《あや》しげに灯《とも》る。
それは邪悪《じゃあく》さと怒《いか》りと憎悪《ぞうお》に満ちていて、その光と『目』が合った瞬間、全身に鳥肌《とりはだ》が立って恐怖《きょうふ》という感情に支配されそうになった。が、次の瞬間には光の輪が輝《かがや》いて、そしてゆっくりと消えていき、同時に真っ赤な目が力を失うように消えていって、その腐肉の巨体も力を失って地響《じひび》きと共にドスンと崩れ落ちた。

「はぁ……」

その光景に思わず膝《ひざ》を突いてしまい、大きく息を吐《は》く。

「ドラゴン、か……」

腐肉に沈んでいたので分からなかったけど、これはドラゴンだろう。

いや、ドラゴンだった、と言うべきだろうね。

さしずめ『ドラゴンゾンビ』という感じだろうか。

やってみなきゃ分からないけど、ちょっとこれとは正面からやりあってたら勝てるイメージが湧《わ》かない。

本当に気付かれなくて良かった……。

立ち上がってその腐肉の塊を眺める。

「これが、このダンジョンのボス、ってことでいいのかな？」

どんなダンジョンにも最下層にはボスがいるらしいし、これがボスっぽい感じもする。

しかし、なんだか腑《ふ》に落ちない感じもする。

「とりあえず、素材を剥《は》ぎ取るか……」

とは言っても、全身が腐ってしまっているので、使い物になるのは骨とか爪とか魔石だけだろう。

ドラゴンは本来、全身が素材になるらしいけど、ドラゴンゾンビではそうもいかない。

「とりあえず浄化してみようかな。……不浄なるものに、魂《たましい》の安寧《あんねい》を《浄化》」

近くにあったドラゴンゾンビの手を浄化してみる。

すると、その手の周辺の腐肉が浄化されて消えていき、骨だけが残った。

それをミスリル合金カジェルでゴンゴンと殴《なぐ》ってみる。

「うん、やっぱりドラゴンの骨って丈夫だね」

これで五〇センチぐらいはありそうな爪が数本といくつかの手の骨を入手出来た。

その後、一時間ぐらいかけて頭や胸の辺りを浄化して素材を取ろうとし、肋骨や大腿骨《だいたいこつ》っぽい骨は大きすぎて断念したり、牙《きば》は頭蓋骨《ずがいこつ》に頑丈に固定されていて解体出来ずに断念したりと誤算はあったものの、いくつかの骨と爪と魔石と、まだ使えそうな鱗《うろこ》を何枚かゲットした。

時間があればもっとちゃんと解体したいのだけど、太陽も沈んでしまったので今はここに時間を割《さ》きすぎるのは問題があるし、もったいないけどこれぐらいで我慢《がまん》しておく。

「それは新たなる世界。開け次元の扉《ホーリーディメンション》」

ホーリーディメンションを発動し、我《わ》が家に帰宅。

空間に扉が開いて白い空間が現れ、中からシオンが飛び出してきたかと思うと、横に倒れているドラゴンゾンビの残骸《ざんがい》を見て驚き唸《うな》り声を上げた。

「ギュゥゥ！」

「大丈夫だよ。もう倒したからね」

そう言いつつドラゴンゾンビの素材を白い空間の中に運び入れていく。

ベッドになっている毛皮の横に骨と爪を積み上げて、外への扉を消してから毛皮に横になった。

「は〜、疲《つか》れた〜」

「キュ？」

シオンを撫でながら全身に浄化とホーリーウインドをかけて息を吐く。

今日は本当に疲れた。疲れた……。もう疲れたとしか言えない。

明日はついにあの階段の先に下りてみるつもりだ。

あの先には恐らく『アレ』があるはずで、それで全てが終わるはず。

「明日に備えてもう寝ようか。……いや、その前になにか食べておかないと」

疲れていてもちゃんと食べておかないと体が持たない。

体を起こして食料が入った袋から乾物《かんぶつ》を取り出していく。

「シオンはドライフルーツでいいんだよね？」

「キュ」

シオンにドライフルーツを出してやり、自分用の乾燥肉《かんそう》を口に放《ほう》り込み、水滴《すいてき》の魔法で二つのカップに水を入れていく。

やっぱりテーブルぐらいは欲《ほ》しいところだ。こちらの世界では見ないちゃぶ台の高さのテーブルがいいかもね。でも、そうなると特注かな？

「そうだ。リゼを呼ぼうか」

「キュ！」

ダンジョンのクリアを目指す今回の遠征《えんせい》に入ってからは呼べてなかったしね！

「わが呼び声に応《こた》え、道を示せ《サモンフェアリー》」

聖石を持って魔法を発動すると、いつものように聖石と引き換えに魔法陣《じん》が展開し、リゼが現れた。

「こんにちは！」

「うん、こんにちは！」

「キュ！」

いつもと同じように笑いかけてくれるリゼに安堵《あんど》し、癒《い》やされて。

ここがダンジョンの中であることも忘れる勢いでお話ししてしまった。

「へ～、悪いドラゴンさんを倒したんだね！」

「そうなんだ。最強魔法でババっとね！」

「キュ！」

戦闘に参加していないはずのシオンが得意気だけど、気のせいだろうか？

まぁいいけど。

「あそこに転がってるのがその骨でさ」

「へ～！」

「必要なら持っていっていいよ！　なんてね！　妖精《ようせい》がドラゴンの骨とか使わない――」

「いいの！」

「――って使うのか……」

まさか妖精の世界でもドラゴンの骨に需要《じゅよう》があるなんて……。なんかこう、イメージが違うというか、イメージがバグるというか……。

「女王さまが使うと思う！」

「女王様、だと……」

何故か頭の中に、リゼがムチを持って『オーッホッホッホッ！』と高笑いしている姿が浮《う》かぶ。

……いや、流石《さすが》にそんな感じの存在じゃないよね。危ない危ない。

それにしても女王様、か。骨をどう使うんだろうか？

「うん、どれでも持っていっていいよ」

「ありがと！」

嬉しそうにドラゴンの骨を漁《あさ》っているリゼを見ながら、彼女《かのじょ》に少し聞いてみようと思った。

「明日、このダンジョンをクリアしようと思うんだけど、成功するように祈《いの》ってくれるかな？」

するとリゼはこちらを振《ふ》り返り、こう言った。

「勿論だよ！　ルークなら大丈夫だよ！」

その言葉に心が軽くなった気がして、僕は小さく「そうか、ありがとう」と呟《つぶや》いた。

◆　◆　◆

翌日。

起きて身だしなみを整えて、出発の準備をしていく。

下級魔力ポーションや聖水の入った瓶を確かめ、最後にいつもの黒いローブを羽織る。

勿論、オリハルコンの指輪も装備しておく。

これで出来る準備は全てしたはず。

「よしっ！」

「キュ！」

今日はシオンも連れて行こうと思う。ダンジョンのクリアは、ここまで一緒《いっしょ》に戦ってきたシオンと分かち合いたいからだ。

「開け」

扉を開き、外に出る。

外は丁度太陽が昇り始めてきた頃で、朝日に照らされてこの神殿のような場所をキレイに照らしていた。

隣に悪臭を放つドラゴンゾンビの死体がなければ素晴《すば》らしい風景だったはずだ。

そんな風景をゆっくり眺めている時間もないので、光源の魔法を使い、シオンと一緒に例の階段を下りていく。

マギロケーションで確認する限り、この階段は地下深くに伸《の》びていることが分かっている。

一段、一段、階段を下りていく。

踊《おど》り場を抜け、また一段、また一段。

しかし、その度《たび》に階下から重苦しい空気が近づいているような嫌な感覚に襲《おそ》われる。

「……」

不気味な雰囲気《ふんいき》とダンジョンの最下層に来ているという心理的な圧迫感《あっぱく》がそう感じさせているのだろうか。

そう感じつつ階段を下りていると、やがて階段が終わり、その先に大きな扉が現れた。

その扉は石のような金属のような物質で出来ていて、表面にはなにやら紋様《もんよう》が描かれていて、何故かその先の空間をマギロケーションでは感じられなかった。

そしてその扉から、謎の圧迫感を感じる。

「……これは、ダメなヤツかもしれない」

「キュ……」

やっぱり、この先からは圧迫感を感じる。

これはダンジョンの最深部に来た重圧なのだろうか？

いや、どうやらシオンも感じているようなので、気のせいではないのだろう。

どうする？　この扉を開けるか、それとも諦めて帰るか。

……ここまで来て帰るってのはないな。せめて扉の先だけでも確認したい。

でも、シオンはどうしようか。このまま連れて行くか、ホーリーディメンションの中に入れるか。

……どうせ僕になにかあったらホーリーディメンションを開ける人がいなくなるし、あの空間がどうなるか分からないし、ここでシオンをホーリーディメンション内に退避させる意味はないか。

「シオン、一緒についてきてくれる？」

「キュ！」

シオンのその返事を聞き、覚悟を決める。

そしてゆっくりと扉に手をかけ、慎重に扉を押《お》していく。

ゴリッ、ゴリッ、と扉がゆっくりと開いていき、中の様子が徐々《じょじょ》に明らかになっていった。

その中は薄暗く、しかし暗闇ではなく、最初に目に飛び込んできた燭台《しょくだい》に揺《ゆ》らめく黒い炎《ほのお》を見た瞬間、完全なるヤバい予感をビシビシと感じた。しかし無情にも扉はそのまま開いていき、その燭台が並ぶ石畳の通路の先、部屋の奥にいるモノを見てしまった。

見てしまった。

ソレは骸《むくろ》。王座に座《すわ》る骸。

漆黒《しっこく》の闇のような黒いローブを身に纏い、それよりも濃い闇をその上に羽織り、まるで闇の王のようにその場に鎮座《ちんざ》していた。

それを見て一瞬で確信する。これはダメなヤツだと。

あの骸骨《がいこつ》がなんなのかは分からない。分からないがダメなモノはダメだ。それだけは分かる。

デスナイトやドラゴンゾンビもダメな感じがした。けど、これは次元が違う。纏っているオーラが違うのだ。

アレはAランクモンスターじゃない。最低でもSランク……。これは、黄金竜に感じたモノと同じような絶望感がある！

即座に扉を閉めてこの場を立ち去ろうと決意する。が――

「ほう、ここに客を呼んだ覚えはないのだがな」

「なっ！」

王座に座っていた骸骨がそう『喋《しゃべ》る』と、同時に目の前の扉が謎の力で勝手に勢いよく開け放たれる。

そして骸骨が纏っている闇が勢いを増し、激しく波打った。

こいつ、人の言葉を喋るのか！　そんなモンスターは初めてだぞ！

「大人しく闇に帰るがよい《シャドウスピア》」

「っく！　問答無用かよ！」

骸骨が魔法を発動すると、その足元から黒い槍のようなモノがこちらに伸びてきた。

それを咄嗟《とっさ》に横に転がって避《よ》ける。

クソッ！　もうやるしかない！

転がりながら魔法を構築。そして放つ。

「《ターンアンデッド》」

魔力だけが消費される感覚が残る。

失敗だ。

しかし僕にはこれしか対抗《たいこう》手段がない。普通に戦っていては絶対に倒せないのはヤツを見ただけで分かりきっているのだから。全てをこのターンアンデッドの魔法に賭《か》けるしかない。

「《シャドウスピア》」

続けて飛んでくる魔法を石柱の陰《かげ》に隠れてやり過ごし、またターンアンデッドを発動する。

「《ターンアンデッド》」

また失敗。

魔力だけが消費される。

「ちょこまかと！《シャドウスピア》」

またヤツの影《かげ》から伸びてくる影の槍をギリギリでかわす。

これじゃジリ貧《ひん》だ！　一発避けそこねるだけで致命傷《ちめいしょう》になる！

なにかないか！　と考えて、魔法袋に手を突っ込んで聖水の入った瓶を取り出し、ヤツにぶん投げた。

「おらっ！」

「小癪《こしやく》な！」

骸骨が錫杖《しやくじよう》で瓶をはたき落とす。

「グアッ！」

と、中の聖水が周囲に飛び散り、ヤツの体から白い煙《けむり》が上がる。

よしっ！　流石は本物の聖水！　効いてる！

「《ターンアンデッド》」

また失敗。

「《ターンアンデッド》」

また失敗。

「こんなモノが、我に効くとでも思っておるのか」

その言葉と一緒に闇の槍が伸びてくる。

それをまたかわしながら魔法袋に手を突っ込み、下級魔力ポーションを取り出して飲む。

聖水は目くらましにはなるけど、それで有効なダメージが与えられるわけじゃない。これではいつかジリ貧になる。

もっと……もっとなにか時間を稼《かせ》げる方法は……。

「……これならどうだ！　神聖なる炎よ、その静寂《せいじやく》をここに《ホーリーファイア》」

ミスリル合金カジェルの先端《せんたん》に生まれた聖火を骸骨の方に投げるように飛ばす。そして――

「バースト！」

それを爆発《ばくはつ》させる。

聖なる炎が周囲に飛び散って、ヤツの周りを聖なる火の海に変えた。

「……そうか、キサマ！　聖なる者だな！」

「《ターンアンデッド》」

骸骨が王座から立ち上がる。

なにか気になることを言っている気がするが、構わずにターンアンデッドを連発していく。

ヤツは聖火が近くにあるはずなのに平然とその場に佇《たたず》んでいる。

もしかして、ランクが高いモンスターにはホーリーファイアの聖火は効かないのか！

「《ターンアンデッド》」

「そうと分かった以上、キサマだけは絶対に生きて帰さん！　《ダークブラスト》」

「ぐっ」

ヤツの錫杖から放たれた闇の波動が僕ごと聖火を吹き飛ばした。

吹き飛ばされながらなんとか受け身を取り、どうにか立ち上がる。

「シオン、大丈夫か！」

「キュ！」

魔法袋から下級魔力ポーションを取り出して飲む。

……しかし、本当にこんな戦い方に意味があるのだろうか？

本当にターンアンデッドはヤツに効くのだろうか？

どんなゲームでも大体は、ボスには即死魔法が効かない。それが当たり前だ。

ボスに即死魔法が効いてしまったらゲームの難易度が明らかに下がってしまうのだから、普通はそうなる。

この世界はゲームではないと頭では分かっているけど、ついそんなことを考えてしまう。

僕は本当に意味のある行動をしているのだろうか？　ただただ無意味なことを続けているだけなのではないか？

嫌な考えを振り払《はら》うように頭を振り、ターンアンデッドを発動する。

「《ターンアンデッド》」

失敗。

闇の槍をギリギリでかわし、もう一度。

「《ターンアンデッド》」

そしてまた下級魔力ポーションを飲む。

「小バエのように飛び回りよって……闇よ！」

少しキレ気味の骸骨が黒いローブに包《くる》まるようにそう言い放つと、骸骨の周囲の闇が濃くなっていき、ヤツの存在がブレるように曖昧《あいまい》になって姿が認識しづらくなった。

「なんだ、これは！」

魔法なのか？　それとも？

そうして僕がヤツを認識出来なくなっている中で『僕の左側面に移動してきた骸骨を確認』しつつ、伸びてきたシャドウスピアを避け。

「《ターンアンデッド》」

カウンターでターンアンデッドを使う。

「勘《かん》の良いヤツめ！　《シャドウスピア》」

「《ターンアンデッド》」

また僕が認識出来ないように闇の中を移動しながら放たれたシャドウスピアを避け、ターンアンデッドを返していく。

「……キサマ！　何故見えている！　何故この闇のローブの闇が見破れる！」

「さてね……《ターンアンデッド》」

僕は別にヤツの姿が見えているわけじゃない。姿は見えないし気配も感じない。ただマギロケーションでそこに存在することが把握《はあく》出来ているだけだ。

マギロケーションがなければ、完全に終わっていた。

「おのれ……やはり聖なる者は絶対に消しておかねばならん！」

僕の返答がお気に召《め》さなかったのか、骸骨はこちらへの殺意をより強めたらしい。

まったくもって迷惑《めいわく》な話すぎて泣けてくる。

下級魔力ポーションを飲み干す。

骸骨を覆っていた闇が薄くなっていき、認識出来なかったモノが認識出来るようになってきた。

すると骸骨が錫杖をこちらに向け、別の魔法を放ってくる。

「《シャドウバインド》」

避けようとするも、いきなり足元から闇がせり上がってきて、足を固定される。

これは！　ミミさんが使っていた闇属性の拘束《こうそく》魔法！

「グッ！」

「キサマはこの手で直接葬《ほうむ》ってくれる！」

骸骨がいきなりこちらに突進してくる。

これまで遠距離戦しかしてこなかったのに！

「《ドレイン》」

「ぐっ！」

ヤツの左手が僕の首にかかり、魔法が発動されると、僕の中のナニカがヤツの方に流れ出していく。

「このまま干からびて死ね！」

「ぐぞっ！」

ヤツの手を引き剥がそうとしても、物凄い力で対抗出来ない。

ミスリル合金カジェルで殴りつけてもビクともしない。

「キュゥ！」

次の瞬間、青い閃光《せんこう》がほとばしり、ヤツの顔面を薙いだ。

シオンのブレスか！　ナイスタイミング！

「グァ！」

ヤツの手の力が弱まったのを逃《のが》さず、ヤツの体を蹴《け》り飛ばして束縛《そくばく》から逃れる。

そして地面を転がりヤツから離れ、回復魔法を使う。

「神聖なる光よ、彼の者を癒《いや》せ《ホーリーライト》」

傷と体力を回復させ立ち上がり、またターンアンデッドを使っていく。

「《ターンアンデッド》」

失敗。

もう何度ターンアンデッドを失敗したのか分からない。

何度も何度も何度もチャレンジして、失敗した。

本当にこれで正しいのか、もうまったく分からない。

それでも……やるしかない！

と、考えていると、何故か骸骨は攻撃を止め、踵《きびす》を返して王座の方に向かって歩いていった。

そして王座に座り、口を開く。

「……よかろう。力を抑《おさ》えたままキサマを葬るのは実に骨が折れる」

「……」

そう、少し絶望的になりそうな言葉を発して、骸骨は少し後ろを振り返るような素振《そぶ》りを見せる。

……なんだ？

骸骨の後ろ側、王座の後ろにある祭壇《さいだん》の上にバレーボールぐらいの輝く透明な玉が設置されていた。

そうか、アレが――

「この部屋を荒《あ》らしたくはなかったのだが……な。やむを得まい」

ヤツはそう言うと、錫杖をドンッと地面に突き、その言葉を発する。

「炎よ」

すると、骸骨から凄《すさ》まじい圧力が発せられ、一歩、後ずさりしてしまう。

なんだ？　なにをする気だ？

嫌な予感がする……。ヤツがなにかする前に早く倒さないと！

「《ターンアンデッド》」

「《ターンアンデッド》」

「《ターンアンデッド》」

そんな僕の努力は失敗し続け、ヤツは次の言葉を紡《つむ》ぎ出す。

「全てを呑《の》み込む闇となれ」

骸骨に渦巻《うずま》く魔力や圧力が全てヤツの持つ錫杖に濃縮《のうしゅく》されていく。

これは、マズい！

「シオン！　こっちに！」

「キュ！」

シオンを抱《だ》きとめ、魔法袋に手を突っ込んでありったけの聖石を掴み出し、それを目の前に掲げた。

次の瞬間、骸骨から破滅《はめつ》の言葉が紡ぎ出される。

「《ダークフレア》」

骸骨の錫杖から放たれたのは黒い闇。闇の玉。全てを呑み込むような闇。

それが見えた瞬間、僕の魔法も完成した。

「神聖なる光よ、全てを拒《こば》む盾となれ《ディバインシールド》！」

ぶつかり合う光と闇。

目の前の世界が、光と闇に呑み込まれる。

光と闇。轟音《ごうおん》と爆音。痛みと苦しみ。

全ての感覚が失われた中、自分が立っているのか寝ているのかも、自分が生きているのか死んでいるのかすら分からない。

それでも、明日を信じて出来ることをする。それが人というモノでしょ？

体中の魔力や生命力やら全てを総動員して次の行動を取る。

どこかからか集まった力がどこかに集中していく。ありったけの力が集中していく。

そして、もはや存在するのかしないのかすら分からない体に集まった力が魔法を紡ぎ出した。

「神聖なる光よ、彷徨《さまよ》える魂を神の元へ《ターンアンデッド》！」

体から魔力が抜けていく。

目が見えない。耳が聞こえない。声が上手《うま》く出せない。周囲がどうなっているのか分からない。

なんとか力を振り絞《しぼ》って魔法を構築していく。

「し……神聖なる光よ……彼の者を、癒せ《ホーリーライト》」

次第《しだい》に周囲の光が戻ってきて、音が戻ってきて、体の感覚が戻ってくる。

周囲の石畳はえぐり取られ、神殿のようだった部屋はただの瓦礫《がれき》の山となっていて、今も黒い炎で燃えている。

そして、僕の体の下で動かないシオンを見た。

「シオン！」

クソッ！　確かにディバインシールドで直撃は防いだけど、この魔法は正面からの攻撃しか防げない。あんな大規模広範囲魔法の余波までは防げなかったんだ。

「神聖なる光よ、彼の者を癒せ《ホーリーライト》！」

頼《たの》む！　間に合ってくれ！

回復の光がシオンを包み、全てを癒やしていく。

頼む！　お願いだ！

そんな願いが届いたのか、シオンがピクリと動く。

「キュ？」

そして目を覚まし、不思議そうな顔をした。

その瞬間、安堵と共にシオンを抱きしめ。それと同時に、本来、最初に気にしなければならない相手を思い出す。

「ヤツは、どうなった」

顔を上げ、周囲を探《さぐ》る。

部屋の出口側の壁や床《ゆか》がえぐり取られ、瓦礫の山になっている。そして部屋の奥にある王座の側はほぼ無傷で——その王座の前には一つの錫杖と黒い布、それに骨がいくつも散らばっていた。

立ち上がって周囲を見渡す。

まだ燃え盛《さか》っている黒い炎に残りの聖水をぶっかけて軽く消火しながら、ゆっくりと骨の方に向かう。

近くに寄ると、黒い布——ローブの中から頭蓋骨が見え、周囲に腕《うで》や足の骨が散乱していることが分かり、ソレがあの骸骨だと分かった。

「……勝ったのか？」

あの時、放ったターンアンデッドが効いたんだ。

勝ったんだ。僕は、勝った。

そうしてようやく、僕は勝利を確信する。

「ぐっ……」

安堵と疲労《ひろう》からふらつきそうになるが、それを無理に押さえつけて前に踏み出す。

今すぐゆっくり休みたいが、それは出来ない。

ボスには勝った。確かに勝った。しかし問題はここからなのだ。勝負は、ここからなのだ。

今は勝利に浸っている時間もなければ、ここでゆっくりしている時間もない。

「シオン！　急ぐよ！　シオンは落ちてるポーションの瓶を回収してきて！」

「キュ！」

まず骸骨の持っている錫杖とローブを引っ剥《ぱ》がして魔法袋に収納。

ローブを取ると骨に交じっていくつかの道具も出てきたので、それもいただいていく。

それから王座の後ろにある祭壇に向かい、その祭壇の中央に安置されているバレーボールぐらいの透明な玉の前に立つ。

するとその玉が、自分の未来を悟《さと》ったように怪しく輝いたような気がした。

ミスリル合金カジェルを構える。

「これで、終わりだ！」

ミスリル合金カジェルを振りかぶり、思いっきり水晶《すいしょう》に振り下ろす。

軽い手応《てごた》えと共に透明な玉はあっさりと、パリンと割れ、真っ二つになった。

これで、このアルッポのダンジョンは……クリアだ。

色々な感情が湧いてくるが、色々と考えている時間もないので急いで砕《くだ》けたそれらを布袋に入れて回収する。

「あとは、アーティファクト、と」

水晶があった場所の後ろ側に金色に輝く豪華《ごうか》そうな宝箱がある。これにアーティファクトが入っているんだろう。

「時間もないし、箱ごと貰《もら》うか」

中身は後のお楽しみにしておこう。どうせこの豪華そうな箱も価値がありそうだから回収したいしね。

「それは新たなる世界。開け次元の扉《ホーリーディメンション》」

開いたホーリーディメンションの部屋の中にとりあえず戦利品をドバドバと入れていく。

それからシオンが回収したポーション瓶も、僕の痕跡を残さないように回収しておく。

「……これで、証拠《しょうこ》は全て消した、な」

周囲を見渡しても、特にもう回収すべきモノはない。

「じゃあシオンも中で待ってて。ここからはまた毒のエリアに戻るからさ」

「キュ！」

「よしっ！　ずらかるぞ！」

「キュ！」

合点承知《がってん》！　という感じのシオンの返事と共にホーリーディメンションを消し、僕は外に向かって走りだした。

◇　◇　◇

ゴラントンの剣

ゴラントン最強のクラン『ゴラントンの剣』のリーダー、リスタインは暗闇の中、焚き火の前に座っていた。

周囲には数人の仲間が見張りに立っていて、テントの中では他の仲間が寝ている。

ここはアルッポのダンジョン。その九階だ。

「……」

リスタインは顔全体を覆うようなマスクとゴーグルを横に少しズラし、特殊《とくしゅ》な形状の容器に入れた水を、中が空洞《くうどう》になっている棒から吸い上げて飲んだ。

この九階は全面、謎の毒で覆われている。この毒で即死することはないが、長く吸い続けると行動不能に陥《おちい》ってしまう。

なので、出来る限りこの毒が体内に入らないよう、防毒マスクとゴーグルは必須《ひっす》だし、食料は外気に出来るだけ触《ふ》れないようにしないといけないし、食事中も外の毒を吸い込まないよう注意する必要がある。

それらの装備を準備するため、彼らは何年もの歳月《さいげつ》と多額の金銭を費やした。

そして彼らの後援《こうえん》をしているグレスポ公爵がそれらの支援をしている以上、アルッポのダンジョンのクリアは絶対に成功させる必要があるのだ。

リスタインは拳《こぶし》を握《にぎ》りしめる。

だがダンジョンクリアは簡単ではない。

今このダンジョン下層にはゴラントンの剣の他に教会による聖騎士団とアルメイル公爵の従士団が入っていると分かっている。彼らより先に最深部を見付け、ボスを倒さなければならない。

それが出来なければ……。

「……ふう」

リスタインは大きく息を吐いた。

シューメル公爵家への襲撃《しゅうげき》が失敗し、逆に大打撃を受けたグレスポ公爵家は既に弱体化が進んでいる。ここで唯一《ゆいいつ》無傷なアルメイル公爵家に新たなアーティファクトが渡り、ダンジョンクリアの名誉《めいよ》も得たならば、このカナディーラ共和国の勢力図は完全に塗《ぬ》り替わってしまう。

なので、失敗すれば全てが終わる。リスタインも終わるし、グレスポ公爵家も終わる。

最悪の場合、もし他の陣営に先にクリアされてしまったら。闇討《やみう》ちしてでも功績を奪《うば》い取る必要がある。

「……」

アルメイル公爵家はまだいい。しかし、聖騎士団を襲うとなると……。

それを考えて、リスタインは目の前が真っ暗になるような絶望を垣間見《かいま》た。

聖騎士団を敵に回すとなると――

次の瞬間、リスタインは気配を感じて身構え、いきなり飛んできたナニカを剣の鞘《さや》で弾《はじ》く。

「誰だ！　姿を現せ！」

「どうしました！」

「襲撃か！」

見張りをしていた男達が一気に抜剣《ばっけん》し、異変を感じた仲間がテントの中から飛び出してくる。

「あっちだ！　追え！」

「おぉぅ！」

「いや、待て！　夜の追撃は危険だ！　罠《わな》かもしれない！　追うな！」

リスタインは今にも闇の中に飛び出しそうな部下を制止し、辺りの気配を探る。

しかし既に何者かは消えたようで、周囲に人の気配はない。

この一瞬で消えたとなると、相当な手練である可能性が高い。

リスタインの頬《ほお》に汗が流れる。

「警戒《けいかい》を続けろ！」

そう命令を下しながら考える。

襲撃者の意図が分からない。

もし不意を打つなら、最初の一撃は大きな攻撃にする。無防備な相手を自由に攻撃出来る最大のチャンスだからだ。普通なら不意打ちで相手の力を削れるだけ削りたいはず。しかしこの襲撃者は大して威力《いりょく》のないなにかを投げ込んできただけ。

リスタインは地面に目を走らせ、投げつけられたソレを見た。

「こ、これは、まさか！」

エピローグ　一つの町の終焉

EPILOGUE

「ふぅ……危ない危ない」

僕《ぼく》が投げたモノを拾っている冒険者《ぼうけんしゃ》を見ながら胸を撫《な》で下ろす。

安全のために出来る限り遠くから投げたつもりだったけど、あの冒険者達《たち》の反応が早すぎて冷や汗《あせ》をかいた。

流石《さすが》は高レベル冒険者だ。

骸骨《がいこつ》のボスを倒《たお》し、地下の神殿《しんでん》を出た後、僕が真っ先にしなければならなかったこと。それは『ゴラントンの剣《けん》』の捜索《そうさく》だった。

彼《かれ》らが普段《ふだん》、八階を中心に活動していることは以前聞いていた。そして僕がダンジョンに入る前、彼らが装備も人材も増強してダンジョンに進入するところを見た。つまり今回、ダンジョンクリアを狙《ねら》う団体は聖騎士《せいきし》団とアルメイル公爵《こうしゃく》家と僕の三勢力ではなく、そこにゴラントンの剣をプラスした四勢力による四つ巴《どもえ》状態だったのだ。

そして僕としては、彼らゴラントンの剣の存在が非常に重要だった。

「さて、彼らが僕からのプレゼントの意味を正確に理解してくれるだろうか？」

理解してくれることを願う。

……それにしても、この闇《やみ》のローブとやらの能力は凄《すご》いな。

例の骸骨が羽織っていた闇のローブ。アンデッドが着ていたモノなんてあんまり着たくはなかったし、呪《のろ》われていたらどうしよう的なことも思ったけど、ヤツのダークフレアとかいう魔法《まほう》で元々姿を隠《かく》すために着ていた黒いローブが燃えてしまい、その下に着ていた白いローブや鎧《よろい》も損傷してしまったので、これを着るしかなかった。

使い方に関しては、あの骸骨がやっていたように『闇よ』というフレーズで簡単に発動したので問題はなかったのだけど……。

「これって、アーティファクトなんじゃないの？」

詳《くわ》しい性能はまだ調べきれていないけど、これを着て能力を発動させると闇の中に紛《まぎ》れて気配を消すことが出来ることは間違《まちが》いない。それはあの骸骨にやられたことだし。

そんな性能があるって、それはもうアーティファクトな気がする……。

いや、そもそもアーティファクトに正確な定義がなさそうなので、正しいかどうかは分からないのだけど。

とにかく追々、これの性能も確かめていく必要があるだろう。

そう思いつつ闇の中を走り続け、八階に進んだところでホーリーディメンションに帰宅した。

「ただいま」

「キュ！」

出迎《でむか》えたシオンを撫でながらホーリーディメンション内を見る。

急いでいたこともあり、様々なアイテムが散らばっていて良くない。

「整理しないとな」

今はその前に色々とやることがあるのだけど。

「まずは……」

宝箱のアーティファクトを確かめたい！

ダンジョンクリアの最大の戦利品、アーティファクト。これを確かめておくべきでしょ！

ワクワクしながらアーティファクトが入っているであろう金色の宝箱を見る。

横幅《よこはば》は五〇センチぐらい、縦幅と高さが三〇センチぐらいの箱なので、剣とか槍《やり》ではないはず。

「まぁいいか。とりあえず開けてみよう！　……いや、外で開けるか」

あんまり考えていなかったけど、罠《わな》とかあるかもしれないしね。

ホーリーディメンションの出入り口を開け、箱を外に出し、念の為《ため》に伏《ふ》せながらディバインシールドを展開して、その後ろからミスリル合金カジェルを伸《の》ばして宝箱の蓋《ふた》を開ける。が、特に罠などはなかったようで、何事もなく蓋が開く。

「よしっ！　アーティファクトさん！　おいでませ～」

ワクワクしながら立ち上がり、箱の中を見てみると……。

「は？」

なにもなかった。

中は空っぽだった。

「いやいやいや……」

あれだけ苦労したのにアーティファクトがない、だと？

そんなことがあるのか？　ありえるのか？

とりあえず箱をホーリーディメンション内に入れて考える。

「いや、もしかすると……」

この中にあったアーティファクトって、この闇のローブなのでは？

あの骸骨が勝手に出して使ってたとか……。あると思います！

知能があるモンスターだったし、そういう可能性もある。

「まぁ……考えても分からないか」

落胆《らくたん》からテンションが下がるのを自覚しつつ、今は時間もないので切り替《か》える。

とりあえずこの箱も豪華《ごうか》そうな見た目だし、貴重品入れにでもするかな……。

捨てるのももったいないし、ダンジョンクリアの記念に置いておこう。

そう決めて、ダンジョン攻略《こうりやく》で余ったポーション類などを箱に入れて部屋の隅《すみ》に移動させる。

「あとは、コレか」

例の骸骨を倒した後、その骨の中に埋《う》まっていたペンダント。

銀色の金属で出来ていて、ダイヤモンドみたいな宝石が埋まったコインのようなモノがついている。

宝石が埋まったペンダントを確認《かくにん》する。

色々といじくり回しながら様々な角度から観察していくが……。これがどういったモノなのかはよく分からなかった。

「結局、良いっぽいアイテムが手に入っても、それがなにかが分からないんだよなぁ……」

オリハルコンの指輪の時もそうだけど、どういった効果があるアイテムなのか調べにくいから困るんだよね。

高ランク冒険者ってこのあたりどうしてるんだろう？

見ていても分からないのでペンダントも宝箱に入れてその蓋を閉めた。

なんか、こう、ダンジョンをクリアしたのにスッキリしないというか、納得《なっとく》出来ないモノを感じつつ、その日は横になった。

◆　◆　◆

それから数日後。

僕はアルッポの町に戻《もど》ってきていた。

八階を抜《ぬ》けてからは昼夜問わず、寝《ね》ている時間以外はダンジョンの外に出ることを優先して走った結果、迅速《じんそく》なる帰還《きかん》が可能となった。

恐《おそ》らく現時点では、八階や九階にいる三勢力は全《すべ》て、ダンジョンが誰《だれ》かにクリアされたことに気付いているだろう。

ここで重要になるのが、ダムドさんから聞いた話。この裂《さ》け目のダンジョンの仕組みについての話だ。

裂け目のダンジョンは最下層にいるボスを倒すと『最下層から順に機能を停止していく』らしい。

機能の停止とは、モンスターのリポップがなくなることと、特殊効果《とくしゅ》の停止、つまり九階の毒とか八階の赤黒い霧《きり》とかも消えていってるはずで。それを見れば、彼らもダンジョンのクリアを察するはず。

そして機能を停止したダンジョンは倒されたボスを再生させた後、再び最下層からダンジョンの機能を復活させ、元に戻る。なのでボスをただ倒しても、それだけではまたボスが復活してしまうのでダンジョンクリアにはならない。

それらを統括《とうかつ》しているのが『ダンジョンコア』になる。

ダンジョンコアとは、ダンジョンの最下層に安置されていたバレーボールサイズの透明《とうめい》な玉で、裂け目のダンジョンを全て動かしているモノらしく、これを破壊《はかい》することでダンジョンの機能を完全に停止させ、破壊することが出来ると。

なので、裂け目のダンジョンのクリアとはボスの討伐《とうばつ》ではなくダンジョンコアの破壊であり、ダンジョンクリアの証《あかし》とはダンジョンコアの欠片《かけら》なのだ。

だからこそ彼らに、ゴラントンの剣にダンジョンコアの欠片を半分プレゼントした。

「ちゃんと気付いてくれたら嬉《うれ》しいんだけどなぁ……」

彼らが賢明《けんめい》なら、わざわざ謎《なぞ》の第三者がダンジョンクリアの証であるダンジョンコアの欠片を投げてよこした理由を察して、それを上手《うま》く利用してくれるはずだ。

つまり――

「おい！　大変だ！　ダンジョンがクリアされた！」

「なんだって！　誰がやったんだ？」

「それが、ゴラントンの剣らしいぞ」

「マジかよ……。聖騎士団はどうしちまったんだ？」

昼間っから宿の酒場で葡萄酒《ぶどうしゅ》を飲みながらそんな話を聞き、ホッと息を吐《つ》く。

良かった。彼らはちゃんと、こちらの厚意を利用してくれたみたいだ。

僕が考えていたこのアルッポのダンジョンクリア、最後のピース。それは僕の代わりに『ダンジョンをクリアした！』と宣言してくれる人材だった。

でも、僕がその役を押《お》し付けられる人材は条件が厳しく、限られていたのだ。

まずダンジョンのクリアが可能である実力のある団体。次に、ダンジョンのクリアを名乗り出られる団体。そして、ダンジョンをクリアしても僕に不都合がない団体。最後に、自分達がクリアしていなくても『ダンジョンをクリアした！』と宣言してくれる団体、という感じだろうか。

その辺の冒険者にダンジョンコアをプレゼントしてもひっそりとネコババされて終わるだけ。

アルメイル公爵家を恐れず、ダンジョンクリアを公表することにメリットがある団体が必要だった。

条件的に一番揃《そろ》っていそうだったのが聖騎士団だったけど最後の条件が問題で、つまり聖騎士団にダンジョンコアの欠片をプレゼントしたとしても、彼らが人の功績を横取りするような行為《こうい》を容認するかが疑問だった。彼らの立ち位置的には、正直に『何者かがダンジョンコアの欠片を投げてよこした』と発表してしまう可能性の方が高いからだ。そんな折、ゴラントンの剣が装備と人材を増強してダンジョンに入るところを見た。

ゴラントンの剣は前回の戦争で弱体化したグレスポ公爵家側の団体ということで余裕《よゆう》がなく、今は他人から譲《ゆず》られた名誉《めいよ》であっても飛びつくのでは？　と予想したのだ。

僕は『名を捨て実を取る』し、彼らは『名を得て実もちょっとだけ取れる』から、両者に得がある。

僕からのその無言の提案を彼らはちゃんと読み取り、こうして契約書《けいやくしょ》も口約束もない契約が成立した。

恐らく彼らは『ダンジョンをクリアしたいけどアルメイル公爵家などに恨《うら》まれるのは面倒《めんどう》だと考える高ランク冒険者からの提案』と考えただろうし、この事実を誰にも言わないだろう。言っても現時点ではメリットがないだろうし。

まぁ、ということで、とりあえずは一安心という感じかな。

「ゴラントンの剣がダンジョンから出てきたらしいぞ！」

「見に行くか！」

「おうっ！」

酒場の中にいた冒険者達がワイワイ騒《さわ》ぎながら出ていく。

なのでその後を追って僕も酒場を出た。

そして裂け目の広場に行くと、ゴラントンの剣の面々が整列し、演説をしているところだった。

「我々、ゴラントンの剣が、このアルッポのダンジョンをクリアした！」

ゴラントンの剣のリーダー、リスタインさんがそう叫《さけ》ぶ。

周囲からは「おぉ！」という声が響《ひび》く。

「そしてこれが、ダンジョンクリアの証、ダンジョンコアだ！」

リスタインさんはダンジョンコアの欠片を天高く掲《かか》げた。

ダンジョンコアの欠片が陽《ひ》の光でキラキラと輝《かがや》く。

それを見て、多くの歓声《かんせい》が上がった。多くの人々がゴラントンの剣を褒《ほ》め称《たた》える。

「これからアルッポのダンジョンは崩壊《ほうかい》するだろう。我々が知る限り、既《すで》に九階へ続く裂け目は消滅《しょうめつ》した。五階村の住民も退去を始めている。内部のモンスターもほぼ殲滅《せんめつ》し終わったはず。もうダンジョン内に入らない方がいいだろう」

リスタインの言葉に歓声が上がる一方、暗い顔の人も多い。

「さーって、これからどうしたもんか……」

「俺《おれ》も身の振《ふ》り方、考えねぇとな」

「おいっ！　うちの宿は五年前に建てたばかりだぞ！　どうしてくれるんだ！」

様々な声が周囲から聞こえる。

この町は、まず間違いなくダンジョンで維持《いじ》されていた。ダンジョンが消滅すれば冒険者が減り、店が維持出来なくなって商人も減る。この町に投資していた人にとっては災難でしかないのかもしれない。

「おいっ！　そのダンジョンコアを渡《わた》せ！」

彼らの後ろの裂け目から出てきた男――ポーリが、リスタインの持つダンジョンコアを見付けてそう叫んだ。

「お断りしますよ。これは我々、ゴラントンの剣がダンジョンをクリアした証です」

「なにっ！　貴様、まさか断って無事にこの町を出られると思っているのか？」

ポーリのその言葉に周囲の空気が一瞬《いっしゅん》にして変わる。

アルメイル公爵家側とゴラントンの剣側が向かい合い、いつでも戦闘《せんとう》態勢に入れる空気が作られていく。

あぁ……やっぱりこうなるよね。ぶっちゃけダンジョンをクリア出来たとしても、この町はアルメイル公爵の勢力圏内《けんない》。出入りも他の町より制限されているし、バレてしまえば脱出《だっしゅつ》が不可能になるんじゃないかと思ってたんだ。

「これは何事だ！」

裂け目から聖騎士団が現れ、その先頭の男がそう叫んだ。

それにより緊迫《きんぱく》した空気が薄《うす》れていく。

「チッ……」

ポーリが舌打ちをする中、リスタインがうやうやしく頭を下げ、全員を引き連れてこの場を去っていった。

「それでは我々は失礼させていただきます」

ポーリがそれを見て一瞬動こうとするも、周囲から制止され足を止める。

「……」

聖騎士団が介入《かいにゅう》すると、アルメイル公爵家でも強引《ごういん》な手は取れない、か。

う〜ん……しかし、やっぱり色々と大変だ。

アルメイル公爵家から恨まれるのも大変だけど、それ以外から恨まれるのも大変すぎる。

「まぁでも、これで一段落、かな」

アルメイル公爵家にダメージを与《あた》えることが出来た。

僕はダンジョンをクリアすることが出来た。

功績と厄介事《やっかいごと》を福袋《ふくぶくろ》にして他の人に売りつけることが出来た。

色々とあるけど、僕はここで自分がやれるだけのことをやったと思う。

「そろそろ、次の移動先を考えようか」

「キュ？」

「そろそろ旅をしようかって話さ」

◇　◇　◇

その冒険者は友を思い出す

「ザマァねぇぜ」

ダムドはそう呟《つぶや》き、悔《くや》しそうに顔を歪《ゆが》める男達を見た。

人混《ひとご》みの先にいる男達――アルメイル公爵家の従士団だ。

今しがた、グレスポ公爵家が支援《しえん》するクラン『ゴラントンの剣』がこのアルッポのダンジョンをクリアしたと発表された。つまり、アルメイル公爵家はアルッポのダンジョンをクリアすることが出来なかった。

「ははっ……」

自分達が住む土地の領主であるアルメイル公爵家の失策。あまり好きではないグレスポ公爵家が掴《つか》むであろう栄光。アルメイル公爵家にはダンジョンをクリアしてほしくない気持ち。ダンジョンがクリアされたことで今後この町を襲《おそ》うであろう様々な問題。

ダムドは嬉しさと悲しさと虚《むな》しさが混じり合う複雑な気持ちの中、天を見上げて力なく笑った。

そして問い掛《か》ける。

「これで、良かったんだよな」

友から託《たく》されたダンジョンの地図。それは絶対にアルメイル公爵だけには渡したくなかった。だからずっと隠し持ってきた。しかし、友の愛する人を助けてくれた少年にそれを渡すことにした。

どうしてそうしたのかは自分でもよく分からない。ダンジョンのクリアが見えてきて、もう地図を隠す意味がないと感じたのもあるが、なんとなく、渡すことが正解であるような気がしたのだ。

そして今、ダンジョンがクリアされている。

あの段階で一人の冒険者に地図を渡したぐらいではなにも変わらないだろう。実際、クリアしたのはあの少年ではなくゴラントンの剣だ。

しかし、もしかするとあの少年が――

「まさかな」

そう呟き、ダムドは前を向く。

ダンジョンがクリアされたことで、この町には大きな変化が訪《おとず》れるだろう。

立ち止まっている余裕はないのだ。

「じゃあな」

誰にともなくそう言い残し、踵《きびす》を返す。

そして彼は歩き始めた。未来を見つめて。

◇　◇　◇

それからの町は急激に変化していった。

ダンジョンが機能を停止したことでモンスターのリポップが止まり、食い扶持《ぶち》を失った冒険者が町から流出していった。冒険者ギルドでよく見ていた顔も見なくなり、朝になると大きな荷物を持って外を目指す人々の姿を見ることも増えた。

五階村の面々が馬車に資材を積んで戻ってきたらしく、酒場のマスターや冒険者ギルド出張所の親父《おやじ》やヒボスさんもアルッポの町に戻ってきたらしい。

町はどんどん、その姿を変えていった。

そして僕は、まだこの町に留《とど》まって情報収集していた。

「おう、久し振《ぶ》りじゃねぇか」

冒険者ギルドで情報収集していると、久し振りに会ったヒボスさんに話しかけられた。

「久し振りですね。最近どうしてるんです？」

「あぁ、色々と準備が忙《いそが》しくてな」

「準備ですか？」

「別の町に移る予定だ。ここじゃもう稼《かせ》げねぇからな」

「そうですか……」

仲良くなった人がこうやって別の町に去っていくのを見るのは、やっぱり寂《さび》しいものがある。

「おいおい、そんな顔すんなよ。冒険者なんてそんなもんだぜ」

ヒボスさんは「またどこかで会おうぜ」と続け、冒険者ギルドから出ていった。

彼をこの町で見たのはそれが最後だった。恐らくもう別の町に旅立ったのだろう。

それからアドル達親子とダムドさんにも会ったけど、彼らは暫《しばら》くこの町に残り続けるらしい。やっぱりこの町には色々と思い出があるのだと思う。町が衰退《すいたい》すると分かっていても、簡単に捨てられるものじゃない。

宿の部屋に戻り、しっかり戸締《とじ》まりを確認してホーリーディメンションを使う。

「それは新たなる世界。開け次元の扉《とびら》《ホーリーディメンション》」

中に入り、物資なんかを整理していく。

棚《たな》とか欲《ほ》しいけど、それを買っていると怪《あや》しく見えるので、とりあえず布袋を沢山《たくさん》買ってきて、それに小分けすることで整理している。やっぱりそのうち棚は欲しいよね。

整理しながらこの次の行動を考えていく。

次に僕がやりたいこと。それは装備の充実《じゅうじつ》だ。換金《かんきん》可能なアイテムは沢山あるし、そろそろ本気で装備を調《ととの》えるべきだと思う。それに、骸骨のダークフレアとやらで装備品もやられたままだ。このタイミングでもっと良い装備に買い替えたい。

それに個人的には早くこの国を出たいと思っている。

アルメイル公爵家にもグレスポ公爵家にも少し因縁《いんねん》っぽいモノが出来てしまったので、問題はないと思うけど、ほとぼりが冷めるまで暫くは別の国に出ていたい気持ちが強い。

そう考えると方向的には、元々、行く予定だった南側の国、アルムスト王国を目指すか、それとも西か北を目指すか……。さて、どうするか。

「ん？」

宝箱の中を整理していて、その中のペンダントを触《さわ》って、おかしなことに気付く。

「……温かいだと？」

このペンダントは金属製で、触り続ければ体温が移って人肌《ひとはだ》に温まるけど、当然ながら放っておけば常温に戻るはず。今は寒い時期だし、すぐに冷たくなるはずだ。最近、朝にミスリル合金カジエルを握《にぎ》ると冷たくてビックリすることがあるし、このペンダントもそうなるはず。確か、前にこの箱を開けたのはダンジョンの中だったし、それだけ時間があれば冷えているはず。

「これは、ペンダントの特殊効果……いや、待てよ」

急いで背負袋《せおい》から鍋《なべ》を取り出し、水滴《すいてき》の魔法で水を入れ、そこに火種の魔法を入れて沸騰《ふっとう》させた。

そしてその熱々の熱湯が入った鍋を宝箱の中に入れ、すぐに蓋をする。

「もし、これで正解なら……。これはとんでもないことになるぞ」

その日はそのまま眠《ねむ》って翌朝、はやる気持ちを抑《おさ》えてホーリーディメンションを開き、中の宝箱を開いた。

「っお‼」

「キュ？」

立ち昇《のぼ》る白い湯気。不思議そうなシオン。

鍋を取り出し、手を近づけてみる。

しっかりと温かい蒸気が手を温めていく。

そう。寝る前に入れたお湯がそのまま熱い状態で、この箱の中にあったのだ。

「確定だな……。これは、ヤバいぞ……」

僕は、この宝箱を見付けた時、この宝箱の中にアーティファクトが入っていると考えた。しかし、入っていなかったので落胆した。でも、それは間違いだったんだ。

そもそもの前提が間違っていた。アーティファクトが入ってなかったわけじゃない。この箱自体がアーティファクトだったのだ。

この箱は恐らく、状態保存か時間停止の機能がある！

「もしくは保温機能が付いた魔法瓶《びん》的アーティファクト……」

……ないな。それはない。それだったら泣く。声を上げて泣く。

僕が知る限り、内部の時間を停止させるような魔法袋の話は聞いたことがないし、そういうアーティファクトの存在も聞いたことがない。これは、とんでもないお宝だ！

「でも、また人には見せられないモノが増えたな……」

まぁ、ホーリーディメンションの中ならバレる心配はないし、大丈夫《だいじょうぶ》だよね。

と僕が新しいアイテムの使い道にワクワクしていたその日、ついにアルッポのダンジョンが消滅した。

冒険者ギルドで情報収集している最中、誰かが叫びながら飛び込《こ》んできてダンジョンの異変を知り、ギルド職員も含《ふく》めて全員でギルドを飛び出して、アルッポのダンジョンの最後を見届けた。

「こんなモノ、一生に一度、見れるかどうかだぜ！」

「ちげえねぇ！」

誰かがそう言った。

アルッポのダンジョンの裂け目が大きく波打ちながら閉じていく。

「あぁ……本当に終わっちまうんだな」

「そうだな……」

誰かがまた呟く。

裂け目がどんどん閉じていき、やがてすっかり裂け目が閉じてしまい、そこにはなにも存在しなくなった。

「おぉぉ！　魔王のダンジョンが消滅したぞ！」

「ゴラントンの剣に神の祝福を！」

「おぉ！」

ダンジョンの消滅を喜ぶ者。ダンジョンがあった場所に走り、跡地《あとち》を確かめる者。ただ、立ち尽《つ》くす者。様々な人々がそこにはいた。そうしている内に一人、また一人と、その場から離《はな》れていき、そこにはだだっ広い広場だけが残った。

そして翌日。まるでダンジョンの消滅を見届けるために残っていたかのように、多くの人々が町から離れていった。

こうして、ダンジョンによって生まれた一つの町がその役目を終えた。

「僕達も、そろそろ行こうか？」

「キュ」

なんとなくだけど、このダンジョンを消滅させた張本人として、ダンジョンの消滅は見届けなければならない気がして残っていたけど、もうそろそろ僕達も次に進む必要がある。

翌日。宿を出て町の外に向かう。

この町でお世話になった人々には既に挨拶《あいさつ》は済ませてある。

ここに来る時は賑《にぎ》わっていた商業エリアも今は営業している店はまばらで、かつての賑わいが幻《げん》想《そう》だったかのように人の数が減っていた。

そんな町並みを目に焼き付けつつ大通りを抜け、門に到着《とうちゃく》。

以前は門の前には行列が出来ていたけど、今は外に出る人ばかりで真実の眼《め》によるチェックも行われておらず、門番が暇《ひま》そうに椅子《いす》に座《すわ》ってダラけていた。

なんとなく真実の眼に興味が出てきたので、彼らに話しかけてみる。

「すみません」

「あぁん？」

「いやその、ちょっとだけ真実の眼でチェックしてみていいですか？」

そう言ってみると、門番はダルそうにこちらを向いて「まぁいいぜ、どうせ暇だしな」と言いながら手をヒラヒラと振った。

許可を貰《もら》ったので真実の眼の前に立ち、そっと手を触《ふ》れてみる。

以前、触った時は青く強い光に包まれたのだけど、今回は果たして……。

「んん？」

触れた瞬間、真実の眼から真っ青な光が発せられ、辺りを包む。

これは確実に前回よりも光が強くなっているぞ！

それを見た門番が驚《おどろ》いて椅子を蹴飛《けと》ばしながら立ち上がり、僕の顔をまじまじと見た。

「あ、貴方《あなた》は！　以前、物凄い光を出した人！」

ありゃ？　もしかして、前にチェックした時にいた人なのかな？

というか、覚えていたのか……。

「あのう……やっぱり、貴方様は教国の物凄く偉《えら》い大司祭様なのでは？」

なんだか以前も似たようなことを言われた気がするけど……。僕はそんな偉い存在じゃないんだけどね。

「いえ、ただの旅のヒーラーですよ」

そう言って踵を返し、門を抜けた。

門の外には森と平原が広がっていて、気持ち良い風が吹《ふ》いていた。

旅立ちの朝にはピッタリだ。

「さて、行きますか！」

「キュ！」

そうして僕らは旅立った。次の町に向けて。

あとがき

早いもので気が付けば二〇二二年も一一月。皆様《みなさま》、まだ覚えておられますか？　刻一《こくいち》です。

まず最初にお詫《わ》びしなければならないのが、この『極振《ごくふ》り拒否《きょひ》して手探りスタート！　特化しないヒーラー、仲間と別れて旅に出る』の五巻の発売が遅《おく》れてしまったことについてです。

……どうでもいいですが『極振り拒否して手探りスタート！　特化しないヒーラー、仲間と別れて旅に出る』ってタイトルが長すぎて、こういう場面で自分でも書けないんですよね。コピペするしかない。まったく誰《だれ》がこんな長いタイトルにしたのか……（そういうタイトルになった理由については、カクヨムに置いてある『とある作者の執筆日記《しっぴつ》』の方に書いてあるので、気になる方はそちらで見てね！）まぁ自分なんですけどね！　という話はいいとして――

話を戻《もど》すと、本当は二〇二二年の春に発売する予定だったのですが、諸事情によりここまで発売日が延びてしまいました。本当に申し訳ございません。

さて、皆様も既《すで》にお気付きだとは思いますが、この五巻からイラストを、はらけんし先生に担当していただくことになりました。よろしくお願いいたします。そして、四巻までイラストを担当してくださったＭＩＹＡ＊ＫＩ先生、これまで素敵《すてき》なイラストをありがとうございました。

と、そんなこんながありまして。これまで、この極スタは多くの人に支えられてきたのだな、と今はしみじみと感じていたりします。

コミカライズ版の蒼井一秀《あおいかずひで》先生。ドラゴンコミックスエイジ担当者の方々。イラストレーターの先生方。書店員の方々。そしてドラゴンノベルス担当編集者の皆様。表に出にくいところでは地図とか表紙ロゴを作っていただいてる方々もいるし、それ以外にも僕《ぼく》が分からないところで支えいただいている人がいる。

勿論《もちろん》、この本を手に取り、ご購入《こうにゅう》していただいた皆様もその一人。感謝という言葉では言い表せないほどの感謝感激雨あられを送りまくりたい！　特にこんなあとがきまで読んでくれるあなたには！　本当にありがとうございます。

——なので、そんな皆様へのオマケとして、ちょっとばかり作品内の裏話的なモノでも書こうと思います。

今回の五巻と、その前の三巻・四巻の三冊で『カナディーラ共和国編』が終わったのですが、この中には地味にカナディーラ共和国の建国について書かれている場面がありますよね。それも三巻・四巻・五巻に一つずつ同じ建国の話が書いてあると。WEB版ではシューメル公爵家《こうしやくけ》の側から見た話が書かれているだけですが、書籍《しょせき》版四巻でグレスポ公爵家側からの視点の話が追加されており、この五巻ではアルメイル公爵家側からの視点の話が追加されています。

WEB版を読むだけだとストーリー展開的にもシューメル公爵家に肩入《かたい》れしてしまうように書いているのですが、書籍版では他の公爵家側から見た歴史も書いていて、それに四巻最後の『モエンズ・リポート』などを含《ふく》めると、色々とあったけど結局は誰が悪かったのか、と考える内容になっていると思います。個人的にこういった『見え方の違《ちが》い』的なモノが好きなんですよね。

それぞれの公爵家からの見え方。立場による見え方の違い。そしてWEB版と書籍版の読み味の違い、などなど。特に書籍版の方ではWEB版では書かれない別の視点の話を書くのが楽しくもあり、考えるのが大変でもあります。細かい話ですが、そんなところも皆様に楽しんでもらえたら嬉《うれ》しいです。

そうそう、極スタは漫画《まんが》版でも少し違いがあって、グラフィックがあるとそれもまた面白《おもしろ》いと思うのでぜひチェックしてみてください。

こんな裏話とかを、たまにですがカクヨムの方には上げているので、気になる方は見に来てくれたら嬉しいです。それに設定資料集なんかもカクヨムの中に作っています。WEB版、書籍版、漫画版それぞれのキャラやアイテムとか、設定の補足説明なんかも書いてあります。

そして、KSP（カクヨムサポーターズパスポート）限定にはなってしまいますが、この五巻の少し前のMMO仲間達の話を限定SSとしてカクヨムで公開しようと思っています。今の予定ではこの本が発売される頃《ころ》には公開されているはずです。

そんなところで今巻はここまで。またどこかでお会いしましょう。

二〇二二年一一月一九日　刻一

DRAGON NOVELS
ドラゴンノベルス

極振り拒否して手探りスタート!
特化しないヒーラー、仲間と別れて旅に出る 5

2023年1月5日　初版発行

著　者　刻一《こくいち》

発行者　山下直久

発　行　株式会社 KADOKAWA
〒102-8177　東京都千代田区富士見 2-13-3
電話 0570-002-301 (ナビダイヤル)

編　集　ゲーム・企画書籍編集部

装　丁　AFTERGLOW

D T P　株式会社スタジオ205 プラス

印刷所　大日本印刷株式会社

製本所　大日本印刷株式会社

DRAGON NOVELS ロゴデザイン　久留一郎デザイン室+YAZIRI

●お問い合わせ
https://www.kadokawa.co.jp/ (「お問い合わせ」へお進みください)
※内容によっては、お答えできない場合があります。
※サポートは日本国内のみとさせていただきます。
※ Japanese text only

定価(または価格)はカバーに表示してあります。

ISBN978-4-04-074522-0　C0093

ドラゴンノベルス好評既刊

やりなおし貴族の聖人化レベルアップ

八華　イラスト／すざく

第3回ドラゴンノベルス新世代ファンタジー小説コンテスト
特別賞

絶賛発売中

一日一善でスキルも仲間もGET！　聖人を目指して死の運命に抗う冒険譚！

貴族の嫡男セリムは、悪魔と契約したことで勇者に殺された。しかし気付くと死の数年前に戻り、目の前には「徳を積んで悪魔の誘惑に打ち勝て」という一日一善（デイリークエスト）を示す文字が！　回復スキルで街の人々を癒やし、経験値を稼いで新しいスキルをゲット！　善行を重ねるうちに仲間も集まり――!?　二周目の人生は、徳を積んで得た力でハッピーエンドへ！

KADOKAWA

田中家、転生する。

猪口

イラスト／kaworu

家族いっしょに異世界転生。
平凡一家の異世界無双が始まる!?

平凡を愛する田中家はある日地震で全滅。異世界の貴族一家に転生していた。飼い猫達も巨大モフモフになって転生し一家勢揃い！　ただし領地は端の辺境。魔物は出るし王族とのお茶会もあるし大変な世界だけど、猫達との日々を守るために一家は奮闘！　のんびりだけど確かに周囲を変えていき、日々はどんどん楽しくなって——。一家無双の転生譚、始まります！

「電撃マオウ」にてコミック連載中！

神猫ミーちゃんと猫用品召喚師の異世界奮闘記

にゃんたろう
イラスト／岩崎美奈子

一人と一匹の
異世界のんびりモフモフ生活！

神様の眷属・子猫のミーちゃんを助け、転生することになった青年ネロ。だけど、懐いたミーちゃんが付いてきちゃった！

ミーちゃんを養うため、異世界での生活頑張ります…と思ったら、ミーちゃんも一緒にお仕事 !?　鑑定スキルと料理の腕でギルド職員をしたり、商人になったり、ダンジョン探索したり。次第に、他にもモフモフたちが集まりはじめて――。